W0361755

Les Droites aujourd'hui

René Rémond
de l'Académie française

Les Droites aujourd'hui

Éditions Louis Audibert

ISBN 978-2-7578-0407-0
(ISBN 2-84749-057-4, 1re publication)

© Éditions Louis Audibert, 2005

Le Code de la propriété intellectuelle interdit les copies ou reproductions destinées à une utilisation collective. Toute représentation ou reproduction intégrale ou partielle faite par quelque procédé que ce soit, sans le consentement de l'auteur ou de ses ayants cause, est illicite et constitue une contrefaçon sanctionnée par les articles L.335-2 et suivants du Code de la propriété intellectuelle.

À Louis Audibert.

Chapitre premier

L'HISTOIRE D'UN LIVRE

Tout livre a une histoire. Ceux-là mêmes qui traitent d'histoire n'échappent point au sort commun. Beaucoup ont même deux histoires. Une première d'abord, de la conception à la publication, plus ou moins longue – pour le livre dont je retrace ici la destinée, un peu moins de trois années, de l'été 1951 au printemps 1954 –, puis celle qui commence dès la sortie en librairie, de sa réception. À partir de ce moment, le livre échappe à son auteur, qui ne se reconnaîtra pas toujours dans ce que les critiques y verront ou le grand public en retiendra. Tous, à vrai dire, n'ont pas droit à cette seconde histoire : certains ouvrages mort-nés ne laisseront pas de traces, sauf peut-être dans un avenir plus ou moins éloigné, si quelque lecteur sagace, plus perspicace, les redécouvre et leur donne alors une deuxième chance. Des autres, la durée de vie est plus ou moins longue, mais seule une poignée surmonte l'épreuve du temps, résiste au vieillissement, des idées comme du style, et passe le cap de la génération qui les a accueillis et s'en est nourrie. Telle est la dure loi qui régit la fortune des travaux de l'esprit.

SA NAISSANCE

Le livre dans le sillage duquel celui-ci entend s'inscrire, sans en être tout à fait la suite, a connu à cet égard une fortune singulière. Il y a cinquante ans, la librairie Aubier-Montaigne publiait dans la collection historique qu'elle venait de créer, dirigée par Paul Lemerle, un essai qui s'intitulait *La Droite en France de 1815 à nos jours,* avec un sous-titre explicatif: *Continuité et diversité d'une tradition politique,* d'un historien de trente-cinq ans parfaitement inconnu, sauf de ses étudiants de la Sorbonne ou de l'Institut d'études politiques. Or, non seulement ce livre reçut d'emblée un accueil inattendu et trouva un écho auquel son auteur ne prétendait pas, mais, un demi-siècle plus tard, il continue d'être lu, commenté, discuté: il reste une référence. En cinquante ans, il a eu la chance de ne connaître ni purgatoire ni éclipses. Il a été régulièrement réimprimé année après année. Il a connu trois ré-éditions: une première en 1963, cinq ans après le changement de République, une deuxième après la crise de 1968 et une refonte complète en 1982, après l'arrivée de la gauche au pouvoir, les unes et les autres intégrant à mesure les développements du sujet postérieurs à la première édition – et Dieu sait s'ils furent nombreux entre 1954 et 1981 –, modifiant le paysage politique et le champ idéologique, bouleversant les rapports de force. La dernière version avait bénéficié du concours amical et éclairé de Louis Audibert, qui, avant de disparaître, avait accueilli dans sa jeune maison d'édition ce rejeton tardif de celui qu'il avait connu. Ce livre lui est dédié en témoignage de reconnaissance.

C'est devenu une habitude de parler de *La* (ou des) *Droite*(s) comme d'un classique, un de ces livres dont on déclare, d'un mot disgracieux mais qui dit bien ce qu'on veut dire, qu'il est incontournable. Même la réussite de la grande entreprise collective de *L'Histoire des droites en France,* en trois volumes, dirigée par Jean-François Sirinelli, menée à bien par plusieurs dizaines d'historiens consacrés, qui s'inscrivait précisément dans le même champ, n'a pas fait oublier le petit livre conçu et écrit solitairement au début des années 1950.

Si ce livre a duré, c'est peut-être parce que sa naissance ne devait rien aux circonstances ni à l'humeur du temps. Il ne cherchait pas à flatter les passions du moment, ni ne sacrifiait à un effet de mode.

On mesure mal, un demi-siècle plus tard, à quel point ce livre et son sujet étaient à contre-courant. Ils l'étaient doublement: au regard des orientations qui dominaient alors l'historiographie comme des dispositions du corps électoral. L'étude du politique était pour une nouvelle école l'exemple même d'une histoire surannée: la politique n'était pas un objet digne d'attention. Quant au sujet sur lequel j'avais jeté mon dévolu, après avoir balancé entre plusieurs (dont une étude de la grève comme phénomène social et culturel), on ne pouvait guère en concevoir un qui fût plus inactuel: s'intéresser alors à la droite était deux fois suspect pour un historien. Un demi-siècle plus tard, alors que nous vivons depuis plus de quarante-cinq ans sous la Ve République, et que, dans le cadre des institutions dessinées par le général de Gaulle, la droite a détenu le pouvoir sans partage et sans interruption les deux premières décennies et pratiqué ensuite une alternance régulière avec la gauche, additionnant à ce jour plus de trente ans de pouvoir, on se représente mal ce qu'était, en 1951 – l'année où meurt Philippe Pétain –, la situation de la droite, de ses idées, de ses formations dans l'esprit public. La droite sortait disqualifiée, sinon déshonorée, de sa compromission effective ou présumée avec le régime de Vichy. Même si quelques personnalités avaient sauvé l'honneur de la droite par leur clairvoyance, leur courage et leur engagement dans la Résistance, les idées de droite avaient été discréditées par les emprunts que leur avait faits la Révolution dite nationale, qui n'était à vrai dire qu'une contre-Révolution.

Il y avait plus grave encore: la victoire de 1945 apparaissait comme celle de la démocratie sur les régimes totalitaires, et l'on ne songeait guère à distinguer entre droite, conservatrice ou libérale, et fascisme. La gauche y trouvait avantage. La confusion entre les deux phénomènes rencontrait d'autant moins de résistance intellectuelle qu'elle avait été préparée et accréditée dans les années 1930 par la campagne qui, sous la bannière de l'antifascisme, dénonçait les ligues de droite et d'extrême droite comme la variante française du fascisme universel. Tout ce qui ne se situait pas strictement dans le sillage de la tradition qui identifiait la démocratie à la souveraineté du Parlement était réputé fasciste. Si surprenante que la chose puisse paraître aujourd'hui à des électeurs nés après 1958 ou à des citoyens qui, à l'inverse, ne se souviendraient, eux, que du gaullisme des années de guerre, le mouvement lancé en avril 1947 par le général de Gaulle, le RPF, pour rassembler en dehors des partis les Français qui entendaient donner à leur pays des institutions plus adaptées à la défense de la grandeur et des intérêts français que celles de la IVe République, dont lui-même dénonçait l'impuissance, fut alors soupçonné d'être une résurgence du fascisme abhorré. La revue *Esprit* consacra un numéro spécial à l'examen de la question. Le RPF ne contestait-il pas le régime établi? Ne menaçait-il pas l'ordre légal? Sa critique incisive des partis, une polémique qui ne répugnait pas aux outrances verbales, qui s'y complaisait même, le prestige du chef charismatique, la ferveur des rassemblements de masse, l'intervention d'un service d'ordre musclé aux méthodes expéditives et brutales pour assurer la protection des orateurs et le bon ordre des manifestations (il y eut mort d'homme à l'un de ces meetings, à Grenoble en 1951): autant d'indices qui se prêtaient à une interprétation du gaullisme comme une virtualité du fascisme, à laquelle la suite de l'histoire apporterait un démenti catégorique.

Mais, quand je conçus ce projet d'un livre qui s'attacherait à définir la droite, on déchiffrait naturellement l'actualité et on interprétait le gaullisme par référence à l'avant-guerre et non pas à la Vᵉ République. La droite était alors perçue comme la survivance archaïque d'un passé que l'on souhaitait irrévocablement révolu, mais aussi comme une menace toujours possible. C'est dans ce contexte politique et intellectuel que mon projet a pris corps.

***

Je crois pouvoir dire, sans crainte d'être insincère, que, parmi les motifs qui m'ont inspiré ce choix, il n'y en avait aucun qui ne fût scientifique et ne procédât du simple désir de connaître et de comprendre, si ce n'est la sympathie qui doit inspirer l'historien pour toute forme d'activité de l'homme en société. Pas la moindre intention d'entreprendre une quelconque réhabilitation. J'aurais aussi bien pu porter mon choix sur la gauche, mais celle-ci avait alors le vent en poupe et bénéficiait d'un intérêt qui décourageait de venir, à la suite de tant d'autres, joindre sa voix aux leurs. Peut-être a joué en faveur de la droite la réaction contraire: j'ai toujours été tenté de prendre le contre-pied des thèses simplificatrices. Si une considération particulière est intervenue, ce fut le souhait de travailler à rétablir une vision des choses moins réductrice et plus conforme à la complexité des situations.

La vie politique m'avait toujours intéressé et son étude m'attirait. Je ne partageais pas le postulat, alors dominant, qui ne voyait dans la politique que le reflet des réalités socio-économiques, réputées plus essentielles, et la simple résultante de rapports de force. Je croyais que la politique constituait un ordre d'activité qui avait sa consistance propre et disposait d'une certaine autonomie par rapport aux déterminations de toute nature et aux contraintes découlant de l'état de l'économie ou de la situation sociale. Parallèlement, ma conviction – qui procédait d'une vision plutôt optimiste de la nature humaine en harmonie avec une anthropologie déduite de la référence au christianisme – que les hommes ne se décidaient pas exclusivement en fonction de leurs intérêts matériels, mais étaient capables de choix désintéressés et même de sentiments généreux, trouvait une confirmation empirique dans les travaux de sociologie électorale qui révélaient l'absence de corrélation rigoureuse entre le statut social des individus et leurs opinions, politiques ou religieuses. La droite, pas plus que la gauche, n'était le simple reflet d'une sociologie. Les appartenances politiques méritaient donc d'être étudiées pour elles-mêmes.

De surcroît s'étaient éveillés très tôt un goût prononcé pour les idées politiques et une curiosité pour leur histoire, pour ce qu'elles devenaient dans l'opinion. Porté comme tout historien à m'intéresser par priorité aux continuités durables et à leurs traces, je présumais que les systèmes de pensée politique n'étaient pas parmi les phénomènes les plus périssables : on devait pouvoir, en remontant le cours du temps, retrouver des annonces, comme des pierres d'attente, et dans l'autre sens on serait sans doute bien avisé d'y regarder à deux fois avant de proclamer la disparition programmée de l'une de ces traditions qui constituent le patrimoine idéologique de la politique française.

J'aurais fait le tour de mes intuitions ou de mes postulats quand j'aurais fait état du désir, en m'attaquant à la droite, de déchiffrer une énigme qui m'intriguait depuis longtemps : on parlait toujours de la droite – ou de la gauche – au singulier, comme d'une réalité homogène. Or, quiconque entreprenait de la définir, d'enfermer sa réalité dans quelques formules simples, butait sur une difficulté apparemment irréductible : c'était une sorte de rébus. De la droite il était possible de dire, et, semble-t-il, avec la même vraisemblance chaque chose et son contraire : elle était à la fois autoritaire et libérale, archaïsante et moderniste, élitiste et populiste, agrarienne et industrielle. Elle avait tour à tour désapprouvé les aventures outre-mer et défendu bec et ongles l'intégrité de l'Empire colonial. Elle avait pris fait et cause pour la fermeté dans les rapports avec nos voisins au risque de la guerre et à d'autres moments s'était laissé séduire par les sirènes du pacifisme. Qu'était-ce donc que cet être hybride fait de contradictions ? De deux choses l'une : ou l'on parvenait à introduire un peu de logique dans cette incohérence, ou il fallait rayer purement et simplement ce concept du vocabulaire politique. Cette exigence de cohérence fut déterminante dans la naissance de mon hypothèse. On sait celle qui me vint à l'esprit : si, au lieu d'être unique, la droite était plurielle ? J'eus l'intuition que la solution de l'énigme était dans la pluralité. Il n'y avait pas une seule droite qui aurait été, simultanément ou successivement, selon les cas, farouchement hostile à la Révolution, avant de devenir adepte des principes de 1789, ou tour à tour gagnée à l'individualisme et convaincue que l'individu ne trouve sa raison d'être que dans sa subordination au groupe, mais plusieurs droites, par exemple l'une irréductiblement contre-révolutionnaire et une autre, au contraire, acquise aux principes de 1789. Cette supposition fut comme une illumination que j'ai comparée, un jour, à la démarche de l'astronome Le Verrier postulant l'existence d'une planète encore inconnue de nos observatoires pour rendre compte des anomalies qui perturbaient le parcours des objets célestes : le trouble de l'esprit à propos des incidences de la droite ne venait-il pas de ce que, dans le ciel des idéologies, on rapportait à un astre unique, les effets de plusieurs ? À l'étude d'une étoile unique, je proposais de substituer la reconnaissance d'une constellation. Ce faisant, les notions de droite et de gauche étaient sauves.

Si ce qui n'était encore qu'une hypothèse dans mon esprit a surgi de la considération et de l'exploration du passé, sa découverte et sa formulation ont probablement été facilitées par une pente naturelle de ma réflexion. Je suis irréductiblement réfractaire à tout système d'explication moniste, quel que soit le principe dont il fait tout procéder, la matière ou la lutte des classes, le pouvoir de l'argent ou la recherche de la domination par des groupes organisés, la synarchie, la franc-maçonnerie, ou la Compagnie de Jésus. Je ne suis guère plus adepte des systèmes dualistes : je crois la réalité trop diverse pour se laisser réduire à deux forces seulement, sauf dans les situations critiques qui obligent à des choix alternatifs. Je suis assez près de penser que le nombre de la réalité n'est pas le duel mais le pluriel. Il ne me déplaisait donc pas que les droites françaises fussent trois.

Tel était l'apport le plus original de cet essai : il énonçait une hypothèse qu'il soumettait à l'appréciation des experts et aussi au jugement de l'avenir, car, si elle était pertinente, ne devait-elle pas s'appliquer aussi à ce qui n'était pas encore et être une clé pour déchiffrer l'avenir ? Ce n'était pas le récit d'une histoire, qu'on ne m'avait pas attendu pour raconter. Je procédais par coupes successives, opérées de loin en loin, à des moments décisifs de l'histoire des droites, correspondant à l'apparition ou à la mutation de telle ou telle. Une seule était née à droite, celle qui avait refusé la Révolution d'emblée. Les autres étaient nées à gauche avant d'enjamber la ligne qui sépare droite et gauche.

Ces droites, encore fallait-il les désigner : comme aux étoiles nouvelles, il convenait de leur donner des noms. Pour les baptiser, j'avais emprunté les appellations des régimes ou des expériences politiques où elles avaient pris corps. Ainsi, c'est sous le régime de Juillet que la droite libérale a connu sa première application, d'où la dénomination d'*orléaniste*. Il va sans dire que le giscardisme, qui sera au siècle suivant, dans les années 1970, l'expression la plus approchée de cette tradition, n'a pas grand-chose à voir avec la maison d'Orléans. Pourtant, il y a bien entre le « juste milieu » de Louis-Philippe et le « gouverner au centre » de Valéry Giscard d'Estaing plus que des ressemblances.

De même plus tard, pour la droite qui conjugue autorité et référence au peuple comme source de légitimité, en l'appelant *bonapartiste*, je n'ai pas prétendu que la Ve République était le Troisième Empire : la personnalité de son fondateur est suffisamment forte et sa singularité trop prononcée pour ne pas être une réplique, un succédané des deux Napoléon. Pourtant, on ne saurait nier qu'il y ait dans les références et les orientations, dans la pratique aussi, assez d'analogies pour qu'on ne puisse éluder la question de leurs relations.

Quant à la dénomination de *légitimiste* choisie pour désigner la troisième des droites – à vrai dire la première dans l'ordre chronologique –, je l'ai empruntée, elle aussi, au règne de Louis-Philippe. J'aurais pu préférer le terme d'*ultracisme,* qui la définit assez bien pour la période de la Restauration, mais la notion d'ultra s'emploie aujourd'hui pour qualifier toute dérive extrémiste : ne parle-t-on pas d'ultralibéralisme ? Par ailleurs, le chapitre de notre histoire qui s'est ouvert au lendemain de la révolution de 1830 est aussi celui où cette droite, désormais écartée du pouvoir pour longtemps, a achevé de se constituer en école de pensée. Il va sans dire que sa descendance actuelle ne se définit plus du tout par sa position dans la querelle dynastique qui opposa jadis les deux branches de la maison de France et leurs fidèles.

En tout état de cause, les dénominations retenues, si elles caractérisent ces trois traditions et contribuent à les différencier, n'épuisent pas leur originalité et ne définissent pas seules leur identité. Les noms ne doivent pas être un obstacle à la compréhension de l'hypothèse. On se gardera donc de rouvrir toute querelle suscitée par un nominalisme superficiel.

L'ACCUEIL

J'eus beaucoup de chance : mon livre ne passa pas inaperçu. La production historique à l'époque n'était pas, il est vrai, aussi abondante qu'aujourd'hui, où beaucoup d'ouvrages se perdent dans le flot qui les emporte. Le livre sortit en librairie aux derniers jours de mai 1954, les premiers exemplaires du service de presse durent parvenir aux critiques aux premiers jours de juin et il bénéficia de plusieurs comptes rendus avant le début de l'été. Si, sur le moment, il ne retint guère l'attention des historiens, il intéressa les politistes et aussi certains journalistes. Maurice Duverger et Raymond Aron, qui étaient alors les deux analystes politiques, dont la signature dans *Le Monde* et *Le Figaro* faisait autorité, eurent la gentillesse, ne me connaissant pas, d'accepter l'invitation d'une station de radio publique et de se prêter avec moi à un débat d'une heure sur le livre. C'était, abstraction faite de quelques brèves interviews, ma première participation à une émission de radio sur un sujet politique : j'étais tétanisé. Depuis ont suivi cinquante années d'innombrables interventions à la radio et à la télévision, où je me trouverais à mon tour dans la situation de mes deux interlocuteurs, d'expert que l'on consulte, sans que je me sois jamais entièrement affranchi de l'appréhension dont je fis ce jour-là l'expérience. Mes deux interlocuteurs furent pleins de bienveillance pour ce jeune débutant. Ils avaient lu le livre, mais l'un comme l'autre en avaient retenu essentiellement ce qui touchait à leur propre réflexion, rejoignait leurs analyses familières et pouvait nourrir l'échange controversé qu'ils poursuivaient depuis longtemps entre eux sur les antennes de radio. Raymond Aron était intéressé par ma critique de la définition de la droite comme une essence immuable, une entité intemporelle, qui venait abonder sa propre critique de la pertinence d'un panorama idéologique – il écrivait alors *L'Opium des intellectuels.* Quant à l'auteur des *Partis politiques,* livre qui faisait grand honneur à son auteur et à l'école française de science politique, mon étude le confirmait dans sa conviction que le centre n'avait pas d'existence et que le débat politique se réduisait à ce qu'on n'appelait pas encore une bipolarisation.

Quelques semaines plus tard, j'eus la surprise, en dépliant *Le Figaro* aux premiers jours d'août, partant pour des vacances familiales en Bretagne, de découvrir en première page, sur les deux colonnes de gauche, un grand article d'André Siegfried, que je n'avais jamais approché, qui saluait la parution de mon livre et en faisait une présentation à la fois pénétrante et bienveillante.

Je n'en dirai pas davantage pour la relation des échos. Je n'évoquerai pas les aspects seconds du lien qui s'est alors établi entre mon nom et ce livre, ou, plus précisément, son sujet, la droite. J'étais désormais, je reste encore pour le grand public comme pour des auditoires plus spécialisés, l'auteur de *La Droite,* même s'il m'arrive de regretter cet effet réducteur. Au point qu'on s'imagine souvent que ce fut le sujet de ma thèse de doctorat: or, en 1954 pareil sujet n'aurait pas été admis pour cette qualification. Aujourd'hui encore il est assez rare, pour ne pas dire exceptionnel, qu'on ne fasse pas référence à ce livre, paru voici un demi-siècle, quand on me présente à un auditoire. Mais laissons l'anecdote pour nous attacher à la signification de cette réception.

L'interprétation, dont je redis que c'était en 1954 une hypothèse de travail, est passée dans le domaine public. Les journalistes l'ont agréée ; les historiens aussi s'y réfèrent, tantôt en citant expressément l'origine, tantôt sans cette précaution, mais quoi de plus honorable pour une idée que de devenir ainsi objet d'usage courant ? La substitution, dans le titre de la réédition de 1982, du pluriel au singulier, le passage de *La Droite* à *Les Droites,* prenait acte de l'acquiescement général à la thèse de la pluralité.

La tripartition des droites fait partie des quelques axiomes fondamentaux sur la vie politique française. Il y eut plus inattendu : sa reconnaissance par les politiques eux-mêmes. La distinction des droites leur est familière. Eux aussi s'y réfèrent. Les adversaires des droites se plaisent à repérer orléanistes et bonapartistes. Les politiques de droite eux-mêmes ne font pas difficulté pour se rattacher à telle ou telle de ces trois traditions. L'hypothèse a ainsi reçu la double validation des experts et des acteurs.

L'acceptation d'une typologie qui, en mettant en évidence la pluralité, faisait justice des descriptions réduisant le débat public à l'affrontement de deux blocs hostiles, raidis dans leur antagonisme, a-t-elle concouru, modestement, à l'avènement d'un certain consensus ? S'il en a été ainsi, même pour une faible part, l'analyse aura-t-elle travaillé, sans l'avoir cherché, à dissoudre son objet en relativisant le caractère absolu, exclusif et pérenne de la division droite-gauche ? On reviendra sur ce point, qui est l'autre pôle de la démarche dont ce livre était l'expression.

L'idée d'une distribution de la droite en trois composantes distinctes, après avoir ainsi obtenu l'assentiment des politiques, a reçu une validation plus précieuse encore : celle de l'expérience. Toute tentative de rendre compte du passé, dès lors qu'elle inclut des postulats de portée générale, est exposée à l'épreuve de la réalité. Il est banal d'opposer les sciences de la nature, où il y a possibilité de soumettre à des expériences volontairement provoquées la pertinence d'un théorème ou d'une hypothèse, aux sciences sociales, notamment à l'histoire où les situations ne se reproduisent jamais à l'identique et dont les objets – les faits sociaux – ne se prêteraient pas à cette forme de vérification. À vrai dire, le contraste est moins radical: les interprétations de l'histoire ne sont pas moins sujettes au contrôle de la réalité et leur autorité scientifique est, elle aussi, suspendue au jugement des faits objectifs. Ainsi, affirmer en 1954 la pérennité de la division droite-gauche n'allait pas sans risque: celui que la suite vienne promptement administrer un démenti en substituant un autre principe de répartition des idées politiques à celui qui régissait depuis un siècle et demi la configuration des opinions et le système des rapports entre partis. Que resterait-il, vingt ou trente ans plus tard, de ces trois droites, si la vie politique subissait quelque bouleversement fondamental? On pouvait raisonnablement gager qu'aussi longtemps que le débat politique resterait conditionné par la fracture issue de 1789, l'affrontement entre une droite contre-révolutionnaire et d'autres garderait un sens. Mais qu'adviendrait-il le jour où tous les Français auraient accepté les principes de 1789 comme faisant partie du patrimoine commun? Les chances de durer de ma théorie dépendaient pour beaucoup de la stabilité du système de la vie politique: tout changement d'importance maintenait sur mes suppositions une menace de précarité et de fragilité.

Or, on sait si, en changements politiques, nous avons été gâtés dans les cinquante années écoulées depuis 1954.

Certains étaient déjà survenus entre le choix du sujet et l'achèvement du livre. Ainsi de la remontée de la droite et de son retour au pouvoir, qui étaient venus confirmer mon pronostic sur sa pérennité présumée. Les élections législatives du 17 juin 1951 avaient amené au Palais-Bourbon une Assemblée où l'opposition convergente du groupe communiste, fort de quelque cent soixante sièges, et du groupe RPF avec ses cent vingt élus obligeait tous les autres partis à s'entendre pour gouverner ensemble. La coalition des socialistes, du MRP et des radicaux, ne disposant plus à elle seule d'une majorité, était contrainte de s'ouvrir aux députés de droite regroupés dans le cadre du Centre national des indépendants, flanqué des élus paysans. Cette droite vilipendée, dont certains avaient déjà dressé l'acte de décès, devenait un partenaire indispensable : elle serait de la plupart des majorités et ses représentants feraient partie de presque tous les gouvernements dans les six années qui resteraient à courir pour la IVe République. Dès mars 1952, l'investiture d'Antoine Pinay comme président du Conseil valait reconnaissance explicite de ce changement et consacrait la réintégration de la droite parlementaire d'inspiration libérale dans le champ politique et le système des forces de gouvernement. L'année suivante, l'élection de René Coty à la présidence de la République confirmait cette restauration. La thèse des trois droites en sortait corroborée.

Mais résisterait-elle aussi bien aux changements qui devaient suivre ? Le passage de la IVe République à la Ve, le retour du gaullisme et sa domination ne signifiaient-ils pas l'effacement des droites traditionnelles et la simplification de l'éventail ? Les institutions n'étaient pas seules transformées : les conditions de la vie politique aussi étaient profondément modifiées avec l'élection du chef de l'État au suffrage universel, l'instauration de procédures de consultation directe du corps électoral, la prépondérance de l'exécutif, l'affaiblissement de la représentation parlementaire, l'exténuation de la délibération. Le bouleversement du système politique n'entraînait-il pas *ipso facto* la ruine du système d'explication et en particulier de la division droite-gauche ?

Or, loin que cette mutation ait périmé une analyse qui se fondait sur le partage de l'opinion en deux blocs antagonistes baptisés droite et gauche, on a vu le camp qui avait préféré après 1958 s'appeler majorité plutôt que se définir par ses origines reprendre, à partir de sa défaite en 1981, son appellation de droite. La droite est aujourd'hui libérée d'un complexe assez comparable à ce qui s'appelle dans l'ordre des convictions religieuses respect humain – cette honte de son identité –, qui la conduisait à adopter pour se désigner des circonlocutions embarrassées. On sait la force du lien qui associe dénomination et revendication d'identité. La pratique répétée de l'alternance depuis plus de vingt ans, qui remet en jeu à chaque consultation générale l'attribution du pouvoir et fait à chaque fois passer l'un et l'autre camp du pouvoir à l'opposition ou de l'opposition à l'exercice des responsabilités, a encore renforcé la division majeure qui structure en profondeur notre vie politique.

Mettant la dernière main à l'édition refondue de mon essai en 1981, je prenais acte de la récente défaite de la droite en ces termes : « Cette dichotomie vient de passer un nouveau bail avec l'histoire. La voici qui marche allégrement vers son deuxième centenaire. » C'est aujourd'hui chose faite, et je croyais pouvoir ajouter : « On ne voit pas pour l'heure ce qui l'empêcherait d'entamer dans quelques années son troisième siècle d'existence. » Nous y sommes. Le pronostic est vérifié.

Quant à la tripartition des droites, et en particulier l'affirmation d'une différence irréductible entre la droite libérale, parlementaire sous la Vᵉ République – celle baptisée orléaniste –, et la droite autoritaire, toute l'histoire, combien riche en péripéties et en rebondissements, de leurs relations, souvent orageuses, toujours difficiles, en est la saisissante illustration. L'hypothèse de la pluralité des droites, et singulièrement la reconnaissance de cette dualité, éclaire l'histoire : elle la rend intelligible, elle lui donne sens. À chaque élection présidentielle depuis l'entrée en vigueur en 1965 de la réforme constitutionnelle, qui introduisait l'élection du président de la République au suffrage universel, la droite s'est divisée et a toujours présenté au premier tour deux candidats, au risque de perdre l'élection, le candidat heureux ne retrouvant pas toujours sur son nom au second tour tous les suffrages de ses compétiteurs : Jean Lecanuet contre Charles de Gaulle en 1965, Alain Poher en face de Georges Pompidou en 1969, Valéry Giscard d'Estaing, leader des républicains indépendants, opposé à Jacques Chaban-Delmas en 1974. Et si Valéry Giscard d'Estaing a trouvé en face de lui en 1981, Jacques Chirac, son ancien Premier ministre, fondateur du RPR, si ce dernier en 1988 a dû compter avec Raymond Barre, si en 1995 les électeurs de droite se sont partagés entre Jacques Chirac et Édouard Balladur, et si en 2002 François Bayrou s'est porté candidat contre Jacques Chirac, ce n'est pas seulement à cause des ambitions personnelles des compétiteurs, ni le fruit du hasard. La répétition du phénomène et sa régularité révèlent que, dans le cadre général de l'antagonisme majeur opposant droite et gauche, une autre ligne de fracture, intérieure à la droite, court entre deux traditions aussi anciennes que la division principale. Ainsi, l'hypothèse ne reçoit pas seulement de l'expérience une confirmation empirique: elle permet de comprendre les événements qui surviennent. Cinquante ans après, elle conserve un pouvoir d'explication: elle permettrait presque d'anticiper.

Les controverses

À s'en tenir à ce constat d'assentiments, à cette comptabilité de validations, on aurait néanmoins une image trompeuse de la réception faite aux thèses du livre: l'adhésion n'a pas été unanime. Si, sur le moment, il n'a pas donné lieu à débat, avec le temps et à la lumière des événements affectant la réalité elle-même, il a suscité des critiques, provoqué des objections et nourri des controverses que l'actualité politique a plus d'une fois relancées et qui sont loin d'être éteintes.

La thèse de la pluralité des droites n'a, elle, guère été contestée. Les critiques n'ont porté que sur telle ou telle de ses applications. Ainsi a été parfois mise en doute la pertinence de mes choix pour désigner celle-ci ou celle-là. Je me suis déjà expliqué sur les raisons qui les avaient inspirés et précisé, ce faisant, la signification qu'il convenait de leur attribuer. Il ne fallait donc pas leur attacher plus d'importance qu'à des repères, qui les inscrivent dans la durée et leur assignent une identité au registre d'état civil des familles de pensée politiques. Mais la relation est, il est vrai, étroite entre les noms et les réalités qu'ils désignent : nommer celles-ci, c'est déjà leur conférer une identité.

Des critiques plus substantielles ont porté sur la légitimité des filiations que j'établissais dans la reconstitution des généalogies intellectuelles. La droite contre-révolutionnaire, celle que je surnommais légitimiste, n'a soulevé aucune difficulté, ni provoqué aucune récusation : la continuité de son discours, des premiers doctrinaires de la contre-Révolution aux actuels tenants de l'intégrisme catholique en passant par la médiation de l'intransigeantisme religieux, est telle que sa reconnaissance ne souffre pas de discussion. Curieusement, l'apparentement que j'établissais entre le libéralisme de la monarchie de Juillet, l'opportunisme, du reste mal nommé, des républicains fondateurs de nos institutions parlementaires, les indépendants de la IVe République et les fidèles du giscardisme jusqu'aux héritiers actuels de l'UDF, n'a pas suscité plus de réserves : la chose était pourtant moins évidente. C'est le rattachement du gaullisme à la troisième de mes droites, celle qui se caractérise, entre autres traits constitutifs, par l'affirmation de l'autorité de l'État, la référence au peuple souverain, la défiance des partis, l'inclination pour une démocratie directe et l'absence de prévention contre la modernité, qui m'a valu le plus d'objections. C'est le seul point sur lequel François Goguel, maître incontesté de l'étude de la droite et de la gauche, des partis de l'Ordre et du Mouvement depuis la publication en 1945 de sa magistrale étude sur *La Politique des partis sous la IIIe République,* avait, à la parution de mon livre, exprimé une réserve. Mon ami Jean Touchard témoignait aussi d'une certaine perplexité devant ce rattachement. La différence des réactions à propos des trois traditions pourrait trouver un début d'explication dans l'inégalité de leur relation avec l'actualité du moment. Une petite minorité exceptée pour laquelle le débat sur la Révolution demeurait la grande question, la droite extrême était devenue ce qu'en épistémologie on appelle, d'une image expressive, un objet froid, ou refroidi. Rien de tel pour le gaullisme : depuis le retour au pouvoir du général de Gaulle en 1958 et le changement de régime, le gaullisme était au cœur des controverses, suscitait des adhésions et des rejets pareillement passionnés : le débat faisait rage sur sa nature et ses implications. Peut-être aussi cette filiation n'était-elle pas la partie la plus solidement fondée de la démonstration. En outre – et la chose apparaîtra plus clairement avec les années à la lumière d'autres controverses –, la discussion sur le gaullisme interférait avec d'autres sujets suscitant des divergences d'appréciation.

La France a-t-elle connu le fascisme ?

Le principal désaccord a porté sur l'existence – ou la non-existence – d'un fascisme français. Tous ceux qui se rassemblèrent à partir du 6 février 1934 sous la bannière de l'antifascisme ne doutaient évidemment pas de sa réalité : pour eux, le fascisme empruntait, en France, les traits des ligues antiparlementaires, fer de lance de la droite réactionnaire. Le sens du combat qu'ils menaient était clair : défendre la démocratie contre le fascisme universel. Ce combat, momentanément perdu du fait de la défaite de 1940, avait été gagné en 1945, mais dans l'intervalle la France avait fait avec le régime de Vichy l'expérience du fascisme. Telle était, je l'ai rappelé dans les premières pages, l'interprétation de l'histoire récente qui était généralement reçue comme l'expression de la vérité. Or, c'est contre cette vulgate trop réductrice à mes yeux que j'avais entrepris une relecture des années 1930-1940, qui avait abouti à quelques propositions non conformistes. La France avait été moins touchée que la plupart des pays européens, ses voisins, par la tentation du fascisme. Ce qu'on avait pris pour une variante française du phénomène général fasciste n'avait à mon sens pas grand-chose de commun avec lui, en dehors de quelques ressemblances superficielles comme le culte du chef, le port de l'uniforme, le goût pour les rassemblements de masse et les défilés militaires. Cette agitation s'enracinait dans une tradition plus ancienne, proprement française, dont les sources étaient typiquement nationales. Je pensais en repérer les origines dans une certaine interprétation du bonapartisme et je suivais les étapes de sa transmission, du boulangisme à l'agitation des ligues nationalistes. Quant au régime de Vichy, à l'exception de sa dernière incarnation où l'État fut confisqué par la Milice et qui était effectivement un avatar du fascisme assez semblable à l'éphémère République sociale italienne après la déchéance de Mussolini, la révolution nationale proclamée et mise en œuvre dès le 12 juillet 1940 me paraissait typiquement l'expression de la droite la plus ancienne, celle qui n'avait pas attendu l'émergence des régimes autoritaires du XXe siècle pour entreprendre de reconstruire l'État et de refonder la société sur la négation des principes de 1789. Il n'était pas nécessaire de chercher à l'étranger les références inspiratrices d'une expérience qui, plus que fasciste, était réactionnaire. Conséquence de cette interprétation : la droite en France ne se confondait pas avec le fascisme. Au reste, n'en allait-il pas de même en d'autres pays ? Si, en plusieurs pays, les conservateurs avaient fait le jeu des mouvements fascistes et involontairement fait la courte échelle à des aventuriers, par aveuglement ou parce qu'ils surestimaient leur propre pouvoir, nulle part la vieille droite, conservatrice des valeurs traditionnelles, monarchique, aristocratique, élitiste, notabiliaire, religieuse, ne s'était confondue avec les mouvements plébéiens et populistes. Les théoriciens vichyssois de la Révolution nationale n'avaient rien à voir avec les collaborateurs parisiens, adeptes du national-socialisme, admirateurs du Grand Reich. Quoi de commun entre un Henri Massis et un Marcel Déat ? Ils n'avaient pas bu aux mêmes sources philosophiques. Ces mouvements de droite ont même fourni à la résistance au totalitarisme quelques figures emblématiques. Il n'y avait donc pas lieu, à mon sens, en entreprenant de dresser un inventaire des droites en France, d'ouvrir une colonne spécifique pour une droite fasciste.

Cette réinterprétation a été reçue en 1954 en France avec une relative facilité : sur le moment, l'essentiel n'en a guère été contesté. Certes, elle n'a pas empêché les médias de continuer à présenter des parades de nationaux-socialistes passant sous la porte de Brandebourg et des défilés de Croix-de-Feu remontant les Champs-Élysées comme deux manifestations jumelles. Mais cette interprétation a été généralement cautionnée, reprise, argumentée, enrichie par la plupart des historiens français de la période. Elle est même passée dans les manuels scolaires, expression refroidie et simplifiée de la vérité admise.

Elle n'a cependant pas été du goût de tous. Elle a rencontré des sceptiques, elle a surtout suscité la contestation de ceux qui continuent de lire les années 1930 à travers les lunettes de l'antifascisme et de déchiffrer cette séquence si discutée de notre histoire récente à travers la grille de l'affrontement du fascisme et de la démocratie.

La controverse a été relancée récemment par la publication en 2003 d'un ouvrage collectif dirigé par Michel Dobry sous le titre *Le Mythe de l'allergie française au fascisme*. Quelques mois plus tard lui faisait écho la parution en français d'un livre de Robert Soucy reprenant les thèses qu'il énonçait depuis longtemps aux États-Unis. Le point d'interrogation qui accompagne le titre *Fascismes français ? 1933-1939* ne doit pas faire illusion ; la réponse est catégorique : il y eut bien selon lui dans ces années – et à cet égard le choix du premier millésime retenu n'est pas indifférent – un fascisme français dont il est dit qu'il fut un véritable courant politique de masse et de droite.

Les contributeurs du premier ouvrage nous intentent, à moi-même et aux autres historiens français, que leur recherche a pareillement conduits à relativiser l'importance de l'imprégnation fasciste en France dans les années 1930, un procès d'intention. Ils nous soupçonnent d'avoir obéi à des motivations autres que le souci de la vérité : nous aurions agi par désir de disculper la France des fautes dont elle s'est ensuite rendue coupable. On reprocha à notre présentation des faits d'être apaisante, voire hagiographique. Notre interprétation ne devrait le succès qu'elle a rencontré qu'à la possibilité qu'elle ménageait de tourner la page d'un chapitre que beaucoup étaient pressés d'oublier. C'est une commodité et un procédé classique pour discréditer une thèse que de disqualifier ainsi ses auteurs en leur prêtant des intentions suspectes et des arrière-pensées inavouées ou inavouables.

On pense aggraver notre cas en insinuant que cette thèse aurait bénéficié du soutien des autorités (dont on ne sait si elles sont politiques ou universitaires), et en qualifiant cette histoire d'officielle ou encore d'orthodoxe. Ne va-t-on pas jusqu'à dire qu'il a fallu du courage à ses contradicteurs pour s'y opposer, comme si les tenants de cette thèse avaient exercé sur l'Université et la recherche historique une dictature intellectuelle à la manière de la domination sur la philosophie française d'un Victor Cousin au temps de la monarchie de Juillet ? Dois-je rappeler que la première édition de *La Droite* était l'œuvre d'un historien isolé et qu'elle était alors à contre-courant des orientations majeures de l'historiographie ? Plusieurs historiens ayant abouti plus tard à des conclusions analogues, on en induit l'existence d'un clan – pourquoi ne pas évoquer tant qu'on est en veine d'invention une synarchie ? – qui aurait mené une action systématique. À voir comment quelques-uns ont fabriqué de toutes pièces une chimère, on conçoit quelque doute sur la solidité de leur argumentation sur le fond : si les travaux de plusieurs historiens ont abouti ainsi à des conclusions voisines, plutôt que soupçonner la conjuration d'un groupe de pression, pourquoi ne pas admettre tout bonnement que leur convergence peut être aussi bien le constat d'une évidence ?

Venons-en précisément au fond. Nos accusateurs – tel est bien le terme qui convient pour qualifier les auteurs de ce procès de tendance – nous reprochent, plus encore que de minorer l'étendue de l'influence du fascisme, d'expliquer cette quasi-absence par une prétendue allergie de la France à la séduction du fascisme : elle bénéficierait d'une sorte d'immunité qui la préserverait de toute tentation à son égard. C'est ce statut exceptionnel qui constitue le chef principal d'accusation de la thèse baptisée immunitaire.

Je ne pense pas avoir moi-même jamais employé le mot allergie : il n'appartient pas à mon vocabulaire, et moins encore à mon registre d'explication. Pour une raison bien simple et qui suffit : je ne crois pas aux essences. Historien, je ne suis pas tenté par la référence à des entités immuables et intemporelles. Je tombe des nues quand je lis sous la plume de l'un des contributeurs de cet ouvrage collectif que je suis essentialiste, alors que l'idée maîtresse de mon essai était de m'inscrire en faux contre la présentation de la droite et de la gauche comme des ensembles invariants se prêtant, de ce fait, à des définitions tout à fait indépendantes des situations historiques. N'ai-je pas assez souligné qu'elles se définissent relativement, par leur relation réciproque ainsi que par la relation avec les situations politiques et les configurations idéologiques ? Elles sont le produit de l'histoire et ne sauraient en conséquence être étudiées et comprises que dans une perspective historique, démarche exactement inverse de celle qui m'est prêtée.

Y compris pour le fascisme. Loin de postuler au départ l'*a priori* d'une disposition réfractaire de l'organisme français au fascisme, je suis parti de l'observation des faits : c'est l'épreuve de vérité. Que nous disent-ils ? Qu'à la différence d'autres pays – car la dimension comparative n'est pas absente de mon analyse et je suis bien d'accord sur son importance capitale –, en France, le fascisme n'a pas pris ; il n'a pas accédé au pouvoir si l'on admet que le régime de Vichy ne s'y apparente que dans des circonstances dont on conviendra qu'elles étaient exceptionnelles et par des causes en grande partie exogènes. La défaite militaire n'est pas une situation ordinaire et moins encore l'occupation du territoire national par l'ennemi vainqueur. Le fascisme se serait-il jamais installé au pouvoir sans ces événements dramatiques qui n'avaient pas été plus voulus que prévus par la majorité des Français ?

À partir de ce constat, quoi de plus normal, de plus conforme à l'intelligence historique que de s'interroger sur les causes de cette singularité et de rechercher des explications dans la situation de la France à ce moment de son histoire? Que discerne-t-on qui établit des différences objectives dûment répertoriées? Que la France est sortie de la Grande Guerre dans le camp des vainqueurs et n'a donc pas de raison de partager l'amertume des vaincus ou la déception d'une Italie ulcérée par une victoire mutilée. Que la France, dont l'économie est restée plus traditionnelle et qui est en retard sur les États-Unis et les grands pays industriels de l'Europe du Nord, vit davantage repliée sur le marché intérieur et a, pour ces raisons, été moins touchée par les incidences de la grande crise qui frappe le monde à partir d'octobre 1929. La société française, étant moins ébranlée dans ses profondeurs que tel ou tel de ses voisins, est aussi moins tentée de prêter l'oreille aux sirènes du fascisme. En tout cela il n'est pas question d'allergie, mais de relation entre des données objectives et des réactions politiques.

Pour comprendre ces réactions, pourquoi ne prendrait-on pas en compte les expériences antérieures, les souvenirs qu'elles ont laissés dans la mémoire collective et aussi les leçons que la conscience des citoyens a pu en retenir? La culture politique d'un peuple est faite de son passé inlassablement relu, indéfiniment réinterprété. Or, à cet égard aussi la France se distingue. C'est un fait qu'elle a plus tôt que la plupart des autres nations du continent européen fait l'expérience de la démocratie: près d'un siècle de pratique ininterrompue du suffrage universel masculin a créé des habitudes dont je me garderai bien de dire qu'elles ont immunisé les Français contre les tentations totalitaires, mais peut-être les en ont-elles prémunis.

On pourrait trouver d'autres explications encore ou hasarder quelque supposition plus proche de notre sujet, les droites. Ainsi des sentiments religieux des Français : l'attachement prolongé d'une partie du clergé et des fidèles à la société traditionnelle et à ses principes d'ordre et de hiérarchie ne les prédisposait pas à accueillir ce qu'il y avait de subversif, de volonté de puissance dans l'inspiration des mouvements fascistes. Quant à ceux des catholiques qui avaient fait le choix du ralliement à la République, leur adhésion à la démocratie et à ses valeurs leur avait assez coûté pour qu'ils ne la remettent pas en question. Dans l'autre fraction de la société française, l'anticléricalisme entretenait une défiance de l'irrationnel qui mettait en garde contre des mouvements qui s'adressaient plus aux puissances de l'instinct et aux passions qu'à la raison.

L'ensemble de ces facteurs créait une situation particulière : non pas exceptionnelle, mais singulière. Nous n'avons jamais prétendu que la France bénéficiait d'un statut d'exception. Elle est un cas singulier. Ce qui n'interdit pas les comparaisons. Au contraire : c'est la comparaison qui fait ressortir l'originalité des cas particuliers comme c'est elle qui révèle les similitudes et les convergences. Or, en l'occurrence, il apparaît à des historiens, qui ne sont pas, contrairement à ce qu'on insinue, entièrement dépourvus d'esprit critique, que pour l'implantation du fascisme et l'imprégnation des esprits la France a été moins touchée que d'autres pays. Le concept d'une allergie de la France et des Français au fascisme relégué au rang des mythes, nous voici renvoyés à la confrontation avec les faits. À eux de départager les interprétations.

D'où vient alors qu'on puisse faire de la même histoire des lectures aussi différentes ? Que, pour prendre un exemple qui est au cœur de la controverse, celui du mouvement Croix-de-Feu, prolongé par le Parti social français, et de leur chef, le colonel de La Rocque, plus de soixante ans plus tard et après tant de travaux érudits de chercheurs français et la publication du grand ouvrage, qui a puisé abondamment aux sources d'archives, de Jacques Nobécourt, *Le Colonel de La Rocque, 1885-1946, ou les Pièges du nationalisme chrétien,* publié en 1996, un Robert Soucy puisse maintenir imperturbablement dans son livre récemment introduit en France, *Fascismes français? 1933-1939,* que ce mouvement était bien la version française du fascisme? Si l'on refuse la facilité, que s'accordent sans retenue quelques-uns de nos contradicteurs, d'imputer à des arrière-pensées non scientifiques les divergences d'interprétations, on ne niera pas qu'elles constituent une énigme propre à retenir l'attention. J'y reviendrai au moment de prendre en considération l'extrémisme de droite et ses diverses manifestations.

Cette interrogation se pose de façon plus pressante encore pour les travaux d'un autre historien des idées politiques auquel j'hésiterais à appliquer l'épithète d'étranger, tant il est pétri de culture française, connaissant souvent mieux que les historiens français nos propres traditions intellectuelles. J'ai nommé Zeev Sternhell, professeur à l'université hébraïque de Jérusalem, où il est titulaire de la chaire Léon-Blum, auteur de trois livres qui ont fait date, dont les deux derniers constituent la plus sérieuse remise en cause de ma distinction tripartite et ont donné lieu à une très vive controverse avec plusieurs historiens français aux positions proches des miennes: *Maurice Barrès et le nationalisme français* (1972); *La Droite révolutionnaire, 1885-1914. Les origines françaises du fascisme* (1978), et *Ni droite ni gauche. L'idéologie fasciste en France* (1983).

Ses thèses reposent sur une lecture immense, un contact direct avec de très nombreux textes dont sa sagacité déchiffre les significations et que son érudition excelle à inscrire dans la durée. Sur un point au moins, qui n'est pas mineur, il n'est pas en désaccord avec mon analyse : pour le fascisme la France n'a pas copié l'étranger ; elle n'a pas emprunté de modèles extérieurs, sauf en 1943-1944. Mais c'est pour aggraver son cas, Zeev Sternhell renversant la perspective : la France n'a pas eu à importer le fascisme parce que c'est elle qui l'a inventé. Tous les ingrédients qu'on retrouvera dans le fascisme auraient été conçus par des publicistes français avant la guerre de 1914 : l'aspiration à dépasser la division droite-gauche, la conjonction du national et du social et surtout la critique des Lumières, la récusation des principes de 1789, la dénonciation de l'individualisme, des idées libérales et de la modernité, pour leur opposer les réalités charnelles de la terre et du sang, les droits des communautés naturelles organiques.

Les droites sont-elles deux, trois ou quatre

Notre désaccord principal porte sur le nombre des droites : si Zeev Sternhell n'a pas émis d'objection à mon décompte pour le XIXe siècle, il en conteste la pertinence pour le XXe. Mon erreur serait de ne pas reconnaître, l'existence, à partir du boulangisme, d'une droite distincte des autres, que j'amalgamerais à tort avec ma droite bonapartiste, et que lui-même a appelée droite révolutionnaire, ou contestataire, ou encore dissidente. Sa critique va au-delà d'une simple omission à réparer : c'est la distinction tripartite qui ne fonctionnerait plus après l'émergence de cette nouvelle droite qui se définit notamment par le rejet de la distinction droite-gauche et la volonté de la transcender. En termes arithmétiques, le grief est moins de ne pas avoir porté à quatre – les trois premières, avec l'adjonction de cette droite – le nombre des composantes de la droite que de m'obstiner à maintenir mon trio. Car pour Zeev Sternhell le surgissement de la droite dite révolutionnaire a rendu obsolète le partage en trois. À ses yeux, eu égard au poids de l'enjeu introduit dans le débat politique par les thèses contestataires, les divergences entre droite contre-révolutionnaire et droite libérale ont perdu leur importance. Dans les années 1940, comme dès le début du siècle, il n'y aurait plus que deux droites affrontées : celle des libéraux et conservateurs confondus et la droite « sternhellienne », radicale et révolutionnaire.

Cette vision entraîne un cortège de conséquences sur l'interprétation des principaux faits historiques des années 1900 à 1945. Notamment pour le régime de Vichy, que Zeev Sternhell a identifié dans sa totalité et pour tout son parcours au fascisme ; entre le Vichy de 1940 et celui de 1945, entre la Révolution nationale et l'État milicien, pas de différence de nature : c'est de bout en bout le fascisme.

Pour intéressante qu'elle soit, cette controverse sur le nombre présumé des rameaux qui constituent l'arborescence de la droite ne serait qu'une banale dispute académique, entre érudits, et ne mériterait pas qu'on revienne sur ses péripéties si, depuis, le développement de la vie politique ne lui avait soudain restitué une actualité brûlante et n'avait de ce fait relancé la controverse en lui donnant une nouvelle dimension.

En 1954 la nébuleuse à laquelle Zeev Sternhell et d'autres confièrent une identité distincte avait disparu du champ politique, emportée par le vent de l'histoire, et ses chefs discrédités par leur collusion avec l'occupant. C'est peut-être une des raisons pour lesquelles je ne lui ai pas prêté plus d'attention. Au début des années 1950, il n'y avait plus d'extrême droite traditionnelle. Mais à sa place s'est peu à peu reconstituée, à la faveur des drames de la décolonisation, une opposition au régime et à la démocratie qui a culminé dans un combat sans merci contre la politique du général de Gaulle, avec le putsch manqué d'Alger en avril 1961, l'entrée en dissidence d'une partie des militaires de carrière et l'activité brouillonne et meurtrière des desperados de l'OAS. Cette expression d'une droite extrême a compté ses fidèles, pris la mesure de son poids réel et aussi de ses limites, avec les suffrages (5,30 %) qui se sont portés au premier tour de l'élection présidentielle, le 5 décembre 1965, sur la candidature de Jean-Louis Tixier-Vignancour, dont le nom, la personnalité symbolisaient tout à la fois l'héritage de l'Action française, la participation au gouvernement de Vichy et la fidélité au maréchal Pétain, l'opposition à la Ve République, la solidarité avec les élus poujadistes et le combat pour l'Algérie française. Ce succès très relatif fut la dernière manifestation de cette nuance d'opinion et ferma le cycle ouvert dix ans plus tôt, au lendemain de la chute de Dien Bien Phu.

Ensuite, on n'entendit plus parler de cette extrême droite pendant deux décennies. On attribua souvent le mérite de cet effacement au gaullisme pour avoir su réintégrer dans la démocratie les passionnés de la grandeur nationale et réconcilié l'autorité avec la République. Nos controverses byzantines sur le fascisme français étaient, en conséquence, tout à fait déconnectées des débats politiques entre droite et gauche, dont les enjeux étaient tout autres.

Il en fut ainsi jusqu'au coup de tonnerre des élections européennes du 17 juin 1984, où la liste du Front national conduite par un certain Jean-Marie Le Pen, que l'on avait connu député poujadiste en 1956 et candidat à l'élection présidentielle en 1974 – où il n'avait récolté que 0,5 % des suffrages –, recueillit 11 % des voix, faisant jeu égal avec le Parti communiste, déjà engagé sur une pente déclinante. Impossible, désormais, de ne pas prendre ce mouvement en considération. Quelle était donc cette formation ? Une force nouvelle ? N'était-ce pas plutôt la résurgence, la réapparition à la surface après vingt ans de parcours souterrain de cette droite extrême qui avait pris tour à tour le visage de l'agitation ligueuse, du régime de Vichy, de l'Algérie française ? Bref, de cette droite révolutionnaire, variante française du fascisme européen ? La percée du Front national relançait la querelle du fascisme et invitait à une relecture sur un siècle de l'histoire de cette tendance, depuis l'épisode boulangiste, dont Zeev Sternhell datait précisément le début d'une ère nouvelle et, corrélativement, le commencement du déclin pour la tripartition des droites. Dès lors, pouvait-on éviter de rouvrir le dossier de cette éventuelle quatrième droite ?

Réouvrir le dossier

D'autres données conspiraient pour un réexamen des thèses et hypothèses formulées en 1954. L'effacement du champ politique de la droite dite légitimiste – qui avait depuis longtemps renoncé à briguer les suffrages des électeurs et à compter ses fidèles ailleurs que dans les prieurés de Mgr Lefebvre –, la célébration solennelle et quasi unanime du bicentenaire de la Révolution – qui manifestait que la référence à 1789, ne départageant plus les Français, n'était plus le principe d'un vrai clivage entre droite et gauche – ne signifiaient-ils pas que le moment était peut-être venu de dresser l'acte de décès de cette tradition, sinon comme école de pensée, qui conservait encore quelques beaux restes, du moins comme force politique ? Rien, peut-être, ne justifiait plus de la compter comme une droite à part entière.

Un épisode tout différent, le dernier en date à ce jour, est venu ajouter un motif de plus de s'interroger sur la pérennité de la distinction entre plusieurs droites : la tentative de fusion des formations qui traduisaient sur le terrain la pluralité des traditions. L'idée de regrouper toutes les droites parlementaires dans une organisation unique revenait périodiquement dans les discussions sur la meilleure des stratégies pour la droite si elle voulait se maintenir au pouvoir, ou y revenir quand il lui avait échappé : étaler sa diversité et afficher sa pluralité pour satisfaire aux demandes diverses de son électorat et, selon l'expression consacrée, ratisser le plus large possible, ou réaliser l'unité d'organisation contre l'ennemi commun, la gauche ? Au lendemain de chaque échec électoral, les partisans de l'unité se faisaient régulièrement entendre, les dirigeants étant tentés d'attribuer leur défaite à la division censée avoir dissuadé leurs électeurs. Édouard Balladur avait été des premiers à préconiser le rassemblement des droites, essentiellement de la droite libérale et du gaullisme – soit en termes d'organisations l'UDF et le RPR –, et leur fusion dans une confédération. L'ancien Premier ministre s'était fait le propagandiste de leur unité organique. Sans grand succès, chaque formation, jalousement attachée à son autonomie, craignant d'y perdre son identité ; la préoccupation, bien naturelle, des chefs de groupe de conserver leur clientèle n'était pas le seul obstacle ni même peut-être le principal à un tel regroupement. Chaque famille se considérait comme dépositaire d'un héritage culturel dont elle n'envisageait pas de gaieté de cœur la disparition ou la dilution dans un vaste pot commun. Par ailleurs, le rapport de force était par trop inégal entre les partenaires éventuels pour que les plus faibles – les petites formations de l'UDF – ne redoutent pas de passer les Fourches Caudines de la formation la plus nombreuse, la plus disciplinée aussi et qui avait, de surcroît, le mode de fonctionnement le plus autoritaire – le RPR. Ces craintes et ces soupçons avaient fait échouer les propositions de Charles Pasqua, qui, pour prévenir des compétitions aléatoires entre candidats à l'élection présidentielle, préconisait d'organiser des élections primaires à l'image de ce qui se pratiquait aux États-Unis. Tous ces projets ingénieux, ces agencements mirifiques étaient restés à l'état d'intention ; tout donnait à croire qu'il en irait toujours ainsi et il n'était pas interdit de voir dans l'insuccès de toutes ces tentatives comme une confirmation indirecte de la pluralité irréductible des droites.

Jusqu'à ce que se déclenche inopinément un processus apparemment plus favorable : au lendemain du second tour de l'élection qui le reconduisit à la présidence de la République, le 5 mai 2002, avec 82 % des suffrages exprimés, Jacques Chirac apportait le poids de sa double autorité de fondateur du RPR et de fédérateur des droites au projet de son conseiller Jérôme Monod de créer une organisation commune dans laquelle se fondraient toutes les composantes de la droite. La nouvelle entité atteignit son premier objectif : elle gagna haut la main les élections de juin 2002 et s'assura dans la nouvelle Assemblée une majorité absolue qui la dispensait de devoir recourir à un appoint. Les députés élus sous l'étiquette de la nouvelle UMP se sont tous pliés à l'adhésion à un groupe parlementaire unique, dont ils ont depuis observé la discipline.

Ce premier succès ouvrait la voie à un projet plus ambitieux: réaliser la fusion des droites. Connaîtrait-il la même réussite? La chose était de grande importance pour notre débat: si l'échec récurrent de toutes les tentatives antérieures pour unir l'ensemble des droites dans une formation commune pouvait être tenu pour une preuve de la pluralité irréductible des droites, l'inverse, le succès de l'initiative, ne devait-il pas logiquement être, lui aussi, retenu comme une objection, une difficulté au moins, débouchant sur un dilemme? Ou bien les divergences entre les droites n'avaient jamais été aussi profondes et irréductibles que le prétendait la thèse des trois droites, qu'il convenait donc de nuancer et de tempérer. Ou – autre hypothèse moins radicale, aux conséquences moins dévastatrices – on devrait admettre que s'était effectué dernièrement un changement assez ample pour effacer ou rendre subsidiaires les divergences d'autrefois entre les droites, auquel cas il faudrait reconnaître la caducité de la distinction de trois droites. Combien de fois depuis 2002 la question ne m'a-t-elle pas été posée: la création de l'UMP n'annonçait-elle pas la fin de la pluralité des droites? N'était-ce pas le point de départ d'un chapitre inédit de l'histoire des droites? Et ne devrais-je pas revenir à l'intitulé premier: *la* droite?

Ainsi cet essai avait-il trouvé un accueil contrasté; si l'essentiel de ses thèses a été d'emblée reçu et adopté, il a aussi suscité réserves et objections. Cinquante ans après, beaucoup pensent que ses propositions rendent encore assez bien compte de la réalité et gardent une valeur explicative ; pour d'autres, elles auraient perdu de leur pertinence. À la fois classique consacré et objet de controverse : est-il sort plus enviable pour un livre qui avait pour intention de proposer une interprétation plus qu'un récit ? Un tel destin crée aussi des responsabilités : puisque le livre poursuit une existence autonome et continue d'entretenir un dialogue avec son objet, qui ne cesse lui-même d'évoluer, n'est-ce pas un devoir, éthique autant qu'intellectuel, de prendre en compte les objections, d'entendre les observations qui méritent réflexion et d'actualiser l'analyse ?

La dernière édition des *Droites* date de 1982 : la droite venait d'essuyer une défaite écrasante et de perdre le pouvoir qu'elle détenait sans interruption depuis quelque vingt-deux ans. Le livre s'achevait sur deux pronostics dont l'énoncé n'allait pas sans risques : tôt ou tard, la droite se relèverait de cet échec et il y aurait toujours une droite. La suite a pleinement vérifié la première affirmation : depuis, la droite a gagné cinq des huit consultations principales, présidentielles et législatives. Mais la droite est-elle encore la droite ? Où sont passées les droites d'antan et combien sont-elles aujourd'hui ?

Comme en 1954 et comme en 1982, se posent toujours les deux mêmes grandes questions : le partage du champ politique, du spectre idéologique et de l'éventail des opinions se fait-il toujours autour de ces deux pôles antagonistes et symétriques, droite et gauche ? Et la distinction de la droite en trois courants garde-t-elle sa signification et son emprise ? Répondre tour à tour à ces deux questions est tout le propos de cet essai, qui prend le relais de celui de 1954.

Chapitre II

LA DIVISION DROITE-GAUCHE A-T-ELLE ENCORE UN SENS ?

Les critères traditionnels à l'épreuve

La division droite-gauche a-t-elle encore un sens ? La question est capitale : l'importance de cette distinction est à la mesure de la place qu'elle a tenue depuis deux cents ans dans notre histoire comme dans notre culture politique. Qu'adviendrait-il si elle n'était plus la clé qui rend intelligibles nos débats et, plus généralement, toute notre vie politique ? Si ce binôme cessait d'orienter les choix des électeurs et de régir les stratégies des partis, ne serait-ce pas la ruine de tout système d'explication, laissant les faits épars et sans signification, comme un collier de perles qui se dispersent si le fil qui maintenait leur ordonnance régulière vient à se rompre ?

À vrai dire, ce ne serait pas la première fois qu'une ligne de partage qui a divisé les Français jusqu'à susciter une guerre civile aurait perdu, avec ses raisons d'être, tout sens pour les générations venues à la suite. Qui, aujourd'hui, en dehors de quelques médiévistes érudits, serait à même de comprendre et d'exposer les enjeux de l'antagonisme qui fut aux origines du conflit qui opposa plus d'un siècle les deux couronnes de France et d'Angleterre, et entretint tout ce temps une manière de guerre civile entre Français, partagés entre Armagnacs et Bourguignons ? Un peu plus près de nous, sommes-nous bien certains de pénétrer les motifs qui, aux temps des guerres de Religion, ont dressé les uns contre les autres, jusqu'à s'entre-tuer, les catholiques de la Ligue, le parti protestant et le tiers parti des politiques ? Deux exemples, entre autres, de la précarité des partages d'opinion, qui justifient qu'on puisse aujourd'hui se poser la question de la pérennité de la distinction et se demander si les notions de droite et de gauche, ces deux concepts jumeaux, à la fois symétriques et antagonistes, ont encore un sens et gardent quelque utilité pour nos contemporains.

De toute façon, la question s'impose comme un préalable obligé : de la réponse qui lui sera faite dépend l'examen de toute autre question qui ait trait à la droite et à la gauche, ou à leur relation. Il saute aux yeux que, si l'on devait conclure que ces deux notions n'ont effectivement plus aujourd'hui de valeur explicative, la discussion sur le nombre des droites n'aurait plus d'intérêt qu'historique et ne saurait plus retenir l'attention que de qui fait métier d'archiviste des formes disparues et des temps révolus.

Qu'on m'entende bien ! S'interroger sur l'éventuelle obsolescence de ces deux notions jumelles ne signifie pas qu'on remette en question la légitimité de leur distinction pour le passé, pas plus que leur validité pour hier n'implique leur pertinence pour aujourd'hui. Au reste, que ces deux notions aient eu jadis du sens, que nos devanciers aient cru à leur réalité, qu'ils y aient engagé leur foi suffirait à leur donner au regard de l'historien une légitimité en vertu de l'adage selon lequel ce qui est tenu pour vrai en politique devient *ipso facto* partie constitutive de la réalité. Cette maxime a un corollaire trop souvent méconnu des politiques comme de l'opinion, parfois même aussi des historiens : pour identifier droite et gauche en des époques aujourd'hui révolues, on doit s'en tenir strictement aux critères du temps et se garder soigneusement de projeter sur le passé notre grille de lecture. Ce serait tomber dans le péché d'anachronisme, qui est pour l'historien, dans l'échelle des fautes contre la recherche de la vérité, la faute irrémissible, le péché mortel. Ainsi se gardera-t-on, par exemple, au motif que la gauche se définit principalement aujourd'hui par la référence au socialisme, de considérer que les républicains qui ont fait dans les années 1880 le choix de gouverner dans le cadre des institutions définies par les lois de 1875, et que leurs adversaires radicaux pensaient discréditer en leur appliquant le sobriquet d'opportunistes, étaient des hommes de droite et auraient fait une politique de droite. À l'époque, les critères majeurs départageant droite et gauche étaient la référence à la République et la lutte contre l'Église catholique. Au regard de ces deux repères, il n'est pas douteux que ceux qui décidèrent en 1884 que la forme républicaine du gouvernement ne pourrait pas faire l'objet d'une révision constitutionnelle et qui entreprirent de laïciser l'État, l'école et la société étaient des hommes de gauche et pratiquaient une politique de gauche. Leurs adversaires monarchistes ou cléricaux auraient été bien surpris d'apprendre qu'un siècle plus tard des hommes de gauche dénonceraient ces républicains qualifiés d'opportunistes comme des hommes de droite. Maurice Agulhon rappelle judicieusement que Thiers, qui personnifie aujourd'hui pour la gauche la répression de la Commune et qui est stigmatisé comme Versaillais, était en 1877 signataire de la motion des trois cent soixante-trois, qui flétrissait la dissolution décrétée par Mac-Mahon, que son nom a été associé dans la campagne électorale à celui de Gambetta et que toutes les gauches rassemblées lui ont fait des obsèques solennelles, accompagnant en septembre son cortège funèbre au Père-Lachaise. Tout autre système d'appréciation qui confondrait les époques serait une manière de faire du négationnisme.

Venons-en donc à la question préjudicielle : la distinction droite-gauche et les deux notions qu'elle accole ont-elles aujourd'hui encore quelque signification pour le citoyen ? Le lecteur ne s'étonnera pas de ce que, n'étant pas évidente, la réponse se dessine progressivement par affirmations successives et parfois contraires : la réalité n'est pas simple, ses représentations moins encore.

Premier élément de réponse apporté par une observation sans *a priori*: le sentiment, peut-être croissant, d'une majorité de nos concitoyens d'être incapables de définir ce qui séparerait ou opposerait droite et gauche. Dans l'Introduction générale à sa grande *Histoire des droites* publiée en 1992, Jean-François Sirinelli faisait référence à plusieurs sondages d'opinion effectués entre 1989 et 1991 et qui relevaient tous que 55 % ou 56 % des personnes interrogées, soit une nette majorité, tenaient ce clivage pour dépassé. Depuis, la question a été très souvent reposée, et je ne crois pas qu'il y ait un seul cas où la majorité se soit inversée. Voilà une première donnée qui demande à être prise en compte.

Pour nombre de nos concitoyens aujourd'hui, la division droite-gauche n'est pas seulement incompréhensible et dénuée de signification, une survivance archaïque : elle serait aussi pernicieuse ; un obstacle à la concorde. Elle entretiendrait à plaisir pour la satisfaction de politiciens ambitieux des dissensions qui n'ont plus lieu d'être. D'où, chez les mêmes, une aspiration à dépasser cette division, qui explique le succès des personnalités ou des formations qui récusent la distinction et invitent à se rassembler. Ce fut un des facteurs du succès du gaullisme : on se rappelle les formules prononcées par le général de Gaulle dans l'un de ses entretiens télévisés avec Michel Droit lors de la campagne du second tour de l'élection présidentielle en décembre 1965 : « Ce n'est pas la gauche, la France. Ce n'est pas la droite, la France. » Ce langage, qui invite à transcender toute division présentée comme le vestige de querelles heureusement dépassées de nos jours, trouve toujours un écho et des connivences dans de larges secteurs de l'opinion publique. Une actualité récente en a encore apporté un exemple avec le succès rencontré un temps en 2002 par la candidature de Jean-Pierre Chevènement, qui entendait précisément lui donner cette signification en s'attachant à renvoyer dos à dos majorité plurielle de gauche soudée autour du Parti socialiste et du gouvernement Jospin et opposition de droite rassemblée derrière le président Chirac. À l'entendre, ils faisaient ou proposaient la même politique. Contre cette « pensée unique », il appelait les républicains des « deux rives » à se regrouper sur sa candidature. Si cet appel n'a été entendu que d'une poignée de politiques, peu représentatifs et qui n'engageaient guère qu'eux-mêmes, son discours, à en juger par les sondages d'opinion, a trouvé pour un temps une résonance plus ample dans le corps électoral : crédité d'abord de quelque 5 %, il a vu le taux de sympathie pour les idées qu'il énonçait s'élever, atteindre, puis dépasser le seuil symbolique de 10 %, et même frôler les 14 %, laissant derrière lui des candidats qui représentaient des courants traditionnels. Un moment même, il ne parut plus tout à fait invraisemblable qu'un candidat récusant l'affrontement droite-gauche arrive en troisième position. Quoi qu'il advint ensuite de cette candidature, la percée, momentanée, de l'ancien ministre de l'Intérieur du gouvernement Jospin est un indice, qui ne saurait être négligé, du rejet de la division par une importante fraction du pays réel et du désir de lui substituer d'autres formules.

L'embarras des électeurs que traduisent les enquêtes d'opinion précitées correspond à des données effectives : en effet, le trouble de nos contemporains n'est pas seulement de ces sentiments qui viennent d'une réaction du tréfonds sans raison. Il s'explique par des causes parfaitement objectives qui constituent un deuxième motif de s'interroger sur la pertinence de la division droite-gauche, et peut-être de douter de son actualité. Pareille distinction n'acquiert de légitimité scientifique que si elle peut produire à son actif les attributs qui la définissent et qui jalonnent la frontière censée séparer les deux camps affrontés. C'est l'évidence de ces repères qui assurait depuis deux cents ans la pérennité de la division droite-gauche. Peut-être entre-t-il une part d'illusion, entretenue par l'éloignement dans le temps, qui simplifie abusivement la complexité des choix circonstanciels, dans notre conviction qu'à tous les moments décisifs de notre histoire, chaque fois que nos aïeux se sont trouvés à la croisée des chemins, le choix a été clair et que personne n'aurait eu alors d'hésitation à déterminer lequel conduirait la France à droite et lequel à gauche. Mais il est manifeste qu'aujourd'hui la plupart des repères qui ont successivement dessiné les figures opposées de la droite et de la gauche et configuré leurs personnalités contraires ont singulièrement perdu de leur pertinence, pour ne pas dire entièrement, et qu'ils ne nous servent plus guère pour identifier la droite aujourd'hui.

La Révolution et la République

À commencer par le tout premier des repères, chronologiquement comme hiérarchiquement : la référence à la Révolution, tant comme événement historique situé dans le temps que comme concept et principe d'explication. Or, c'est à son propos que s'est effectuée la rupture dont est née la toute première droite, la seule absolue. Cette fracture a longtemps gardé intacte sa force vive. Elle n'avait rien perdu encore de sa vigueur lors de la célébration du premier centenaire de 1789 ; la droite se retrouva alors unanime dans la condamnation de l'esprit révolutionnaire. On n'aurait pu en dire autant pour le deuxième centenaire, en 1989 : la référence révolutionnaire avait alors cessé de départager droite et gauche. Si, aujourd'hui, une petite fraction de l'extrême droite ne revient pas sur le rejet absolu de la Révolution, dont elle continue de tenir l'inspiration pour satanique, la grande majorité des Français qui se considèrent de droite n'ont plus d'objection à opposer aux principes de 1789 comme à la société qui en procède. L'Église catholique elle-même, qui avait préconisé le rejet des idées révolutionnaires et donné à la contre-Révolution sa légitimité philosophique, a atténué la sévérité de son jugement. Jean-Paul II n'a-t-il pas dit : « Liberté, égalité, fraternité, ce sont des idées chrétiennes » ? Le temps a fait son œuvre : la Révolution a bénéficié à son tour de la légitimité que confère la durée ; seuls des esprits chagrins peuvent, après deux cents ans, nourrir encore la nostalgie de la société disparue en 1789 et l'espoir chimérique de la restaurer. Selon l'image expressive de François Furet, la Révolution est « entrée au port » depuis 1880 ; il ne saurait plus être question de lui faire une guerre de course. Le temps a opéré son office d'une autre façon : il a désagrégé dans la mémoire l'ensemble dont les dévots de la Révolution entendaient faire un bloc infrangible. En particulier, le parallèle entre les deux révolutions, française et russe, entre 1789 et 1917, s'il a confirmé les contre-révolutionnaires dans leur horreur de toute révolution à cause de la terreur bolchevique, a obligé à distinguer entre 89 et 93. L'histoire de la Révolution, qui a été longtemps pour la gauche une histoire sainte, a été désacralisée : même pour elle, elle est devenue un objet d'étude. Au sentiment quasi religieux qu'elle inspirait à ses fidèles, y compris à des générations d'historiens qui n'échappaient pas à cette attitude révérencielle bien éloignée, pourtant, d'une approche objective, s'est substituée une démarche critique. Dès lors, la référence à la Révolution a cessé d'être le marqueur exceptionnel qu'elle avait été tout au long du XIXe siècle et pendant une partie du XXe.

Son déclassement a entraîné en chaîne la désaffectation des symboles qui en constituent l'héritage. À commencer par les institutions politiques. La nature du régime, qui opposa si longtemps la droite à la gauche, a cessé d'être un sujet de discorde. Rien ne subsiste de la détestation que la droite professait pour la République. Les politiques de droite n'ont pas à forcer leur nature pour s'écrier à la fin de leurs allocutions : « Vive la République ! » La droite n'est pas en reste pour invoquer la loi républicaine ou opposer à la subversion la rigueur de l'ordre républicain. Les formations de droite ne sont pas les dernières à faire référence à la République : quand ils se dotent d'une organisation propre pour décliner leur identité, les fidèles du giscardisme choisissent l'appellation de Parti républicain

(PR), et quand Jacques Chirac s'empare de la formation qui inscrit dans le champ des partis la tradition du gaullisme, il l'intitule tout naturellement Rassemblement pour la République (RPR). Ainsi, les deux organisations qui traduisaient sur le terrain du militantisme, dans les années 1970, les deux principaux courants de droite faisaient pareillement allégeance à la forme républicaine du régime. Il n'y a pas lieu de douter de la sincérité des sentiments qui ont conduit leurs dirigeants à choisir ces appellations. S'il est vrai qu'en politique le langage a souvent pour fonction de masquer les arrière-pensées, en la circonstance, l'ancienneté du ralliement à la République, dont les prodromes datent de la victoire électorale du Bloc républicain national en novembre 1919 et de la participation à la Résistance, est garante de l'authenticité de l'attachement des droites à la République comme expression de la démocratie, garantie des libertés publiques et incarnation de l'État de droit.

Persistent, il est vrai, entre droite et gauche, dans le contenu qu'elles donnent respectivement au concept de République des divergences, dont certaines sont plus que des nuances, qui se manifestent de temps à autre dans les lectures différentes qu'elles font de la Constitution de la Ve République. La gauche laisse parfois percer dans sa critique de la pratique institutionnelle sa nostalgie d'une République parlementaire identifiée à la suprématie de l'Assemblée élue au suffrage universel : toute restriction apportée à l'exercice de sa souveraineté est ressentie comme une atteinte à la démocratie. Sauf si l'un des siens est à l'Élysée, la gauche accepte mal l'étendue de l'initiative présidentielle. Certains aimeraient revenir sur l'élection du président de la République au suffrage universel : qui plaide pour une VIe République rêve d'un retour à la IIIe. Le maintien d'une seconde assemblée, dont les membres sont élus au second degré et où la France rurale est surreprésentée par le jeu combiné de la composition des collèges électoraux et de la répartition des sièges entre les départements, a été dénoncé par Lionel Jospin, Premier ministre d'un gouvernement de gauche, comme une anomalie condamnée à disparaître dans le cadre d'une modernisation de la vie politique. Le recours à la pratique du référendum, si elle est à peu près débarrassée de sa connotation plébiscitaire, éveille encore des suspicions, sauf si ce peut être l'occasion de mettre en difficulté le chef de l'État. Quant au Conseil constitutionnel, le principe même d'une juridiction ayant compétence pour apprécier la conformité aux principes constitutionnels des textes de loi adoptés par la majorité de l'Assemblée heurte une tradition à laquelle la gauche est attachée, mais, avec le temps, elle en a pris son parti : à l'expérience, elle lui a même découvert des vertus, elle s'est convaincue de l'impartialité des juges et a pris acte de ce que leurs décisions peuvent éventuellement lui donner raison. D'ailleurs, la critique la plus radicale du rôle du Conseil constitutionnel, assortie du reproche de se référer à des textes pétris de présupposés idéologiques, n'est pas venue d'un parlementaire de gauche, irrité par cette ingérence d'un organisme non élu dans la procédure législative aux dépens d'une Assemblée qui tient sa légitimité du peuple souverain, mais d'un Premier ministre de droite : Édouard Balladur, à l'ouverture à Versailles, le 23 juin 1992, d'une session du Congrès pour une révision constitutionnelle déclarée nécessaire par les neuf sages du Palais-Montpensier pour mettre la loi fondamentale en harmonie avec les exigences de l'Union européenne et permettre la ratification du traité de Maastricht.

La droite, elle, est plutôt attachée à une interprétation présidentialiste des institutions de la Ve République et acquise à la prépondérance du chef de l'État. Je dis bien *plutôt,* car son adhésion à une interprétation extensive de l'intervention présidentielle dans la conduite de la politique a connu des fléchissements quand la gauche était installée à l'Élysée. En juillet 1984, le groupe gaulliste du Sénat s'était prononcé par la voix de Charles Pasqua contre le projet d'élargissement du champ d'application du référendum. À l'intérieur des droites elles-mêmes, il y a plus que des nuances : si la droite gaulliste a été plus souvent fidèle à la pensée du fondateur de la Ve République, une autre composante de la droite déplore l'affaiblissement de la délibération parlementaire. C'est un de ses leaders, Valéry Giscard d'Estaing, qui fit en 1966 la critique la plus incisive de ce qu'il dénonça comme « l'exercice solitaire du pouvoir ».

La conclusion de ce rapide inventaire est évidente : le débat sur le régime, qui a eu une grande part de responsabilité dans la division du corps politique, qui a structuré l'opposition droite-gauche, monarchistes-républicains, est aujourd'hui éteint, comme la controverse sur la Révolution. La République n'est plus un sujet de discorde. Comme le pressentait Thiers dans une de ses dernières interventions, le 24 mai 1873, la République s'est progressivement imposée comme le régime qui divise le moins. Personne ou presque n'envisage de lui en substituer un autre. Cause ou conséquence, cette acclimatation s'est accompagnée d'une banalisation : même processus que pour la désacralisation de la Révolution. Pour les fondateurs de la IIIe République, anciens quarante-huitards, opposants irréductibles à l'Empire, le choix de la République n'était pas seulement la préférence donnée à un certain agencement des institutions politiques : c'était aussi – et même davantage – une philosophie qui faisait de la raison le principe de toute action politique et mettait sa confiance dans le peuple souverain, dont la sagesse ne pouvait être prise en défaut. C'était aussi un ensemble de valeurs et presque une religion appelée à succéder aux religions traditionnelles, qui avaient maintenu l'humanité dans l'enfance et la soumission. Il n'est que trop évident que l'idée de République qui fait aujourd'hui l'unanimité n'a plus ce contenu, qui s'est comme évaporé. Un Régis Debray le déplore, un Jean-Pierre Chevènement rêve de reconstituer un idéal républicain. En toute hypothèse, une chose est sûre : avec l'apaisement des querelles et l'extinction du débat sur le régime, la référence à la République a cessé, elle aussi, d'être un repère indicateur de la fracture droite-gauche. Dès lors, la distinction garde-t-elle encore un sens ?

La question religieuse

La même question se pose, de façon plus pressante encore, pour un troisième critère qui a joué un rôle déterminant dans la division de l'esprit public en structurant le refus de la Révolution et le rejet de la République : la question religieuse.

Le cas de conscience posé en 1791 aux clercs et à une partie des fidèles d'avoir à choisir entre la soumission à la Constitution civile du clergé, qui révolutionnait l'organisation interne de l'Église, et la fidélité à Rome, qui la condamnait, a eu pour conséquence de rejeter des générations de bons catholiques dans le camp de la contre-

Révolution. En contrepartie, l'adhésion aux principes de 1789 était inséparable d'un combat sans merci pour soustraire le pouvoir, l'enseignement, la formation des intelligences, les conduites personnelles et les comportements collectifs à la tutelle de l'Église catholique et même à sa simple influence, perçues comme une menace pour l'indépendance de l'État, la liberté des individus, l'unité de la nation, et dénoncées comme ennemies de la République, adversaires de la démocratie et obstacles au progrès de la raison et de la modernité. De ce fait, ce qu'on appelle au XIXe siècle la question religieuse, c'est-à-dire les rapports juridiques et politiques entre la religion et la société, est le sujet qui divise le plus profondément et qui départage aussi le plus sûrement droite et gauche. Plus que tout autre facteur de différenciation, plus même que les différences de statut social, de classe et de niveau de vie : le patron anticlérical est présumé de gauche, l'ouvrier qui va à la messe classé à droite. Il n'y avait pas de marqueur plus fiable, même si ces grandes équations appelaient bien quelques nuances. Récemment encore, les sociologues politiques continuaient de considérer que la corrélation avec la pratique religieuse était l'explication la plus satisfaisante des votes et qu'elle avait même valeur prédictive.

Même si le souvenir de ce clivage ne s'est pas totalement effacé et se réveille de temps à autre, et si les catholiques dits réguliers, c'est-à-dire ceux qui se conforment aux prescriptions cultuelles définies par les commandements de l'Église catholique, votent encore à concurrence de 80 % à droite, la référence au facteur religieux ne peut plus servir d'indicateur majeur pour ce qui distingue la droite de la gauche.

C'est, pour partie, un effet de l'apaisement de la querelle qui inscrivait la question au cœur du débat politique, et une conséquence escomptée par ses auteurs de la solution apportée en 1905 qui prononçait une séparation radicale entre la République et la religion. À mesure que progressait l'apaisement, la référence religieuse perdait de son pouvoir d'imposer une cohérence entre convictions et opinions politiques. La plupart des questions qui avaient divisé ont trouvé leur solution. Même celle qui entretenait le plus un climat passionnel et perpétuait la situation conflictuelle qui soudait droite et catholicisme – la querelle scolaire –, opposant enseignement laïque et école confessionnelle, a perdu de son caractère litigieux. En 1992, le ministre de l'Éducation nationale d'un gouvernement socialiste, Jack Lang, pouvait sans rallumer d'incendie signer avec le prélat secrétaire général de l'Enseignement catholique un protocole d'accord qui proclamait que cet enseignement participait au service public. En 2002, les dispositions arrêtées par le même ministre, à la suite du rapport établi à sa demande par Régis Debray, pour introduire dans les programmes officiels l'étude du fait religieux n'a pas suscité sur le moment de réaction publique des gardiens de la laïcité.

Cet effacement de la référence religieuse comme cause et objet de la division politique s'explique aussi par les progrès de l'indifférence en matière de religion. C'est le pendant de ce qui a été relevé précédemment à gauche pour le mythe de la Révolution : une désacralisation. Le phénomène est général et n'épargne aucune croyance. C'est un aspect de l'individualisme : chacun est désormais libre du choix de ses convictions religieuses comme de ses opinions politiques ; ni les unes ni les autres ne lui sont plus imposées par la société. C'est un renversement des postulats sur lesquels s'était fondée jadis la conception de l'unité du corps social. Quand la querelle religieuse faisait rage au XIXe siècle, l'unité, à droite comme à gauche, pour les républicains comme pour les catholiques, était assimilée à l'unicité et associée à une image d'uniformité. Pas question pour l'Église catholique d'admettre que soient reconnues par la puissance publique d'autres religions que celle qui pensait détenir, avec la vérité, le secret de la stabilité des sociétés et du bonheur des peuples, ni que soit enseignée une autre morale que celle prescrite par le Magistère romain. Pour la gauche, de même, il ne pouvait y avoir d'autre philosophie sociale et politique officielle que celle professée par le parti républicain. Tout autre est la conception qui imprègne aujourd'hui l'esprit public : elle tient la diversité pour une richesse ; sa reconnaissance est même devenue un attribut de la démocratie et un critère majeur. Cette émancipation des choix personnels et leur relativisation ont rendu possible la coexistence paisible, dans une société pluraliste, de systèmes de croyance différents.

Cette évolution a été aussi facilitée par celle du catholicisme et de sa réflexion sur les rapports entre foi et société. Tirant les conséquences de la distinction traditionnelle entre société confessionnelle et société temporelle, l'Église a reconnu la légitimité du pluralisme des opinions politiques individuelles. L'impératif de la défense religieuse contre une législation dénoncée comme attentatoire aux libertés religieuses n'exerçant plus de contrainte sur les choix des fidèles en politique, leur vote s'est progressivement diversifié jusqu'à épouser la plupart des nuances d'opinion. Même si les électeurs qu'on peut définir comme catholiques, en raison de leur fidélité aux enseignements de l'Église, votent majoritairement à droite, dans une proportion qu'on estime être de quatre cinquièmes (avec peut-être une tendance récente à une augmentation, l'attirance à gauche étant moins prononcée dans les plus jeunes générations de catholiques qu'entre 1960 et 1980), une fraction a choisi la gauche. Elle est assez nombreuse pour que le paramètre confessionnel ne puisse plus être un critère distinctif de l'appartenance à la droite. D'autant que, par un mouvement symétrique, le souci d'être en harmonie avec l'Église et les préoccupations religieuses ne sont plus, pour nombre d'hommes politiques de droite, des considérations déterminantes. Cette dissociation de l'appartenance confessionnelle et de l'engagement politique vaut pour toutes les confessions et met à mal un autre axiome traditionnel de l'explication des orientations politiques. S'il était entendu que catholicisme et droite étaient liés, il était pareillement admis que les protestants, pour des raisons historiques et aussi dogmatiques, votaient naturellement à gauche. Or, aujourd'hui l'électorat des Églises de la Réforme se répartit, lui aussi, sur tout le spectre idéologique.

Si le clivage introduit par la référence religieuse a joué un rôle historique dans la fracture de la conscience politique des Français, si ce partage laisse encore des souvenirs très vivaces dans la mémoire et des traces visibles dans la sociologie électorale, il n'est plus aujourd'hui un élément constitutif de leur division ni, donc, par voie de conséquence, un repère pour les identifier.

Les indicateurs dont on vient de constater qu'ils n'étaient plus pertinents pour différencier valablement droite et gauche avaient en commun d'être tous contemporains de l'émergence de leur division: ils datent tous de la Révolution. Étant les plus anciens, il n'est guère étonnant qu'ils aient vieilli. Mais l'histoire du rapport droite-gauche ne s'est pas arrêtée avec eux : d'autres sujets ont surgi qui ont suscité d'autres clivages, notamment avec les grandes transformations de l'économie et de la société.

Libéralisme et collectivisme

Les critères dont nous avons dû constater l'obsolescence avaient aussi en commun d'être essentiellement politiques ; or, un des changements les plus fondamentaux et les plus incontestables est lié au passage d'une économie domestique dans une société à dominante rurale à une économie industrielle et capitaliste. Avec l'apparition des doctrines socialistes, la division droite-gauche a inclus un enjeu supplémentaire et s'est chargée d'une signification nouvelle : l'opposition de la liberté d'entreprise à l'intervention de l'État, de la propriété privée à la collectivisation des moyens de production. L'importance de ces nouveaux enjeux a parfois même occulté et brouillé les clivages plus anciens. Au XXᵉ siècle, l'affrontement entre le libéralisme et le collectivisme a pris le relais du conflit entre le conservatisme, ou le traditionalisme, et le libéralisme. Le débat s'est concentré sur le régime économique et le statut de l'entreprise. Estimait-on que l'avenir de la démocratie passe par la nationalisation des grands secteurs de production ? On était de gauche. Combattait-on pour la défense de la propriété individuelle ? On était à droite. Au lendemain de la Seconde Guerre mondiale, on pensait tenir là un critère opératoire pour identifier droite et gauche, un fil d'Ariane.

Telle était encore la situation quand j'ai actualisé mon essai de définition des droites, en 1981-1982. La campagne pour l'élection présidentielle du printemps 1981 s'était faite en grande partie sur ce thème à l'initiative du candidat socialiste. François Mitterrand avait entendu donner à sa candidature la signification d'une rupture irréversible avec le capitalisme ; ainsi, les mesures les plus importantes prises dans les mois qui suivirent son élection et la victoire de la gauche mirent en œuvre un vaste programme de nationalisations qui modifia substantiellement l'économie française. Par un effet quasiment mécanique de la dialectique des contraires, l'opposition de droite livra contre ces réformes une bataille acharnée. L'identification de la gauche à l'idée de nationalisation eut pour effet indirect de transformer tout homme de droite en adversaire de l'intervention de l'État, y compris les élus gaullistes, qui oublièrent la grande vague des réformes de structure décidée sous l'autorité du gouvernement provisoire présidé par le général de Gaulle en 1945-1946. Nationalisations contre privatisations : telle fut encore l'alternative proposée aux électeurs pour les élections législatives de mars 1986. La droite rédigea une plate-forme d'orientation essentiellement libérale sous l'inspiration de l'UDF, sans que le RPR y vît inconvénient, et la victoire de la droite se traduisit aussitôt par une vague de privatisations. Nationalisations-privatisations, la succession de ces deux politiques semblait devoir être désormais la traduction et l'illustration de l'alternance entre gauche et droite.

Moins de vingt ans plus tard, il n'en était plus rien. Dès 1988, François Mitterrand donnait le signal de la fin des hostilités – dans la *Lettre* qu'il adressait à tous les Français, il préconisait un double refus : ni poursuite des nationalisations ni retour aux privatisations. De fait, le gouvernement Rocard (1988-1991) ne fera pas de nouvelles nationalisations. Et le gouvernement Jospin (1997-2002) privatisera à tout va. Pour toute sorte de raisons, le sujet a cessé d'être un thème porteur. La découverte de la réalité soviétique et la faillite de son économie ont porté un coup à l'idée de collectivisation. Les salariés ont découvert que l'État n'était pas un meilleur patron que les capitalistes. Le changement de statut de l'entreprise a cessé d'être emblématique du clivage droite-gauche.

Ainsi, de tous les grands débats qui ont scandé la vie politique sur les deux cents dernières années et en fonction desquels droite et gauche se sont progressivement constituées ne subsiste aucun critère qui éclaire leur division actuelle. La conclusion logique de ce constat ne devrait-elle pas être que la distinction qui les fédérait est devenue caduque ? Loin qu'elle aide à percevoir la singularité des nouveaux problèmes, la référence à ces notions surannées perpétue des querelles anachroniques qui entravent une juste appréciation des situations et la prise des décisions pertinentes. L'archaïsme de ces concepts, tel est le reproche formulé de façon récurrente contre quiconque raisonne encore en termes de droite et de gauche par nombre d'observateurs et même d'hommes politiques, surtout s'ils sont au pouvoir et prétendent agir en fonction de l'intérêt général, censé transcender la division droite-gauche.

De nouveaux sujets de division

Faute de trouver une justification pour leur survie ou une présomption de pérennité dans des débats devenus obsolètes, les deux concepts de droite et de gauche ne pourraient-ils recevoir une validation qui leur ouvrirait une seconde existence, de la recomposition des opinions en fonction des nouveaux sujets qui divisent? Ces notions n'ont-elles pas, depuis deux cents ans, manifesté leur capacité d'adaptation aux changements? Si le partage droite-gauche exprime une division plus profonde, celle-ci devrait se lire à travers les partitions engendrées par les nouveaux sujets qui ont pris le relais des controverses sur la Révolution, le régime politique, la question religieuse ou l'organisation de l'économie.

Trois de ces sujets seront notre instrument d'exploration: la décentralisation, la construction d'une Union européenne et la laïcité. À vrai dire, de ces trois thèmes, un seul est neuf, celui de l'Europe, mais les deux autres se formulent aujourd'hui en des termes si profondément modifiés qu'il n'est pas excessif de les tenir pour relativement inédits.

La décentralisation

Ainsi, la décentralisation: le thème a une longue histoire idéologique. Depuis la Révolution, à cause de l'idée que la gauche se faisait de la démocratie et aussi du souvenir des combats que le Comité de salut public avait dû livrer contre l'insurrection fédéraliste, démocratie et centralisation étaient des idées sœurs. La gauche était naturellement jacobine. Elle laissait à la droite le thème de la décentralisation, avec la nostalgie des particularismes régionaux. Il n'est pas d'idée que la gauche ait combattue avec plus d'acharnement que celle d'une France plurielle: la République est

« une et indivisible ». C'est l'Église qui entretient le culte des petites patries : catholiques et Bretons, catholiques et Provençaux. Ce sont les curés basques et flamands, les recteurs bretons qui assurent la survie des langues locales, comme ce sont les descendants des aristocraties de l'Ancien Régime qui entretiennent dans les sociétés savantes la mémoire des vieilles provinces et publient des études érudites sur leur histoire avant leur incorporation au royaume et leur absorption dans la nation française. Depuis 1789, le choc des thèses adverses, centralisme contre décentralisation, dessinait assez exactement le tracé de la frontière entre gauche et droite.

Tout a basculé sous la Vᵉ République : la gauche s'est convertie à la décentralisation. Un peu par opposition au régime et au gaullisme : évincée de l'État, elle était tentée, comme l'avaient jadis fait les nobles légitimistes chassés du pouvoir étatique, de se replier sur les pouvoirs locaux et de revendiquer pour les collectivités territoriales une extension de leurs compétences qui ferait contrepoids à l'État. Dans le même temps, la gauche a pris conscience que la diversité n'était pas nécessairement une menace pour la démocratie ni une ennemie de l'unité nationale. Transposant le schéma qui s'était peu à peu imposé à elle à propos des rapports d'inégalité et de dépendance entre métropole et colonies, elle s'est représenté les rapports entre l'État et les régions sur ce modèle. D'où le mot d'ordre « Décoloniser la province », par un transfert, éminemment discutable sur le fond au regard d'une analyse rationnelle, mais efficace politiquement. La décentralisation après 1968 est devenue un objectif démocratique pour la gauche.

Ce renversement des positions traditionnelles trouva son accomplissement en 1982 dans l'adoption, à l'initiative de Gaston Defferre, ministre de l'Intérieur et de la Décentralisation d'un gouvernement de gauche, de grandes lois transférant de larges compétences de l'État aux collectivités territoriales. Le clivage droite-gauche sur ce sujet serait sauf au prix d'une permutation si les choses en étaient restées là : une gauche ralliée désormais à la décentralisation et une droite, dans la lignée du gaullisme, attachée, au contraire, à préserver la souveraineté de l'État. Mais ce serait trop simple. La gauche ne s'est pas toute ralliée à l'idée d'un partage du pouvoir : si elle avait invité, en 1969, à répondre non au référendum sur le projet présenté par le général de Gaulle qui mettait fin à la domination exclusive de l'État central, ce ne fut pas seulement pour faire pièce au chef de l'État, même si l'occasion était trop belle de le pousser à partir. C'est aussi que la gauche était partagée entre deux cultures, la jacobine et la girondine. C'est l'un des siens, Michel Rocard, qui énonça ce diagnostic. De fait, en 2004, droite et gauche se sont trouvées à fronts renversés par rapport à 1982. La gauche a voté contre les projets de lois présentés par le gouvernement Raffarin et les présidents socialistes, qui ont conquis vingt des vingt-deux régions métropolitaines, ont refusé les transferts de compétences qui leur ont été proposés.

La droite n'est pas moins divisée que la gauche. Elle s'est mordu les doigts de s'être laissé devancer par la gauche pour ce qui aurait dû être une de ses réformes. Elle s'est investie dans la gestion des collectivités locales, d'autant que les électeurs lui ont d'abord confié la majorité dans la plupart des conseils régionaux et généraux. Revenue au pouvoir en 2002, c'est elle qui, à l'initiative de Jean-Pierre Raffarin, a enclenché une révision du texte qui définit nos institutions pour faire de la décentralisation un principe constitutionnel. Mais la droite non plus n'est pas unanime : un courant de la famille gaulliste s'inquiète de voir brader l'autorité de l'État, et Jean-Louis Debré a fustigé ceux qu'il appelle les intégristes de la décentralisation. Les nouveaux transferts de responsabilités et de personnels aux collectivités territoriales provoquent une réaction de rejet dans l'électorat traditionnel de gauche, qui confond décentralisation et privatisation, ignorant l'existence d'une fonction publique territoriale qui n'a connu depuis son instauration ni difficulté ni résistance. Droite et gauche se trouvent ainsi partagées l'une et l'autre sur ce grand problème de la répartition des pouvoirs entre l'État et les autres collectivités et de leurs relations. La référence aux concepts de droite et de gauche n'aide guère à comprendre leurs divergences internes, sauf à admettre la pluralité dans chacun des deux camps.

L'Europe

Si l'organisation d'une Union européenne ne créait plus, apparemment, de divisions aussi profondes qu'en 1954 lors de la controverse sur le projet de Communauté européenne de défense, qui avait donné lieu à une querelle aussi passionnée que celle qui avait divisé l'opinion au temps de l'affaire Dreyfus, le progrès de l'intégration, avec le cortège de ses effets induits, n'en a pas moins suscité des divergences qui sont venus se surimposer aux clivages traditionnels. Quand le peuple français a été explicitement consulté sur le sujet, lors du référendum d'approbation du traité de Maastricht, le 20 septembre 1992, le corps électoral s'est partagé presque par moitié entre le oui et le non. Mais ce partage ne coïncidait absolument pas avec la division droite-gauche : chacun des deux camps traditionnels a compté des adeptes convaincus de l'intégration européenne et des adversaires non moins déterminés, et entre ces extrêmes s'étirait tout le dégradé des positions intermédiaires, du ralliement par raison ou résignation à la réserve expectative. La division régnait même dans les formations organisées : ainsi, au RPR, se sont exprimés en 1992 tous les points de vue, y compris les plus contradictoires : le plus talentueux dénonciateur du projet de traité, dont l'intervention dans le débat à l'Assemblée en mai 1992 fut un grand morceau d'éloquence et un moment de l'histoire parlementaire, était l'une des personnalités les plus marquantes de la formation gaulliste, Philippe Séguin, ancien ministre de Jacques Chirac de 1986 à 1988. Il conduisit ensuite à travers le pays une campagne ardente qui le qualifia pour être le porte-parole du non et le contradicteur du président de la République François Mitterrand, avocat du oui, dans le débat télévisé qui fut le point d'orgue de cette campagne, une des plus démocratiques qu'ait connues notre pays. Dans ce combat, Philippe Séguin fut activement secondé par Charles Pasqua, autre personnalité marquante du RPR, ancien ministre de l'Intérieur du gouvernement Chirac, et figure éminemment représentative du courant national et populaire au sein du gaullisme. Dans le même temps, sans déployer autant de zèle ni disposer des mêmes moyens de persuasion, d'autres personnalités du RPR non moins représentatives développaient une argumentation en faveur du oui : entre autres, deux proches du président de leur formation, Édouard Balladur – qui avait été une sorte de vice-Premier ministre de Jacques Chirac en

1986-1988 et que celui-ci désignera quelques mois plus tard à François Mitterrand pour être le Premier ministre de la deuxième cohabitation – et Alain Juppé – qui avait toute la confiance de Jacques Chirac et qui sera le ministre des Affaires étrangères dans ce même gouvernement. Ces fonctions disent assez la place qui était la leur dans le mouvement gaulliste. Quant à Jacques Chirac, il se maintint dans une prudente expectative entre ces positions contraires.

Si les autres formations ne donnèrent pas le spectacle d'une division aussi ouverte, elles connurent presque toutes des divergences, le parti socialiste n'étant pas en reste. Seuls les extrêmes restèrent unis sur le rejet du projet de traité et dans une opposition globale à la construction européenne, pour des raisons principalement idéologiques tirées de leurs présupposés. À l'extrême droite, Jean-Marie Le Pen dénonçait le complot ourdi contre l'identité nationale par la conjuration des ennemis de la France. L'extrême gauche stigmatisait la mondialisation, perpétrée sous couleur de libéralisme par les puissances d'argent. À partir de philosophies profondément dissemblables, les deux oppositions se rejoignaient dans un combat commun contre une pensée présumée unique censée inspirer droite et gauche parlementaires, réputées pareillement indifférentes à la défense de l'exception française et des intérêts du peuple. Vision assurément réductrice, mais qui a, pour notre enquête, l'intérêt de révéler une ligne de partage irréductible à la classique opposition droite-gauche.

Depuis, les clivages à propos de l'Europe n'ont fait que s'accentuer et s'approfondir. L'Europe divise et le partage entre partisans et adversaires de l'intégration européenne est fort loin d'épouser le clivage traditionnel droite-gauche. Les résultats du référendum du 29 mai 2005 ont confirmé l'existence symétrique aux deux extrêmes d'oppositions déterminées à tout progrès de l'Union européenne. Pour des raisons contraires : à droite, par refus de céder la moindre parcelle de souveraineté nationale ; à gauche, par opposition totale au libéralisme. Les frontières se sont quelque peu déplacées par rapport au référendum de 1992 sur le traité de Maastricht. Le ralliement s'est poursuivi d'une partie de la droite à l'idée européenne : ce n'est plus qu'une minorité de l'UMP qui a voté, cette fois, contre le projet de traité constitutionnel. Le débat a fait éclater la mouvance socialiste : les adhérents se sont majoritairement prononcés pour le oui et la majorité des électeurs pour le non, comme s'ils avaient déjà oublié la culture de gouvernement acquise avec l'exercice du pouvoir par le gouvernement Jospin. Il en serait allé sans doute autrement si la gauche était encore au pouvoir, de même que l'électorat de droite aurait été probablement moins favorable au oui si l'UMP avait été dans l'opposition comme en 1992. En tout cas, la division, même inégale, sur le sujet des deux grandes forces de gouvernement ainsi que la convergence des deux extrêmes manifestent clairement que la répartition des opinions sur l'Europe ne s'inscrit pas dans le cadre droite-gauche : l'Europe concourt à la désagrégation des deux blocs. Est-elle appelée à se substituer à la division traditionnelle ? À constater l'intensité des débats et la violence des affrontements, on peut être tenté de le supputer, mais on ne saurait non plus sous-estimer la force des habitudes et la pérennité des clivages traditionnels.

La laïcité

Un autre exemple de question actuelle où les positions des partis et les dispositions des citoyens paraissent se moquer de la grille d'explication traditionnelle est fourni par la controverse qui a récemment rebondi à propos de la laïcité. Le lecteur s'étonnera peut-être de nous voir revenir sur un thème qui a été déjà évoqué à la rubrique des sujets sur lesquels s'est construit le couple droite-gauche et invoqué comme un de ceux dont l'effacement graduel attestait la caducité de la distinction. C'est que les évolutions, et particulièrement celles des mentalités, sont rarement homogènes. Le lecteur se souviendra peut-être aussi que nous avions laissé prévoir que notre exploration des contenus de la dichotomie droite-gauche progresserait par énonciation de propositions parfois contraires. Nous y voici.

Il n'était pas déraisonnable à la fin des années 1990, au vu de l'apaisement des passions soulevées par la question religieuse, de décréter que, la querelle étant éteinte, la laïcité ne divisait plus les Français et ne pouvait donc plus être un sujet de discorde politique. Même l'aspect le plus conflictuel, le débat sur l'école, paraissait réglé. C'était peut-être aller un peu vite et anticiper imprudemment sur l'avenir. Le renouvellement des problématiques ne fait pas oublier les combats d'antan ni n'efface les cicatrices des conflits anciens.

De part et d'autre persistaient des méfiances et des suspicions : les dévots de la laïcité n'étaient pas convaincus de la sincérité du ralliement de l'Église catholique à la laïcité, certains qu'elle ne pouvait pas renoncer à rétablir sa tutelle sur les consciences et l'ordre social ; les catholiques intransigeants, observant qu'une partie des laïques rechignait toujours à admettre le droit de la croyance religieuse à se manifester dans l'espace social, doutaient que la laïcité soit compatible avec le devoir de vérité.

Conclure, en particulier, à l'extinction de la querelle des deux écoles, c'était oublier que, dans les deux dernières décennies, elle avait ressurgi avec force dans le champ politique, réactivé des phantasmes séculaires, fait rejouer les vieux clivages et suscité deux des plus grands rassemblements de foule que la France ait connus depuis 1945.

Le premier eut lieu à l'appel des associations de parents d'élèves des établissements catholiques pour faire échec à un projet de loi visant à instaurer, conformément à une proposition faite par François Mitterrand au cours de sa campagne en 1981, un service unifié et laïque de l'enseignement, qui modifiait les rapports de droit établis par la loi Debré entre l'État et les établissements confessionnels. Le 24 juin 1984, une foule évaluée entre un million et un million et demi de personnes défilait dans les rues de la capitale pour affirmer son attachement à la liberté des familles de choisir l'école à laquelle confier leurs enfants. Le succès de la manifestation eut des conséquences en chaîne: retrait du projet contesté, démission du ministre de l'Éducation nationale et changement de Premier ministre.

Dix ans plus tard, c'était le tour du camp adverse de rassembler ses troupes et de faire la démonstration de sa pérennité. L'occasion lui en fut donnée par une initiative intempestive du gouvernement Balladur, cédant à la pression d'une partie de sa majorité de droite: il avait fait voter à la sauvette, dans une séance de nuit au Sénat, l'abrogation d'une disposition de la loi Falloux de 1850, qui fixait un plafond au concours financier que les collectivités locales étaient autorisées à apporter aux investissements des écoles privées. C'était remettre en cause l'équilibre délicat entre les deux écoles. Paradoxalement, la vieille loi Falloux, que les laïques dénonçaient depuis plus d'un siècle comme le symbole même d'une législation cléricale imposée par une majorité réactionnaire, se trouvait promue au rang de palladium de la laïcité. Si la réplique laïque n'eut pas tout à fait la même ampleur que la mobilisation du 24 juin 1984, une manifestation imposante démontrait que les passions qu'on pouvait croire surannées n'étaient pas tout à fait éteintes : il suffisait d'une imprudence, d'une provocation pour rallumer les braises. Entendons l'avertissement ! Quand il s'agit des sentiments ou des passions, il convient de ne pas conclure trop vite à leur disparition : ils ne font souvent que dormir. L'actualité en a récemment apporté de nouvelles preuves à propos de la laïcité sur des sujets fort différents, dont le rapprochement illustre à la fois la permanence des attitudes et le renouvellement des problèmes et des situations objectives.

La permanence ? Elle s'est manifestée lors des controverses provoquées par la demande d'une référence à l'héritage chrétien dans le préambule de la Charte européenne des droits fondamentaux, demande réitérée pour le préambule du projet de Constitution et assortie par certains d'une autre requête tendant à introduire dans le texte le nom de Dieu. Les deux demandes ont suscité de très vifs débats, transposant à l'échelle du continent ceux qui enfiévrèrent, il y a un siècle, l'opinion et le Parlement français. Sur la reconnaissance de l'héritage religieux de l'Europe, qui n'impliquait cependant pas de jugement de valeur, les pouvoirs publics français crurent pouvoir se référer à une conception de la laïcité qui excluait toute référence explicite au fait religieux, au moment même où ils introduisaient son étude dans les programmes officiels. Le débat européen ramenait les esprits à la problématique de 1905.

L'autre question qui a ravivé le débat sur la laïcité relève, au contraire, de la nouveauté : c'est la présence depuis deux ou trois décennies sur le territoire métropolitain d'une communauté estimée à plusieurs millions d'hommes et de femmes dont une majorité est désormais citoyenne et qui ont l'islam pour religion. Même s'il réveille de vieux réflexes, le problème est doublement original. Toute l'histoire de la laïcité depuis 1789 avait l'Église catholique pour pivot et ses fidèles appartenaient à la nation française depuis les origines. Le débat d'aujourd'hui porte sur l'islam dont les fidèles restent à intégrer. La solution qui a prévalu en 1905 et à laquelle la France doit de connaître l'apaisement de la querelle religieuse est-elle applicable à nos compatriotes musulmans ? En d'autres termes, l'islam est-il compatible avec la laïcité telle que la France l'a conçue ? L'idée d'une distinction qui peut aller jusqu'à la séparation entre communauté religieuse fondée sur l'unité de croyance et société civile et politique paraît jusqu'à présent étrangère aux sociétés qui empruntent au Coran leurs règles de gouvernement. D'autre part, la religion musulmane est historiquement liée à un ensemble de coutumes et de pratiques qui entrent en contradiction avec notre droit civil et notre législation, en particulier pour le statut des personnes, celui de la femme, le droit du mariage. La reconnaissance de la religion et l'octroi aux musulmans des mêmes libertés religieuses qu'aux autres confessions doivent-ils entraîner aussi l'acceptation de ces traditions et la constitution sur le sol national d'une communauté vivant selon ses règles propres ? Ne serait-ce pas la renonciation à une harmonique de l'idée de laïcité : l'unité nationale, fondée sur la distinction entre la pluralité des opinions individuelles, et l'appartenance à une nation, qui l'emporte sur toute autre collectivité ?

Cette situation et les interrogations qui en procèdent suscitent dans le corps social des inquiétudes qui transcendent la division droite-gauche, même si elles ne portent pas toujours sur les mêmes points : à droite, on s'alarme plutôt pour la permanence de l'identité nationale ; à gauche, on tremble pour la laïcité.

Sur la conduite à tenir et les mesures à prendre, la division droite-gauche est brouillée. Les deux camps se partagent entre des conceptions différentes de la laïcité : les uns, au nom de la liberté religieuse, ne seraient pas opposés à une expression de l'islam dans l'espace public ; les autres sont tentés de revenir à une interprétation vétilleuse, qu'on pourrait dire fondamentaliste, de la laïcité excluant toute reconnaissance du fait religieux et son enfermement strict dans la sphère privée. Cette tendance paraît l'emporter politiquement : les craintes suscitées par l'irruption de l'islam ont réactivé la défiance laïque à l'encontre de toute expression religieuse. Un accord s'est fait sur un texte de loi qui interdit aux enfants et aux adolescentes le port de signes religieux réputés ostensibles à l'école, au collège et au lycée. La laïcité demeure donc bien un sujet de débat politique dont on s'était trop pressé d'annoncer la disparition. Mais force est aussi de constater que, dans le trouble des esprits et les interventions des politiques, elle ne départage plus droite et gauche : les élus de droite ne sont pas en retard sur leurs collègues de gauche dans la défense d'une laïcité intransigeante.

Ainsi, sur trois des débats de l'heure portant sur des questions graves et dont la solution façonnera l'avenir, la distinction droite-gauche n'est pas ou n'est plus pertinente : elle ne détermine pas les positions de part et d'autre ni n'éclaire les motivations des choix respectifs. Ce partage, dont nous disions qu'il était la *summa divisio,* est donc doublement pris en défaut : les problèmes qui ont suscité son émergence et pour lesquels il reste une clé de lecture irremplaçable ne sont plus actuels ou sont tombés dans l'oubli, et les divergences qui se font jour sur les nouveaux problèmes ne s'inscrivent pas dans ce cadre.

LE PARTAGE DROITE-GAUCHE ET LES FORCES NOUVELLES

Les sujets neufs ne se prêtent guère à leur inscription dans cet espace idéologique binaire. Les forces nouvelles qui cherchent à se faire une place dans l'univers politique entrent-elles mieux dans ce schéma gauche-droite ? Par exemple, le mouvement écologique. La préoccupation de l'environnement, la crainte des effets pernicieux de l'intervention de l'homme sur la nature, le souci de préserver pour les générations à venir des ressources dont on s'avise soudain qu'elles ne sont pas illimitées ont fait leur apparition en France dans le discours politique et le débat public, il y a une trentaine d'années, en pleine prospérité. C'est d'un gouvernement appuyé sur une majorité de droite et à l'initiative du président Pompidou qu'a fait partie pour la première fois, en février 1971, un ministre chargé de la protection de la nature et de l'environnement. C'est lors des élections européennes de 1984 que les Verts ont fait une entrée fracassante en politique. Ils n'en sont plus sortis, même si leur ambition de constituer une force politique de substitution, un partenaire indispensable, à l'instar de leurs congénères d'Allemagne, a été déçue. L'écologie et les écologistes font désormais partie du paysage politique et, subsidiairement, du système des forces politiques.

Mais sont-ils de droite ou de gauche? À première vue, rien ne les prédisposait à se ranger dans un camp plutôt que dans un autre. À s'en tenir à une analyse purement thématique, l'écologie aurait plutôt une inclination à droite en raison de certaines affinités. La droite traditionnelle préconise le respect des cycles naturels, croit à l'immutabilité d'une nature humaine, se défie des initiatives orgueilleuses de l'homme qui risquent de dérégler les équilibres voulus par la Providence ou fruits de la nécessité. La gauche est portée, au contraire, à faire confiance au génie humain et à la possibilité d'améliorer la condition des hommes et leur emprise sur la nature et les éléments. Les premiers écologistes n'ont-ils pas été ces nobles légitimistes exaltant le travail de la terre, source de vertu, et qui, retournant à la terre, après 1830 dénonçaient dans la ville la Babylone moderne, sentine de tous les vices? La droite est plutôt agrarienne et la gauche plutôt industrialiste – en particulier sa branche socialiste, qui magnifie le travail de l'homme. L'écologie devrait pencher à droite dans la mesure où son inspiration première est plutôt réactionnaire: l'homme abîme la nature, dégrade le milieu, saccage la terre. Que la nature était belle avant que l'homme s'en mêle ! À preuve, le combat contre les OGM, dont José Bové, le porte-parole de la Confédération paysanne, est le leader emblématique. Cette orientation transparaît dans certains choix : entre la fermeture d'une installation industrielle pour arrêter ses effets polluants et son maintien pour sauver l'emploi, l'écologiste, s'il suit son premier mouvement, optera pour la première solution : plutôt préserver la nature que sauvegarder le travail de l'homme.

Or, la plupart des écologistes, obligés, pour exister politiquement, de passer des accords et contraints par la bipolarisation d'opter pour un camp, ont fait le choix stratégique de s'allier avec le Parti socialiste : ils se sont rangés à gauche. Ainsi n'aurons-nous pas à les décompter dans un inventaire des composantes de la droite. La plupart – mais non pas tous : certains ont figuré dans des gouvernements de droite, telle Corinne Lepage, dont la sincérité écologiste n'est pas douteuse et qui s'est alliée à l'UDF. Le choix de la gauche, dans le sillage de 1968, a aussi été guidé par d'autres affinités : la critique de la société marchande, la dénonciation du profit, la mise en question de la mondialisation. Cet exemple est significatif : il montre qu'à leur émergence les mouvements d'idées ne sont pas déjà identifiés politiquement et assignés à un camp, ils sont encore dans une certaine indétermination. C'est la contingence des circonstances et des calculs stratégiques qui fixe ensuite leur identité politique. L'exemple démontre aussi qu'il n'est pas possible de se soustraire durablement à la nécessité de choisir entre les deux camps.

Un autre astre est récemment apparu au firmament des idéologies politiques : l'altermondialisme, en réaction contre la mondialisation et ses effets. Prenant pour cible le libéralisme, qu'ils diabolisent et auquel ils imputent la responsabilité de la plupart des maux qui affligent l'humanité – inégalités entre pays riches et pays pauvres, gaspillage des ressources naturelles, délocalisations et chômage –, les altermondialistes, dont la pensée politique s'inspire directement des analyses et des propositions du groupe ATTAC, se sont d'emblée inscrits résolument à gauche et même à l'extrême gauche, critiquant toute forme de réformisme social et rejetant dans le camp adverse la social-démocratie. Le succès du non au référendum du 29 mai 2005 a révélé la force de l'attraction exercée sur l'électorat de gauche par l'altermondialisme, qui a divisé presque par moitié l'électorat socialiste et entraîné une recomposition à gauche sur la dénonciation de tout libéralisme.

Les passages de gauche à droite

La classique représentation du paysage politique comme un espace clos tout entier occupé par deux camps, qu'on appelle droite et gauche, induit l'idée d'une frontière continue et infranchissable les séparant et qui exclurait toute transgression. On ne pourrait être que d'un côté ou de l'autre, mais pas de l'un et de l'autre à la fois, ni tantôt de l'un et tantôt de l'autre. Pas plus que dans le choc de deux armées au combat: quand le front est rompu, c'est la défaite d'un camp et la victoire de l'autre. Aussi tout passage dûment constaté de droite à gauche, ou en sens contraire, qu'il soit dicté par un opportunisme élémentaire ou inspiré par une conversion sincère, ébranle la thèse d'une partition binaire du système des forces politiques.

Or, si le regard embrasse une séquence longue, il découvre que, loin d'être exceptionnel, le phénomène est monnaie courante : les thèmes ne sont pas les seuls à migrer, les grandes tendances aussi. L'histoire de la droite est en grande partie celle de ces migrations qui ont fait passer de gauche à droite des familles de pensée entières. Des trois droites que nous avions proposé de distinguer, seule la première, la contre-révolutionnaire, est née à droite : ce pourquoi certains analystes tendaient à considérer qu'elle est la seule qui mérite d'être ainsi désignée. À tort, selon nous, car ce serait méconnaître le caractère essentiellement historique de ces grandes constructions idéologiques qui se sont constituées en fonction de situations circonstancielles : ce ne sont pas des essences philosophiques intemporelles, immuables. Les deux autres ont surgi à gauche et peu à peu glissé à droite. Le passage ne s'est pas toujours opéré en une seule fois, par un mouvement unique et irréversible : il n'exclut pas des allers et retours, des va-et-vient. Les orbes décrits par les expressions politiques du libéralisme au XIXe siècle en sont un bon exemple. Incontestablement situés à gauche sous la Restauration, engagés alors dans un combat sans merci contre la droite ultra, ayant partie liée avec les oppositions les plus extrêmes, ne désavouant pas toujours les entreprises subversives visant à renverser le régime par la conspiration, l'insurrection, la sédition, défendant les conquêtes de la Révolution, l'héritage de 1789, les libéraux se scindent après 1830 et la conquête du pouvoir ; ils doivent se garder à droite contre une éventuelle revanche du légitimisme, mais aussi, et de plus en plus, contre la menace des républicains sur leur gauche. Ceux qui détiennent alors le pouvoir font incontestablement figure d'hommes de droite : ni leurs adversaires ni eux-mêmes ne contesteraient qu'ils sont à droite, même s'ils prétendent tenir le juste milieu. Ce glissement à droite est-il irréversible ? L'attitude de quelques-uns de leurs représentants les plus significatifs sous le Second Empire, la distance prise à l'égard du nouveau régime, leur retrait de la politique, leur fronde discrète montrent qu'ils ne renient pas leurs convictions, et singulièrement leur attachement à la liberté qui faisait d'eux, naguère, des hommes de gauche. L'histoire fournirait d'autres exemples de franchissement, dans un sens ou un autre, de cette frontière censée creuser un fossé infranchissable entre droite et gauche.

Ne revenons pas sur les raisons qui font que ces glissements s'effectuent généralement de gauche à droite : si plusieurs droites sont d'anciennes gauches, la réciproque n'est pas vraie. Les cas ne sont pas rares d'hommes nés à droite qui, à un moment de leur existence, ont choisi de passer à gauche, un Victor Hugo, un Jaurès, un Léon Blum, un Pierre Cot, un François Mitterrand. Il n'en est pas de même à l'échelle des formations : aucune gauche n'est une droite reconvertie, n'en déplaise aux extrêmes gauches, qui accusent rituellement les gauches ayant exercé des responsabilités gouvernementales d'avoir trahi. Ce phénomène qu'Albert Thibaudet, cet incomparable observateur de notre vie politique, a baptisé sinistrisme est une constante : c'est à gauche, et même à l'extrême gauche que de nouvelles tendances politiques pointent le nez ; si elles ont un avenir, par un effet quasi mécanique qui fait penser à une sorte de tapis roulant, elles repoussent vers la droite les gauches plus anciennes, auxquelles elles disputent le terrain que celles-ci occupaient. Ainsi les libéraux débordés par les démocrates, plus radicaux, ceux-ci étant à leur tour exposés à la surenchère des socialistes, et ainsi de suite dans un glissement qui entraîne l'ensemble du système depuis quelque deux cents ans dans un mouvement indéfini.

Cette translation a eu pour effet de multiplier les droites, dont nous avions cru pouvoir dire, au milieu du siècle dernier, qu'elles étaient au moins trois. Certains suggèrent d'en ajouter une : la droite appelée révolutionnaire. Le glissement est-il suspendu ou s'est-il poursuivi ? Quelles seraient, en ce cas, les nouvelles droites ? Dans de précédentes éditions, je m'étais posé la question pour deux familles de pensée, deux traditions historiques ayant en propre tous les attributs requis – un projet global, une vision de la société idéale, des références philosophiques, une histoire, des souvenirs heureux et d'autres qui le sont moins, une sensibilité particulière – le radicalisme et la démocratie chrétienne. Si je n'avais alors fait entrer aucune des deux dans le tableau des droites, c'est que la réponse eût été prématurée : c'eût été conférer à des choix circonstanciels, qui relevaient peut-être plus de considérations tactiques que d'une évolution sur le fond, une signification excessive. Mais au début d'un nouveau siècle, quarante ou cinquante ans plus tard, après tant de bouleversements de la vie politique, le moment ne serait-il pas venu de reprendre l'examen de la question et de se demander si l'une ou l'autre, ou les deux, n'ont pas sauté le pas pour s'établir définitivement à droite ? Nous y reviendrons dans la dernière partie de notre itinéraire.

Si nous récapitulons les acquis de notre investigation, nous avons observé qu'une majorité de nos concitoyens se déclare incapable aujourd'hui de discerner ce qui sépare la droite de la gauche en l'absence de repères qui tracent entre elles une frontière évidente. Dès lors, ils ne voient plus l'utilité pratique de cette division et en contestent la pertinence intellectuelle. Ce sentiment n'est pas simple réaction d'humeur : il se fonde, nous l'avons vu, sur un faisceau de constats parfaitement objectifs. Les problèmes sur lesquels les deux camps se sont jadis départagés et constitués par leur antagonisme ont depuis plus ou moins longtemps cessé de faire question et ont disparu de l'ordre du jour des débats parlementaires : soit qu'avec le temps ils aient trouvé leur solution, soit que telle question, devenue obsolète, ait cessé d'être un enjeu et perdu, par voie de conséquence, sa vertu opératoire comme critère.

D'autres sujets ont bien pris le relais qui donnent lieu à discussion, mais, pour rendre compte des divisions à leur propos, les concepts précités ne sont pas discriminants. Ni sur l'Europe, ni sur la décentralisation, ni sur le rôle de l'État les partages entre tenants des diverses positions ne se superposent exactement à la division traditionnelle : les héritiers des deux grandes traditions se déchirent entre eux à leur sujet. Les courants qui se forment, les mouvements qui émergent et qui seront peut-être demain les principaux acteurs en politique ne s'y retrouvent pas davantage.

Il y a, de surcroît, comme une porosité de cette frontière réputée infranchissable et censée séparer deux univers sans communication possible, deux systèmes opposés sur tout. L'histoire révèle que plus d'une composante du paysage idéologique a traversé la frontière, le plus souvent en venant de la gauche pour passer à droite. Qui plus est, certaines ont parfois effectué des allers et retours, traversant la frontière dans les deux sens. Comment concilier cette mobilité, ces transgressions multiples, avec l'idée qu'on se fait d'une frontière linéaire, rigide ?

Au vu de ces attendus, qui ne sont pas des spéculations mais des observations relevées sur le terrain, n'est-on pas conduit à donner raison à ceux qui, parfois depuis longtemps, récusent la distinction traditionnelle, en contestent la pertinence et l'utilité pratique, et invitent à la remiser au musée des notions périmées ?

L'axe droite-gauche reste crédible

Pourtant, les raisons de les créditer encore d'une certaine actualité ne sont ni moins fortes ni moins nombreuses que les objections précitées. Il y a plus : la plupart des arguments invoqués à l'encontre sont réversibles et presque tous comportent comme en corollaire une lecture qui vient conforter la primauté de la distinction droite-gauche. S'étonner de la contradiction serait méconnaître la complexité du politique, qui est à la fois et contradictoirement le lieu des oppositions tranchées et des choix simples, mais aussi de toutes les ambivalences. Cette ambiguïté ne vaut pas moins pour notre distinction et pour les deux notions qu'elle accouple.

Une première observation élémentaire, préalable à toute controverse, met en garde contre l'inclination à contester la pertinence de ces notions : la contestation est ancienne et ses arguments ne sont pas nouveaux. Ce n'est pas d'aujourd'hui que certains esprits refusent toute validité à cette distinction. La première édition de cet essai sur les droites, il y a un demi-siècle, s'ouvrait déjà sur une citation en ce sens de Jean-Jacques Servan-Schreiber empruntée à

L'Express. On en trouverait d'autres en remontant le cours du temps, de génération en génération. Le constat est susceptible de deux appréciations : ce caractère récurrent peut être une preuve de la justesse de la critique, mais c'est aussi une invitation à la prudence – la répétition sempiternelle de ces déclarations les relativise. Elles n'ont peut-être pas d'autre signification que de signaler l'existence d'une famille d'esprits qui n'acceptent pas l'idée d'une opinion publique, d'un corps électoral, d'un champ idéologique, d'un espace politique partagés en deux blocs antagonistes.

Les sondages nous ont appris qu'une majorité de citoyens ne se retrouve pas dans ces catégories droite-gauche. Mais les mêmes enquêtes d'opinion, ou d'autres, nous apprennent aussi que ces mêmes Français, qui disent que ces concepts n'ont pas de sens pour eux, n'éprouvent pas de difficulté à situer les candidats sur un axe droite-gauche. Ainsi, *Le Journal du dimanche* publiait en février 2002, à quelques semaines d'importantes consultations – les élections présidentielle et législatives du printemps –, les résultats d'un tel sondage : les personnes interrogées situaient sans problème tous les candidats déclarés, y compris les moins connus, sur ce spectre. Il y a plus décisif : les sujets questionnés ne faisaient pas davantage difficulté pour se situer eux-mêmes sur l'axe droite-gauche : 94 % indiquaient où ils se voyaient sur cette échelle ; 2 % seulement de non-réponses, proportion nettement inférieure au pourcentage ordinaire dans les enquêtes d'opinion ; 4 % répondaient « ni à droite ni à gauche ». Les réponses positives se partageaient presque par moitié : 46 % à gauche, 43 % à droite et 5 % au centre.

Ainsi, les Français pensent simultanément, à propos de la division droite-gauche, deux choses apparemment contradictoires. Que ces notions leur paraissent dépourvues de sens ne les empêche pas de les appliquer à leur propre identité politique. Il n'y a pas de raison objective de préférer un résultat à l'autre : obtenus selon les mêmes procédures, portant sur des échantillons comparables, ils présentent le même degré de fiabilité et il n'y a pas lieu de suspecter la sincérité des réponses. Nous devons donc leur accorder un égal crédit. Voilà qui nous rappelle que l'intelligibilité des comportements politiques n'obéit pas nécessairement au principe de non-contradiction. En l'occurrence, cette contradiction est probablement le signe que ce couple fait partie des données qu'on ne peut éluder. Si difficile qu'il soit de proposer une définition cohérente et intellectuellement satisfaisante des deux notions, on ne peut s'en passer. Elles correspondent sans doute à une nécessité : au besoin de se représenter les abstractions, de les visualiser en les inscrivant dans un espace. À plus forte raison si ces concepts s'appliquent à des mouvements engagés dans des rapports de force. C'est une exigence de l'esprit. Comme celle de situer tout fait social dans la durée.

En quête de nouveaux repères : les valeurs plus que les idées ?

Peut-être une explication de cette contradiction est-elle dans une erreur d'appréciation sur le niveau où s'enracinent droite et gauche : on ne doit pas s'étonner de ne pas trouver le mot de l'énigme si on en cherche la clé là où elle n'est point. Si la divergence fondamentale prenait sa source à un niveau plus profond que celui où se décident les choix proprement politiques, dans la référence à des convictions plus essentielles, portant sur ce qu'on désigne couramment aujourd'hui par le vocable de valeurs ?

En 1945 déjà, dans son maître livre sur *La Politique des partis sous la IIIe République,* un observateur aussi enclin à attacher une grande importance au politique et aussi convaincu de sa spécificité et de son autonomie que François Goguel, s'interrogeant sur la stabilité du couple droite-gauche à travers les accidents de l'histoire, notait que, derrière le plan des idées et celui des intérêts qui orientent les choix politiques, « il y a un arrière-plan des sentiments, des affirmations presque instinctives, en tout cas irrationnelles, sur le sens de la vie, la nature de l'homme, les fins des sociétés ». Cet arrière-plan, ajoutait-il, est beaucoup plus stable et moins contingent que le plan des idées. Et pourtant le plan des idées, faisant contraste avec celui des péripéties diverses de la pratique politique, se situe déjà dans la moyenne durée. Retenons aussi l'indication d'une plus grande indépendance par rapport à la contingence. Plus proche de nous, Jean-François Sirinelli, mettant en chantier sa grande *Histoire des droites,* a choisi d'articuler l'ensemble de l'étude sur un triptyque dont deux volets sont dédiés aux cultures et aux sensibilités. Ce parti procède de même du postulat que les deux configurations qu'on appelle droite et gauche traversent plusieurs plans de réalité et que le plan politique n'est pas le seul : l'analyse des idées n'épuise donc pas la réalité, et ce n'est peut-être pas la dimension la plus importante.

Toute investigation dans ces profondeurs obscures, dont François Goguel suggère qu'elles baignent dans l'irrationnel, appelle une grande prudence. Le flou même du vocabulaire utilisé – sentiments, convictions, valeurs, sensibilités – nous met en garde. Le recours à de telles notions ne fait souvent que dissimuler notre ignorance et masquer notre impuissance à rendre compte en termes raisonnables de phénomènes dont l'intelligence nous échappe : à l'instar des explications prétendument scientifiques qui parlent d'instinct pour désigner les comportements animaux qui nous déconcertent par leur précision et leur pérennité. On se gardera de tomber dans l'illusion nominaliste qui croit avoir expliqué un phénomène quand elle a mis un nom sur un objet. De surcroît, cette sorte de données se prête mal à une appréhension scientifique, moins encore à une évaluation arithmétique : leur étude relève plus du qualitatif que du quantitatif. Ces réserves énoncées, cet ordre de réalité existe bel et bien et il y aurait de l'aveuglement à l'ignorer, un excès de prudence à le laisser en dehors du champ étudié. Le succès récent de l'histoire culturelle lui fait heureusement une place justifiée. On trouvera donc ci-dessous quelques remarques sur les divergences entre droite et gauche à propos de sujets qui ne sont pas naturellement politiques, mais se réfèrent à des sentiments et des valeurs.

La famille

Si curieux que cela soit, la famille divise et oppose traditionnellement – de fondation, pourrait-on dire – droite et gauche. On peut s'en étonner : la famille n'est-elle pas une donnée naturelle et universelle ? Tout être humain est né d'un couple formé d'un homme et d'une femme jusqu'aux récentes possibilités ouvertes au génie humain par les progrès de la biologie. Quoi de plus évident que l'engendrement des générations ? La relation entre parents procréateurs et enfants, comme la fratrie qui unit frères et sœurs nés d'un même couple sont des réalités biologiques et des faits sociologiques : peut-il y avoir matière à divergences idéologiques ? Tel est pourtant le cas. D'origine, la droite porte une sympathie de principe à la cellule familiale, la gauche est plutôt réservée et même défiante. Que la droite ait de l'inclination pour la famille conforte la gauche dans ces sentiments et que, parallèlement, la gauche se prononce contre ce qui est familial est, pour la droite, une raison de plus d'en prendre la défense. Ce jeu de dispositions spontanées et de réactions contraires qui se font la courte échelle est la résultante d'un nœud de raisonnements philosophiques et de circonstances proprement historiques.

Pour les penseurs traditionalistes, la famille fait partie de l'ordre naturel et, pour les esprits religieux, de celui voulu par la Providence. Ni son existence ni sa légitimité ne se discutent. À modifier cet ordre, l'homme déréglerait le cours des choses, compromettrait l'avenir de l'espèce, contreviendrait à la volonté de Dieu. Antérieure à la formation de la société politique et plus encore à la naissance de l'État, la famille est une réalité primaire qui ne tient pas son existence de la volonté politique. Sacrée aux yeux de celle des droites qui emprunte à la religion le principe de sa vision des choses, l'institution familiale est considérée par toutes les droites traditionnelles comme dépositaire de valeurs morales. Elle est le lieu privilégié de leur transmission et de l'éducation des individus. Elle demande donc à être honorée par la société, défendue, protégée. Sa conservation est une des fins assignées à l'action des pouvoirs publics. Ce culte de la famille n'admet guère qu'elle puisse faire l'objet de modifications, moins encore de mutations. C'est une donnée naturelle: le droit doit la reconnaître, l'encadrer. En conséquence, la droite préservera la stabilité du couple, la monogamie, la fidélité conjugale.

Les mêmes considérations fondent symétriquement, pour des raisons dont la perception fait pénétrer dans la compréhension de ce qui divise droite et gauche, la défiance atavique de la gauche pour la famille traditionnelle. Que celle-ci soit censée faire partie de l'ordre de la nature et nous vienne du fond des âges ne la recommandent pas à la bienveillante attention d'une gauche qui se définit plutôt par la volonté de se soustraire aux déterminismes de la chair et du sang et d'instaurer un ordre dicté par la seule raison. La politique a pour objet et raison d'être de s'affranchir des contraintes de la nature. Il s'ensuit un renversement de la hiérarchie des valeurs: c'est à la famille de s'inscrire dans la société civile et politique.

La gauche s'est constituée sur la promotion de la liberté individuelle: elle voit dans la famille et la tutelle qu'elle exerce sur ses membres une menace pour cette liberté. Profondément individualiste, la première gauche, la plus ancienne, celle qui a fait la Révolution de 1789, se défie de tous les corps intermédiaires qui s'interposent entre le peuple citoyen et les individus: de ces puissances sociales, la famille n'est pas la moins redoutée. La gauche s'emploiera donc à la démanteler pour libérer les individus de ses contraintes et de ses tabous, et à prévenir sa restauration, qu'elle soupçonne la droite de vouloir effectuer.

De fait, les prises de position traditionnelles de la droite sur le sujet comme ses initiatives et sa stratégie donnent créance aux craintes et aux fantasmes de la gauche. Cette défiance de principe que la famille inspire dès l'origine à la plus ancienne tradition de gauche, libérale et individualiste, à laquelle a souscrit ensuite la gauche socialiste pour des raisons qui lui étaient propres – la famille, institution bourgeoise, solidaire des intérêts de la classe dominante –, a été historiquement confortée par la convergence de fait entre la cause de la famille et les forces de conservation sociale. Le mouvement familial a puisé son inspiration à deux sources distinctes dont aucune ne le prédisposait à trouver quelque sympathie à gauche. L'une était tout bonnement l'enseignement moral de l'Église catholique, en harmonie avec les orientations maîtresses d'un catholicisme social proche à ses origines de l'intransigeantisme contre-révolutionnaire, résolument anti-individualiste, pour qui la défense des valeurs familiales est un élément essentiel, une pièce maîtresse d'une vision organiciste, hiérarchique de la société, qui subordonne l'individu à des fins collectives. Quelque chose subsiste aujourd'hui encore de cette conception dans l'intégrisme, farouchement opposé à l'évolution de l'Église conciliaire, et même dans certaines organisations en communion avec Rome comme les Associations familiales catholiques. L'autre source d'inspiration du familialisme était neutre religieusement : sa préoccupation est patriotique. La famille lui est chère parce qu'indispensable à la grandeur de la patrie et que la grandeur est inséparable du nombre. La faiblesse démographique de la France, comparée à la croissance de ses voisins, a toujours inquiété. Or, c'est la famille qui est le lieu de la reproduction : la fécondité dépend de sa bonne santé.

L'État se doit donc de l'aider, d'encourager la natalité par un ensemble de mesures qui compensent pour les ménages les charges qui pèsent sur les familles nombreuses.

Il n'est pas nécessaire d'expliquer pourquoi la gauche ne peut guère entrer en sympathie avec les motivations de la première inspiration: c'est le contraire même de ses convictions les plus fortes. Mais elle n'a guère plus de complaisance pour les considérations de la seconde composante: elle ne partage ni ses inquiétudes d'ordre démographique ni ses préoccupations pour l'avenir de la patrie. Il n'a pas fallu moins que l'opiniâtreté et l'autorité scientifique d'un Alfred Sauvy pour lever à gauche le tabou qui faisait de la démographie une science de droite. Cette indifférence de la gauche à une dimension cependant capitale de l'existence des peuples est la conséquence indirecte de la conjonction de l'individualisme de la gauche libérale et de l'internationalisme de la gauche socialiste.

Les vicissitudes de l'histoire n'ont rien arrangé et n'ont pas toujours facilité un rapprochement entre la famille et la gauche: l'accaparement par le régime de Vichy de certaines valeurs les a marquées pour un temps d'un sceau d'infamie. À cet égard, la substitution à la devise républicaine d'un autre triptyque mettant à l'honneur Travail, Famille et Patrie aurait pu compromettre l'avenir de toute politique familiale.

Ce n'est pourtant pas ce qui se produisit. Nous touchons là à un paradoxe de notre vie politique. La référence à la famille et aux valeurs qui sont attachées à son image traditionnelle est, en France, un sujet de discorde politique. Cependant, la France est un des rares pays, de niveau de vie comparable et de culture semblable, à avoir une politique publique de la famille, à avoir patiemment édifié une législation, bâti un système, qui reconnaissent le fait familial, lui octroient un statut de droit public et lui assurent toutes sortes de garanties. Cette politique n'a pas eu à souffrir des changements de régime ni des renversements de majorité. Amorcée en 1938-1939 par le dernier gouvernement de la IIIe République – qui reprend à son compte des initiatives privées –, sanctionnée par la promulgation du code de la famille à quelques semaines de l'entrée en guerre, en juillet 1939, poursuivie par le régime de Vichy – qui, avec la loi Gounot (décembre 1942), reconnaît le corps familial et organise sa représentation –, consolidée à la Libération par le gouvernement provisoire – qui reconduit l'essentiel du dispositif avec l'ordonnance signée du ministre communiste Billoux (mars 1945), qui lave l'idée du corps familial de l'opprobre vichyssois –, la politique de la famille est de celles qui manifestent la continuité française. Les gouvernements ont tous, sans exception, respecté cette continuité, tenant chaque année une conférence avec l'ensemble des organisations familiales. Sans doute le discours de droite évoque-t-il avec plus de chaleur et de conviction la famille, mais l'Union nationale des associations familiales n'a pas moins de raisons qu'avec la gauche de se plaindre des délais que les gouvernements de droite apportent à réajuster, par exemple, le montant des allocations familiales. Si la politique de la famille ne départage plus aujourd'hui aussi nettement les deux composantes de notre univers politique, persiste néanmoins une différence dans l'ordre de la culture, de la rhétorique et des sensibilités. On reconnaît un homme de droite, tout au moins d'une certaine droite, à la façon dont il parle de la famille. Celle-ci reste bien un marqueur de la division droite-gauche.

Repère distinctif, la référence à la famille peut l'être aussi pour départager les droites. Elle est affirmée à temps et à contretemps par les traditionalistes. Si la plupart ont abandonné l'utopie d'une restauration de la société d'Ancien Régime, et répudié les visées les plus réactionnaires du programme contre-révolutionnaire, ils n'ont pas varié sur la défense de l'institution et des valeurs familiales. Elle vient en tête des préoccupations de ceux qui prolongent, de nos jours, le combat mené jadis au nom de la tradition chrétienne contre les idées qui subvertissent l'ordre social. Ce n'est pas tout à fait un hasard si Philippe de Villiers, fondateur du Mouvement pour la France, qui combat pour cette cause, est député de la Vendée et président du conseil général de ce département, et a joué un rôle dans la célébration de l'histoire de sa petite patrie en créant le spectacle du Puy du Fou. De même chez Christine Boutin, qui ne fait pas mystère de ses convictions.

La position du Front national est moins nette. Certes, Jean-Marie Le Pen est trop habile stratège pour se priver d'un thème qui lui permet de mettre en difficulté les droites parlementaires et d'attirer les voix de ceux qui s'indignent de la licence des mœurs et se scandalisent de voir le législateur mettre sur le même plan le mariage et le concubinage. Mais, si le thème familial a grande importance pour la petite fraction qui se reconnaît dans Chrétienté-Solidarité et suit leur animateur Romain Marie (*alias* Bernard Anthony), il laisse relativement indifférent le reste de l'électorat du Front national. Cette inégalité d'intérêt met en évidence le caractère composite de l'électorat qui vote Le Pen, et confirme qu'il ne se confond pas avec l'extrême droite contre-révolutionnaire.

La droite libérale est moins impliquée dans la défense de la famille. Son aile la plus libérale y est même indifférente ; un Alain Madelin est trop attaché à la liberté de l'individu pour se soucier de l'institution familiale. En revanche, l'autre composante de l'UDF est trop fidèle à ses origines et trop imprégnée de motivations religieuses pour ne pas faire de la famille un de ses thèmes de prédilection : les démocrates-chrétiens ont toujours fait de la politique familiale un axe majeur de leur programme et une condition de leur soutien aux gouvernements successifs.

Les mœurs

Les positions respectives de la droite et de la gauche sur la famille ne sont pas entièrement dissociables de celles sur les conduites individuelles au regard de la morale. À ce niveau des options fondamentales, les attitudes ne sont pas indépendantes les unes des autres : des affinités se dessinent, des rapprochements s'effectuent qui ébauchent des systèmes ayant une certaine cohérence, sans que ces configurations excluent complètement des contradictions ; nous en relèverons sur ce chapitre même de la morale. Toujours est-il que les questions qui comportent des implications d'ordre moral concourent à l'opposition droite-gauche. L'histoire récente en a donné plus d'un exemple : en 1975, le projet de loi légalisant l'interruption volontaire de grossesse a été présenté par un gouvernement de droite, mais n'a pu être adopté qu'avec les votes de la gauche ; il a divisé la droite. En revanche, la droite s'est retrouvée presque unanime pour s'opposer, en 1999, au projet déposé par des députés socialistes instituant avec le Pacs, à côté du mariage traditionnel, un autre mode de vie et de compagnonnage ouvert indifféremment aux couples de sexe différent ou de même sexe. Ce type de controverse a rebondi récemment à propos du mariage d'homosexuels et de la demande pour un couple de cette nature, faute de pouvoir donner naissance à des enfants, d'en adopter. Par-delà les jugements d'ordre éthique, le clivage met en jeu des anthropologies dissemblables et s'enracine à un niveau plus profond que le politique. Entre famille et morale, cette sorte de relations est particulièrement forte, la famille n'étant pas seulement pour ses défenseurs, on l'a vu, un fait social, mais la gardienne de valeurs morales.

À la racine de leurs divergences, en amont de leurs désaccords particuliers, droite et gauche se séparent sur deux postulats qui portent sur des points essentiels de philosophie politique. La société doit-elle régir les conduites privées ? Et, si la réponse est positive, la loi peut-elle imposer des normes ou doit-elle se borner à conformer le droit à l'évolution des mœurs ? Mais que seraient les mœurs sans les lois ? Dans le sempiternel débat sur le rapport entre la loi et les mœurs, droite et gauche ont aujourd'hui des positions contraires. Nous disons bien aujourd'hui : l'adverbe de temps, qui relativise l'énoncé, est d'importance, car les deux tendances – et la gauche peut-être plus que la droite – ont évolué. Est-ce à la puissance publique d'être la gardienne de la fidélité conjugale, par exemple de sanctionner l'adultère ? La loi doit-elle réglementer la pratique de la sexualité, établir un code des rapports sexuels entre les individus ? Pour la plupart des droites, la réponse à ces questions n'était pas douteuse : c'était oui. Imprégnées de l'enseignement traditionnel de l'Église catholique, si elles ne raisonnaient pas nécessairement comme le Magistère en termes de péché, elles ne doutaient point qu'il y ait des comportements délictueux qui doivent être condamnés par la loi et sanctionnés par la justice. Le code pénal était ainsi une version sécularisée du code moral que les Églises ont reçu de la tradition judéo-chrétienne. Aussi la droite s'est-elle opposée majoritairement à la reconnaissance du divorce (1884) comme, plus tard, à la dépénalisation de l'avortement (1975) et de l'homosexualité (1982).

Les positions de la gauche sont moins simples et dissocient plusieurs courants. À l'origine, la gauche n'est pas, si l'on ose dire, moins morale que la droite : elle n'est pas moins convaincue qu'il y a une morale. Elle est même parfois plus soucieuse du respect de ses prescriptions et plus sévère pour l'inconduite des dirigeants. Il y eut même, au XIXe siècle, ait un puritanisme républicain qui incarnait une réaction essentiellement morale contre la fête impériale, la frivolité du Second Empire : cette tradition connaîtra une postérité au XXe siècle avec le Parti communiste. Mais la gauche s'insurge aussi contre l'immixtion de l'Église catholique dans les débats sur la morale et la pression qu'elle exerce pour maintenir une stricte conformité de la loi civile à la loi morale telle qu'elle la préconise. La gauche s'élève toujours majoritairement contre toute intervention de la sorte jusqu'à contester aux autorités ecclésiastiques le simple droit, reconnu à tout citoyen et étendu aujourd'hui à toute composante de la société civile, de faire entendre son point de vue.

La morale individuelle est un des terrains où la classique opposition d'une gauche progressiste, vecteur de modernité, et d'une droite identifiée à la conservation des traditions, qui ne vaut plus pour les institutions politiques et ne s'applique plus dans le domaine des choix économiques, retrouve une certaine vérité.

Une première gauche individualiste était conduite à prendre de la distance par rapport à la morale traditionnelle par attachement à la liberté personnelle et à cause d'une allergie spontanée à toute norme imposée. Une deuxième gauche qui emprunte ses références philosophiques au socialisme a renouvelé et radicalisé la récusation de la morale classique par la critique sociale : dénoncée comme bourgeoise, soupçonnée d'être au service de la domination d'une classe, celle-ci est déchue de tout caractère normatif et sa prétention à l'universalité est disqualifiée.

À ces deux courants relativement anciens, une troisième composante est venue s'ajouter, depuis l'explosion de 1968, de tendance libertaire. La chose n'est pas absolument inédite : il y a toujours eu des esprits non conformistes pour préconiser une révolution des mœurs et des comportements, et, comme il n'était pas pensable qu'ils puissent trouver quelque connivence à droite, leurs aspirations les portaient vers la gauche – ils attendaient de la révolution sociale qu'elle libère aussi les mœurs. C'est ainsi que la « révolution surréaliste » avait fait alliance avec la révolution bolchevique. Mais cette association n'était le fait que de groupes restreints. Depuis 1968, elle a pris une autre dimension : la revendication libertaire s'exprime dans les médias, des démonstrations de grande ampleur rencontrent des sympathies très étendues, telle la Gay Pride. Une partie de la gauche a sur-le-champ emboîté le pas à Noël Mamère quand il a célébré en 2004, dans sa mairie de Bègles, un mariage d'homosexuels. Toute une partie de la gauche inscrit la libération des mœurs à son programme et invite chacun, suivant un mot d'ordre de 1968, à prendre ses désirs pour règle de conduite… sans être troublée par la contradiction entre cette invitation pressante à n'écouter que ses pulsions dans la vie privée et l'exhortation à une discipline citoyenne pour les engagements sociaux et politiques.

Pour ces raisons, toute référence à la morale, toute intervention de la loi pour régler les conduites privées sont suspectes à la gauche, qui redoute toujours le rétablissement d'un contrôle des comportements, d'une censure des pensées, bref: l'établissement d'un ordre moral. Ordre moral: le mot est lâché. Voilà le danger que subodore la pensée de gauche derrière toute proposition touchant à la morale. L'expression d'ordre moral est irrémédiablement frappée d'une connotation indésirable, héritage de notre histoire politique. Déjà, le concept d'ordre n'est pas en odeur de sainteté à gauche: il fait plutôt partie de la table des valeurs de droite; la gauche lui préfère liberté ou justice. Mais l'adjonction de l'épithète moral, loin de tempérer la rigueur de l'ordre, en aggrave la perversité. Elle réveille dans la mémoire de gauche de très anciens souvenirs: elle renvoie à deux épisodes de gouvernement des droites, après la défaite de 1871 au temps de l'Assemblée nationale, et dans la crise du 16 mai 1877, les deux fois sous la présidence du duc Albert de Broglie. C'est le gouvernement lui-même qui avait choisi cette appellation pour qualifier sa politique: elle conjuguait effectivement une référence revendiquée aux valeurs morales traditionnelles et un ensemble de mesures de restriction des libertés publiques et de surveillance policière visant à empêcher la gauche de gagner les élections. On ne doit donc pas s'étonner que les descendants de cette gauche en aient gardé mauvais souvenir. Aussi la référence est-elle disqualifiée : il suffit de prononcer la fatidique expression et d'invoquer le spectre du retour à l'ordre moral pour discréditer une proposition. Le tabou est si fort, la prévention contre l'ingérence de la morale en politique si générale que la droite elle-même, à l'exception de quelques esprits ayant le goût de la provocation, n'ose ordinairement se référer à des considérations de cet ordre.

Cet état d'esprit ne concerne que les conduites individuelles et la vie privée, ce que la tradition dénommait, d'une expression à dessein imprécise, les mœurs – soit la sexualité, la vie de couple. Pareille réserve ne vaut pas pour les autres champs d'intervention du politique, que ce soit la législation des rapports sociaux, l'organisation du travail, la répartition des charges entre les citoyens, les rapports entre les peuples. Au contraire, droite et gauche rivalisent d'arguments d'ordre moral et cherchent à mettre l'adversaire en difficulté pour donner mauvaise conscience à ses électeurs.

Cette allergie de la gauche à la morale, qui a des origines philosophiques et des racines historiques, ne signifie pas que l'homme politique de gauche n'ait pas, lui aussi, des exigences, des interrogations et une conduite morales. Pas plus que le politique de droite n'a, pour autant, un comportement naturellement plus conforme aux principes que défend sa famille de pensée. Reste néanmoins que la relation à la morale différencie globalement droite et gauche. Un homme de droite aura tendance à s'indigner de l'émancipation des conduites par rapport à la morale traditionnelle : il parlera de licence là où la gauche ne verra que liberté. Il se scandalisera des émissions de télévision qui présentent comme normal ce que lui tient pour des aberrations. Il s'indignera de voir la législation reconnaître des situations qui vont à l'encontre des principes qu'on enseignait aux générations d'autrefois. La position par rapport à la morale est bien un marqueur d'une différence entre droite et gauche.

L'autorité

L'autorité est un autre marqueur. Le mot comme la chose ne plaisent guère à gauche : ils heurtent le rêve d'une liberté sans entraves et contredisent une confiance de principe dans la justesse de toute initiative spontanée. Même après un long temps de pratique libérale et de fonctionnement démocratique de la société, l'autorité garde un relent autocratique qui sent l'Ancien Régime. Les expériences étrangères du XXe siècle n'ont fait que redoubler la défiance instinctive de tout pouvoir : on a vite fait de taxer de « fasciste » tout exercice de l'autorité – le langage même, à en croire Roland Barthes. Michel Foucault a inculqué l'idée et inoculé le soupçon que le but inavoué de l'organisation sociale était de « surveiller et punir ». La critique sociale fondée sur l'axiome de la lutte des classes a disqualifié dans son principe même la notion d'autorité : dès lors que sa finalité était de perpétuer la domination des possédants, elle perdait toute légitimité, tandis que sa contestation s'inscrirait dans le sens de l'histoire. La crise de 1968 a diffusé ces présupposés dans tout le corps social avec le mot d'ordre « Il est interdit d'interdire ».

Une partie de la droite reste, au contraire, attachée au principe d'autorité et à son application – non plus pour les raisons proprement théologiques ou métaphysiques qui inspiraient la doctrine contre-révolutionnaire : l'autorité, venant de Dieu et étant déléguée par lui, tenait de son origine un caractère sacré, mais par un raisonnement positif et pour des considérations pragmatiques : toute collectivité doit être dirigée et ne saurait se passer d'autorités. Cette nécessité est renforcée par la conviction qu'il existe dans la société des forces de subversion qui doivent être tenues en respect et des ferments de violence qui doivent être combattus. L'autorité est, du reste, l'objet d'une demande sociale : l'affirmation autoritaire peut faire bon ménage avec une certaine démagogie populiste.

Cette référence à l'autorité s'applique particulièrement à quelques secteurs plus sensibles, davantage exposés à la subversion, ou dont c'est la mission de combattre le désordre. On ne s'étonnera pas que justice et police figurent en première ligne : ne sont-elles pas, de par leur fonction même, aux prises avec la délinquance et la criminalité, et confrontées en permanence avec la pathologie de la société ? C'est un autre sujet sur lequel gauche et droite ont des positions divergentes. La gauche incline à croire que l'homme ne peut être radicalement mauvais. S'il fait le mal, ce ne peut être entièrement sa faute : son comportement s'explique vraisemblablement par des antécédents familiaux, une enfance malheureuse, une situation sociale dont il ne peut être tenu pour responsable. La gauche tend à imputer la responsabilité à la société : si l'ordre social était moins injuste, si tous trouvaient un travail correctement rémunéré, justice et police auraient moins à intervenir. Cet ensemble de convictions incline à l'indulgence quand il s'agit de juger. Elle inspire aussi une préférence pour une politique de prévention plutôt que de répression. S'agit-il de punir ? On aura le souci de faciliter la réinsertion du délinquant, car on ne désespère pas de le voir s'amender et reprendre sa place dans la société.

À la fraction dure de la droite, ces convictions apparaissent parfaitement chimériques. Est-ce parce qu'elle reste, en dépit de l'éloignement de la religion de nombre des siens, imprégnée de la croyance au péché originel ou parce qu'elle croit à la prédestination ? Toujours est-il qu'elle fait plus confiance à la fermeté de la répression qu'à la générosité de la prévention. Si, à quelques exceptions près, elle ne remet plus en question l'abolition de la peine capitale, votée par la majorité de gauche en 1981, elle compte sur une répression renforcée pour répondre à la demande de sécurité et riposter à l'aggravation présumée de l'insécurité. L'ordonnance de 1945, charte depuis plus d'un demi-siècle de notre politique pénitentiaire, qui fait de la réintégration du prévenu un objectif, est un élément-clé du débat entre droite et gauche. Leur désaccord sur le sujet explique que les projets de loi sur la justice pénale aient pris depuis un quart de siècle tant d'importance dans la vie politique et que les débats à leur sujet aient soulevé tant de passion.

La liste de ces entités ou valeurs – qui ne sont pas de nature proprement politique, mais auxquelles se réfèrent, consciemment ou non, les grands choix politiques et qui rendent peut-être mieux compte des clivages fondamentaux – pourrait s'allonger. On pourrait par exemple s'interroger sur les positions respectives de la droite et de la gauche sur l'argent ou le travail. L'argent ? Est-ce l'héritage d'une vieille nation catholique qui avait une défiance invétérée de la richesse, ou le fruit de la critique socialiste du capitalisme? Reste que l'argent est généralement suspect à la gauche, qui rêve d'une répartition égalitaire des ressources: François Mitterrand eut des mots très durs sur le rôle néfaste de l'argent dans la société. La droite est moins réservée à l'égard d'une rétribution proportionnée aux risques encourus, aux responsabilités exercées ou aux mérites reconnus. On ne perdra pas de vue, cependant, que le jugement sur l'argent introduit entre les droites un germe de division. Si la droite libérale n'a ordinairement pas d'objection à ce que l'argent établisse des différences entre les individus et joue un rôle dans la société, la droite traditionaliste a toujours dénoncé le pouvoir et les effets malfaisants de la finance anonyme et vagabonde, et elle garde le regret d'un temps où l'argent n'aurait pas instauré d'inégalités entre les personnes.

Quant au travail, la gauche considère que toute réduction légale de la durée hebdomadaire du travail s'inscrit dans le sens de l'histoire et est un progrès. La plupart des mesures prises en ce sens, ainsi que celles allongeant la durée des congés payés, l'ont été par des gouvernements de gauche – à l'exception de la quatrième semaine de vacances, qui a été accordée après 1968. La droite a critiqué la réduction, par le gouvernement de Lionel Jospin, de la durée hebdomadaire légale du travail à trente-cinq heures, pas seulement parce qu'elle affaiblirait la compétitivité de l'économie française, mais parce qu'elle aurait fait perdre aux Français le goût du travail. L'initiative du gouvernement Raffarin de supprimer un jour férié – le lundi de Pentecôte – pour affecter le produit de cette journée de travail supplémentaire à la solidarité entre les générations a coupé la France en deux. Le débat dépasse les considérations économiques ou les incidences sociales pour se situer sur le registre des valeurs morales. Ce sont des conceptions différentes de l'existence et de ce qui lui donne un sens.

Le problème ne se pose pas dans les mêmes termes ni dans des conditions aussi dramatiques pour l'éducation et dans l'enseignement, mais il rejoint des implications voisines. La gauche, sur le sujet, n'est pas unanime ; la droite le serait peut-être davantage. Si une partie de la gauche fait confiance à la spontanéité de l'enfant comme à son désir d'apprendre et pense qu'il suffit de susciter sa curiosité et son initiative, la droite croit à la vertu du travail et à la nécessité de l'effort. Cette divergence fondamentale, qui porte sur la psychologie de l'enfant et la pédagogie, est sous-jacente aux controverses qui scandent l'histoire de notre système éducatif.

Il y a aussi des indices qui n'engagent pas des options philosophiques aussi fondamentales, dont les implications ne sont pas aussi fortes, mais qui n'en sont pas moins révélateurs de tendances profondes. Ainsi de l'attitude à l'égard des services publics et des fonctionnaires : la gauche s'abstient généralement de les critiquer, le préjugé de l'électeur de droite est spontanément défavorable ; à ses yeux ils sont toujours trop nombreux, ce qui ne l'empêche pas de se plaindre du manque d'infirmières dans les services hospitaliers ou de déplorer la pénurie de policiers. La différence des appréciations ne s'explique pas seulement par la disparité des clientèles ; il est vrai que la gauche a le souci de ménager un électorat qu'elle croit lui être attaché alors que la droite s'imagine que, quoi qu'elle fasse, les fonctionnaires ne voteront pas pour elle, cette conviction visant particulièrement les personnels de l'Éducation nationale. Persiste le souvenir, qui entretient un sentiment d'envie chez les salariés du secteur privé et, plus encore, chez les travailleurs indépendants et les petits patrons, du temps où les agents publics bénéficiaient statutairement d'avantages, notamment d'une retraite assurée, alors qu'il n'y avait pas de protection sociale pour les autres catégories professionnelles. La réforme des retraites amorcée par le gouvernement d'Édouard Balladur avait ravivé cette querelle en portant à quarante, pour le privé, le nombre des annuités requises pour jouir d'une retraite à taux plein, alors qu'il était maintenu à trente-sept années et demie pour les agents publics. La récente réforme générale du régime des retraites effectuée à l'initiative du gouvernement Raffarin a corrigé cette inégalité. A-t-elle pour autant éteint le sentiment d'une injustice ? C'est d'autant plus douteux que le retour du chômage entretient la jalousie de ceux qui connaissent la précarité de l'emploi à l'encontre des fonctionnaires qui bénéficient de sa sécurité, un bien précieux dans les conjonctures troublées. Certains leaders de droite opposent ainsi le secteur dit exposé à celui qu'ils appellent protégé. La position sur l'instauration d'un service minimum en cas de grève dans les services publics est un autre repère pertinent pour démarquer droite et gauche. À gauche, toute proposition de réglementation de l'exercice du droit de grève, notamment dans les services publics, est dénoncée comme une remise en question des droits acquis et une atteinte à un principe essentiel de la démocratie, bien que le préambule de la Constitution de 1946, qui fait partie du bloc de constitutionnalité auquel se réfère le Conseil constitutionnel pour apprécier la validité juridique des lois qui lui sont déférées, ait prévu expressément et même appelé des dispositions en ce sens. La droite, elle, se fait plutôt le porte-parole des usagers pris en otage : et il lui paraît équitable que la sécurité de l'emploi garantie aux personnels de la SNCF et de la RATP ait pour contrepartie l'obligation d'assurer un service minimum.

Cette animosité exprime aussi des sentiments qui viennent du fond des âges, l'hostilité au fisc, la défiance des interventions de l'appareil d'État dans la vie des citoyens. La critique des fonctionnaires prend le relais, à quelques siècles de distance, de la fronde des parlements contre les intendants du roi. Nos sentiments n'en étant pas à une contradiction près, les mêmes qui dénoncent les ingérences de l'administration publique dans leurs activités sont les premiers à réclamer l'assistance de l'État en cas de difficultés et la protection de la puissance publique contre les calamités au nom du principe de solidarité.

La disparité des sentiments entre gauche et droite ne relève pas seulement de la psychologie individuelle : elle dicte aussi des comportements contraires. Arrivant au pouvoir, tout gouvernement de gauche engage ordinairement de nouveaux fonctionnaires pour satisfaire à la demande, alors que les gouvernements de droite annoncent l'intention d'en réduire le nombre ; ils en restent habituellement à l'énoncé du vœu. La différence entre droite et gauche se marque aussi au choix des administrations auxquelles on fera supporter les économies tenues pour nécessaires. Est-il insignifiant que les majorités de droite les fassent régulièrement porter sur les budgets de l'Éducation, de la Culture et de la Recherche, ceux-là mêmes que les gouvernements de gauche décident généralement d'abonder ? Ceux orientés à droite donnent des moyens supplémentaires à l'Intérieur, pour la police, à la Justice, en partie pour l'administration pénitentiaire, et à la Défense.

Ces quelques exemples suggèrent que le clivage droite-gauche a des racines très profondes et correspond à des différences essentielles de culture et de sensibilité qui transcendent les choix circonstanciels et perdurent à travers les changements politiques et les mutations de société.

Chapitre III

COMBIEN DE DROITES AUJOURD'HUI ?

QU'EST DEVENUE LA TRIPARTITION ?

Si l'essai de 1954 s'attachait à mettre en évidence la validité et la pérennité de la distinction droite-gauche, ce n'était pourtant pas son apport le plus original. On ne l'avait pas attendu pour cela: François Goguel en avait, quelques années plus tôt, apporté une démonstration magistrale dans sa *Politique des partis,* où il retraçait les avatars successifs de l'opposition, sous la IIIe République, des deux partis de l'Ordre et du Mouvement. Cette partition venait de plus loin encore, comme l'attestaient ces deux dénominations, que lui-même empruntait à ce moment de la monarchie de Juillet où le parti libéral qui venait de triompher de la réaction ultra se scinda en conservateurs, surtout soucieux de contenir la poussée démocratique, et progressistes, qui entendaient tirer toutes les conséquences de la révolution des Trois Glorieuses.

Si ce livre a fait date, c'était plus parce qu'il proposait pour la droite de substituer au singulier, qui avait pour effet d'ériger cette tradition de pensée en entité intemporelle, un pluriel qui réintroduisait la contingence du processus historique. Notons que, si le livre n'en faisait la démonstration que pour la droite, le même principe d'explication vaudrait pareillement pour l'autre volet du diptyque. J'ai le regret, d'autres sujets s'étant proposés à mon attention, de n'avoir pu faire le même travail pour la gauche. L'accomplissement de ce projet aurait levé le soupçon de connivence avec la pensée de droite que nourrissent ceux qui s'imaginent qu'un historien ne peut parler avec compétence et justesse que des conceptions dont il partage les présupposés. La chose aurait-elle été plus difficile que pour la droite ? Je ne le crois pas. On aurait d'abord retrouvé au départ celles des droites qui sont nées à gauche, telle la droite libérale. D'autre part, la pluralité des gauches est plus visible encore. Elles n'avaient pas attendu l'expérience du gouvernement Jospin pour se découvrir plurielles et faire de leur pluralité un élément de leur stratégie dans l'exercice du pouvoir. Gauche libérale, avec les quelques éléments de cette tradition qui n'ont pas accompagné le glissement à droite de sa majorité, gauche démocratique et radicale, gauches socialistes, elles-mêmes au pluriel, gauche communiste, même si la légitimité de son ancrage à gauche a pu être contestée par la gauche en raison de l'alignement inconditionnel du Parti communiste sur le régime totalitaire et la politique extérieure de l'URSS, extrême gauche enfin. L'histoire de la gauche en France depuis deux cents ans est celle de ses déchirements et de ses rapprochements, de ses scissions et de ses rassemblements au nom du principe supérieur de l'unité. Le thème de l'union des forces populaires a, dans la rhétorique et l'imaginaire de gauche, exercé un pouvoir de séduction peut-être supérieur à l'attrait du même thème à droite. Quand les partis de gauche ont décidé de conjuguer leurs forces, ils trouvent plus de répondant dans l'électorat. On observe régulièrement dans les élections législatives – on l'a encore vérifié en 2003 – que la discipline y est mieux respectée qu'à droite, les reports de voix s'effectuant mieux, même des extrêmes, sur les partis de gouvernement.

Revenons à notre droite ou, plutôt, à nos droites. C'est bien l'hypothèse de la pluralité avec la distinction proposée de trois traditions qui a retenu l'attention, obtenu la large adhésion que nous avons dite, tant des observateurs de la chose politique que de ses acteurs, et suscité aussi critiques et contestation.

La thèse n'a pas été récusée dans son principe, mais dans ses applications particulières, à telle ou telle période. C'est sa pérennité qui a fait question. Admise pour un passé plus ou moins lointain, elle a été discutée pour des temps plus proches. À ma connaissance, son application à la majeure partie du XIXe siècle n'a pas été critiquée, ni pour la Restauration et la monarchie de Juillet, ni pour le Second Empire, ni même pour les débuts de la IIIe République. Peut-être parce que, le XIXe siècle se perdant déjà dans la brume des temps révolus et ses spécialistes se faisant rares, on ne se risque plus à en traiter, et ceux qui le font n'en ont pas tous une connaissance assez sûre pour pouvoir discerner les failles de ce système d'interprétation. La différence d'appréciation ne tiendrait-elle pas plus encore au fait que le XIXe siècle a cessé de susciter des réactions passionnelles alors que les braises sont encore brûlantes pour le XXe ? En tout cas, il n'en est pas de même pour les temps plus proches. Ainsi, Zeev Sternhell veut bien reconnaître quelque valeur explicative à la tripartition des droites, mais seulement jusqu'au mouvement boulangiste, dont il fait dater l'émergence du courant auquel il a donné le nom de droite révolutionnaire : à partir de là, l'auteur de *Ni droite ni gauche* ne conteste pas la pluralité des droites, mais il la réduit à deux seulement en fusionnant droite contre-révolutionnaire et droite libérale.

D'autres, moins radicaux, reconnaissent quelque valeur à la thèse des trois droites jusqu'à 1940, mais jugent qu'elle ne s'applique pas au-delà. Ainsi, Sylvie Aebischer, dont l'essai alerte et incisif *Gauche-droite : au-delà de cette limite la politique n'est plus pensable* a obtenu le prix Étudiant décerné par le jury du Livre politique en 2003, juge que « la typologie de René Rémond, si elle est éclairante pour le XIXe siècle, perd en pertinence dans la situation actuelle », et de citer à l'appui de cette appréciation réservée le cas du courant légitimiste qui lui paraît, à juste titre, réduit de nos jours à peu de chose. Mais si cette observation sur le petit nombre de disciples est exacte, la conséquence qu'elle en déduit l'est moins : l'importance et l'actualité d'une pensée se mesurent-elles au nombre de ses fidèles ?

La tripartition des droites aurait-elle perdu de sa pertinence et de son pouvoir d'explication et d'interprétation ? Pour le savoir, pas d'autre méthode que de reprendre le fil du récit au point où je l'avais laissé en 1982. C'était au lendemain de la défaite historique de la droite au printemps 1981 : elle venait d'être chassée du pouvoir, qu'elle avait détenu sans interruption plus de vingt ans. Pour la première fois depuis 1958, la gauche s'appropriait les institutions de la Ve République. François Mitterrand, à sa troisième tentative, accédait à la magistrature suprême. À la suite de la dissolution décidée dans la foulée, une vague rose avait déferlé sur l'Assemblée et le Parti socialiste, désormais maître de la plupart des pouvoirs, avait entrepris de transformer de fond en comble l'économie et la société. Rejetées dans l'opposition, qu'allaient devenir les droites, leurs idées, leurs formations, leur électorat ? Subsidiairement, qu'allait-il advenir de mon interprétation ? Résisterait-elle à l'évolution politique, juge suprême de la pertinence des analyses ? Les vingt et quelques années qui ont suivi ont été des années de turbulence, caractérisées par une instabilité chronique qui, à force de se reproduire, a fini par devenir un trait permanent. Elles font, à cet égard, un contraste prononcé avec les deux décennies précédentes, ainsi que pour le rapport de force entre droite et gauche. Depuis 1981, il n'y eut presque aucune élection générale, présidentielle et plus encore législative qui n'ait renversé la majorité sortante : 1986, 1988, 1993, 1997, 2002. L'alternance est devenue la règle non écrite de notre vie politique. La droite a ainsi vécu six fois depuis 1981 le passage du pouvoir à l'opposition et *vice versa*. Encore ce décompte sommaire ne considère-t-il qu'un aspect du phénomène. Le décalage des consultations électorales, qui découlait normalement de la durée inégale des mandats du président et de l'Assemblée, entraînait aussi des discordances entre le chef de l'État et la majorité des députés. La droite, ramenée en force à l'Assemblée par la volonté des électeurs, trouvait en face d'elle un président de gauche : en 1986 et 1993. Ou – cas de figure inverse – c'est le président, élu de la droite, qui devait cohabiter avec une majorité de sens opposé : de 1997 à 2002.

Les droites ont ainsi dû faire l'expérience de la cohabitation trois fois en vingt ans. Tous comptes faits, depuis 1981, la droite, en vingt-quatre ans, n'a détenu conjointement les deux pouvoirs principaux qu'un peu moins de cinq années, de mai 1995 à juin 1997 et depuis juin 2002. Elle a été plus longtemps dans une opposition complète, écartée de l'un et l'autre : cinq ans de juin 1981 à mai

1986, puis cinq autres années, de juin 1988 à mars 1993. On sait les conséquences de cette succession précipitée de situations contrastées sur la pratique institutionnelle. Il est improbable qu'elle n'ait pas eu aussi des incidences sur la stratégie des droites et sur leurs relations internes, peut-être même sur leurs orientations et leur programme. La cohérence de leurs vues et la fidélité à leurs traditions respectives y auront-elles résisté ?

Si encore ces changements, directement liés à l'expression du suffrage et qui ne concernaient que le rapport de force entre les deux blocs, avaient été les seuls ! Mais, au cours de ces années, le paysage politique s'est profondément modifié. Il s'est enrichi d'une nouvelle composante, qui a surgi inopinément en 1983-1984 : le Front national, animé par Jean-Marie Le Pen, qui reprenait des thèmes familiers de l'extrême droite. Ce que, sur le moment, on avait pu croire n'être qu'un feu de paille, comme en d'autres temps les ligues ou le mouvement poujadiste, loin de se dissiper comme la plupart des phénomènes analogues qu'avait connus notre vie politique, s'est comme induré : il fait partie depuis plus de vingt ans du paysage. Bon an mal an, il dispose dans l'électorat d'une ressource qui n'est jamais inférieure à 10 ou 11 % – ce chiffre étant celui obtenu d'emblée aux élections européennes de juin 1984, qui ont marqué son entrée en force dans le cercle des grands partis, et qui peut atteindre 16 ou 17 % avec des pointes à 24 ou 25 % dans les régions où il rencontre le plus de connivences.

L'irruption de cette force nouvelle a modifié la situation des droites classiques : elle exerce sur elles une pression qui leur pose des problèmes à la fois tactiques et éthiques. L'attirance du Front national sur une fraction de leur électorat compromet leurs chances de rassembler une majorité. Cette concurrence sur son flanc droit a le même effet négatif pour la droite que, naguère, la stratégie du Parti communiste qui, en gelant des millions de suffrages, interdisait à la gauche de reconquérir le pouvoir perdu. La menace enfermait les droites dans une alternative douloureuse : refuser toute entente avec l'extrême droite pour rester fidèle à certains principes, au risque de laisser la gauche tirer bénéfice de cette fracture à droite dans une configuration triangulaire, ou pactiser avec le Front national pour négocier des accords de circonstance et compromettre ses valeurs.

La percée du Front national pose un autre ordre de questions : a-t-il sa place et où le ranger dans la galerie des droites ? S'agit-il d'un nouvel objet qui introduirait une catégorie inédite dans notre typologie et serait comme une quatrième droite ? Ou faut-il n'y voir qu'un avatar de la droite baptisée bonapartiste, forme appauvrie de celle qui se caractérisait par l'alliance de l'autorité et du peuple, comme le suggère l'épithète de populiste que lui ont appliquée quelques-uns de ses meilleurs analystes ? À moins qu'il ne soit la résurgence de cette droite révolutionnaire où certains ont pensé voir le fascisme français. Le succès durable du Front national a ravivé la controverse sur la réalité d'un fascisme français et conféré un intérêt d'actualité à un débat qui n'était qu'académique.

Les deux dernières décennies ont apporté bien d'autres changements qui sont venus compliquer le tableau et modifier les rapports entre les diverses composantes de droite. La perte du pouvoir et la nécessité de s'accorder avec la droite libérale pour le reconquérir n'ont pas eu moins de conséquences que l'exercice des responsabilités gouvernementales sur l'évolution de la droite qui se définissait par la fidélité au gaullisme. Que reste-t-il aujourd'hui de ses orientations propres ? Les évolutions parallèles des deux principales droites ont pu faire croire que le moment était venu de rassembler toutes les droites, gaullistes, libérales, centristes, dans une organisation unique. Était-ce là donc la fin de leur pluralité et avaient-ils raison, ceux qui pensaient que la division traditionnelle était désormais archaïque ? L'histoire de cette tentative n'est pas sans intérêt pour notre propos.

Ainsi, de plusieurs côtés et pour des raisons différentes, la thèse de la tripartition a été mise à l'épreuve : ou critiquée par d'autres analyses ou systèmes d'interprétation, ou remise en question par des modifications objectives. Que sont devenues nos différentes droites au cours de ces quelque vingt-cinq années si riches en rebondissements ? Comment ont évolué leurs relations ? Pour le savoir, le seul moyen est de refaire le chemin de chacune d'elles.

La droite contre-révolutionnaire

Respectant l'ordre dans lequel sont apparues successivement les différentes droites dans le champ des forces et des traditions politiques, nous commencerons ce tour d'horizon par la plus ancienne de toutes, celle qui resta longtemps la seule, avant que d'autres, nées à gauche, viennent la rejoindre, entraînant leur électorat à leur suite ou lui disputant les suffrages des citoyens qui entendaient se démarquer de la gauche. Pour les temps les plus proches, plutôt que de continuer à la désigner par l'appellation de légitimiste, que nous lui avions donnée en 1954 dans l'intention de souligner sa continuité historique, il est préférable de l'identifier par la référence à sa philosophie : c'est la droite contre-révolutionnaire. L'allusion au différend dynastique entre les deux branches de la famille qui avait régné près de mille ans sur la France n'a plus grand sens : la querelle est aujourd'hui éteinte et a assurément perdu de sa portée symbolique. Même s'il se trouve encore des gens pour se dire royaliste, l'institution monarchique ne suscite plus depuis longtemps l'attachement qu'elle inspirait à ses fidèles, un sentiment de ferveur quasi religieuse comme devant une expression du sacré. Une nouvelle *Enquête sur la monarchie* révélerait certainement un état d'esprit bien différent de celui que relevait Charles Maurras en 1900. Personne ou presque ne croit plus à la probabilité d'une restauration de l'ancienne monarchie. L'abrogation de la loi d'exil qui interdisait aux prétendants de séjourner sur le territoire de la République a été adoptée sans difficulté en 1950, et le millénaire de l'élection d'Hugues Capet a pu être célébré en 1987 à la cathédrale d'Amiens en présence du président de la République et du comte de Paris sans susciter la moindre protestation des plus républicains. Le changement de régime en 1958 n'a peut-être pas été tout à fait étranger à cette désaffection de la droite à l'égard de l'idée monarchique, s'il est vrai que celle-ci tirait une part de son attirance de l'impuissance prêtée à la République. En instaurant un régime qui réconciliait référence à la République et pouvoir personnel, la Ve République a tari une des sources où s'alimentait l'aversion pour ce régime : la République n'est plus la femme sans tête dont se gaussaient les Camelots du roi. En revanche persistent le refus catégorique de la démocratie, une aversion invétérée des principes de

1789, la défiance de toute modernité, le rejet global de l'héritage de la Révolution. Contre-révolutionnaire est bien le vrai nom de cette droite.

Ce n'est assurément plus une force politique capable de menacer le régime, ni même d'inquiéter ses défenseurs. Elle a renoncé depuis longtemps à compter ses fidèles : elle a déserté les compétitions électorales qu'à vrai dire elle n'a jamais aimées ni beaucoup pratiquées, pour des raisons de principe – elle a toujours contesté la légitimité de la dévolution du pouvoir par l'élection et plus encore dénoncé l'absurdité de l'universalité du suffrage – autant que par prudence, pour éviter de donner des preuves de sa faiblesse. Il n'y a plus, depuis la fin du XIXe siècle, dans l'une ou l'autre Assemblée de groupe parlementaire qui porte ses couleurs ou témoigne de sa grandeur passée : si cette droite extrême était encore une composante de la majorité conservatrice de l'Assemblée nationale aux débuts de la IIIe République, si même elle était représentée par quelques-uns des siens dans les cabinets présidés par le duc Albert de Broglie au temps de l'ordre moral, elle n'a plus jamais ensuite été associée au gouvernement. Elle n'y est revenue que par accident, à la faveur de la défaite de 1940 et pour les quelques années où ses idées ont été au pouvoir dans le cadre d'une révolution dite nationale, qui entendait prendre le contre-pied de celle de 1789 et qui empruntait l'essentiel de son inspiration, de sa rhétorique et de son programme à la philosophie politique et au discours de cette droite contre-révolutionnaire. La chute du régime de Vichy a définitivement scellé son sort en l'excluant à jamais de l'accès au pouvoir politique.

À défaut, cette droite détenait jadis de solides positions sociales et jouissait d'un prestige que lui conférait un magistère sur la vie intellectuelle: ne s'était-elle pas proclamée un moment – c'était en 1919 –, avec quelque présomption mais qui n'était pas sans fondement, le parti de l'intelligence? Si elle n'était plus une force politique, elle demeurait comme école de pensée dont l'influence s'exerçait par toute sorte de relais bien au-delà du cercle de ceux qui lui donnaient une adhésion formelle. Prestige social et rayonnement intellectuel se prêtaient la main, la mondanité frayant la voie aux idées contre-révolutionnaires. Ainsi, la coterie dont les sympathies allaient à l'Action française assurait le succès à l'Académie française des candidatures qui avaient son agrément. Sur ce registre aussi, la situation est aujourd'hui, par comparaison, singulièrement dégradée. Ses positions sociales ont été ébranlées, parfois même ruinées. Quant au magistère intellectuel, il a changé de camp: s'il n'est pas, comme on le dit avec quelque légèreté, tout entier passé à gauche, il est aujourd'hui aux mains d'une autre droite que celle-là. Pour nous en tenir à l'institution académique que nous venons de citer – et qui n'est pas un mauvais exemple parce qu'elle se situe au point de rencontre entre la société et la vie de l'esprit –, ceux qui demeurent fidèles aux idées et aux souvenirs de leur jeunesse de l'avant-guerre et dont la sympathie est, de ce fait, allée aux idées de Vichy y sont moins nombreux aujourd'hui que ceux qui ont fait alors le choix contraire, en s'engageant dans la Résistance ou en rejoignant la France combattante, Compagnons de la Libération tels Pierre Messmer, François Jacob et, avant sa disparition, Maurice Schumann, ou encore l'auteur du *Chant des partisans,* rédigé à Londres, Maurice Druon. De tel ou tel, les positions circonstancielles peuvent, durablement ou occasionnellement, le ranger à droite et même à l'extrême droite, mais les sources où il puise ses motivations et son argumentation ne sont plus celles de la contre-Révolution ; elles se réfèrent à une autre droite, qu'il nous faudra identifier.

Si la droite contre-révolutionnaire n'a pas tout à fait disparu et subsiste comme école de pensée – les traditions politiques disparaissent-elles jamais ? –, ce rapide inventaire impose comme une évidence qu'elle ne compte plus guère ni ne pèse lourd dans les rapports de force. On pourrait presque dresser son acte de décès si elle ne conservait des positions et des fidélités irréductibles sur un tout autre plan : le *religieux*. Le destin historique de cette extrême droite a eu dès l'origine partie liée avec la religion catholique, conçue comme système de pensée inspirateur d'une vision de l'ordre social, et avec l'Église comme institution. Elle est née en partie d'une réaction contre la rupture avec la religion historique de la France décrétée par les révolutionnaires : un des chefs d'accusation les plus graves du procès intenté par la pensée contre-révolutionnaire à la philosophie des Lumières et à la Révolution est d'avoir subverti l'ordre voulu par Dieu. Elle y voit l'œuvre de Satan. S'opposer à la Révolution est donc faire œuvre pie. Le schisme provoqué par la volonté des Constituants de réformer l'organisation interne de l'Église gallicane pour la rendre conforme aux principes nouveaux qui régissent la société civile et politique a achevé de souder la cause de la contre-Révolution et celle de la fidélité à Rome et apporté au camp de la première des bataillons compacts. Tout au long du XIXe siècle, les liens entre les deux se sont encore resserrés : en l'absence d'un souverain chrétien à vénérer, les ressources d'attachement et de piété se sont reportées sur la personne du pape, que ses malheurs rendaient plus cher encore au cœur des fidèles. Après la chute du pouvoir temporel en 1870 et l'échec de la Restauration en France en 1873, les légitimistes et beaucoup de catholiques unissent le comte de Chambord et Pie IX, l'exilé de Froshdorf et le prisonnier du Vatican, dans leurs prières pour leur double restauration dans leurs droits respectifs. L'ultramontanisme, qui imprime ses caractéristiques à cet âge du catholicisme, apporte sa caution à l'ultracisme politique. L'enseignement du Magistère romain est alors essentiellement préoccupé de combattre la Révolution en opposant à son inspiration, tenue pour satanique et dénoncée comme impie, les principes de la tradition catholique relus à la lumière de l'interprétation la plus intransigeante.

Cette symbiose étroite entre le catholicisme et la contre-Révolution, cette harmonie entre la philosophie de l'une et l'enseignement de l'autre ont fait la force de l'opposition à la société moderne et assuré la pérennité de la tradition de la droite extrême. Au début du XXe siècle, l'Action française recueille encore le bénéfice et l'héritage de cette imbrication: elle recrute ses adhérents dans la mouvance du catholicisme intransigeant et plus d'un intellectuel prolonge sa conversion religieuse par un ralliement aux positions du nationalisme intégral, dont il peut croire qu'elles sont l'expression en politique des grandes vérités qu'il a retrouvées avec la foi, tel un Jacques Maritain ou un Henri Ghéon. Cette coïncidence entre les deux causes, cette conjonction des fidélités ont, pour la contre-Révolution, un envers: elles rendent cette tradition politique dépendante de l'Église catholique et suspendue aux décisions des autorités religieuses. Par deux fois au XXe siècle, elle en a fait la douloureuse expérience et s'est trouvée, du fait de changements d'orientation de l'Église, aux prises avec un dilemme insoluble: ou elle s'inclinait devant les décisions du Magistère qui impliquaient la légitimité de conceptions différentes de l'organisation politique et de l'ordre social – et c'était pour cette école renoncer aux convictions qui faisaient son identité –, ou elle restait fidèle à celles-ci et entrait en désobéissance avec l'institution ecclésiastique. Situation d'autant plus malaisée pour cette famille de pensée que, par réaction contre la Révolution, à laquelle elle reprochait d'avoir sapé les fondements de la société, elle avait majoré l'importance du principe d'autorité jusqu'à en faire la base de toute organisation sociale et la source de toute légitimité: autorité politique du monarque sur la société politique, autorité du pape sur l'Église. L'autorité, nécessité absolue du salut des sociétés, a aussi pour les fidèles un caractère sacré qu'elle tient de son origine divine. À plus forte raison l'autorité du souverain pontife, qui a été rehaussée par la proclamation comme dogme au premier concile du Vatican (1870) de l'infaillibilité du pape. À lui obéir, on a la certitude d'être dans la vérité: il n'est pas nécessaire de comprendre les raisons de ses décisions. Or, voici que, par deux fois, le pape ou l'Église en corps ont pris des orientations en contradiction avec les certitudes et les convictions les plus chères de cette école de pensée. Devoir choisir entre ces deux fidélités a été, l'une et l'autre fois, source de vrais drames de conscience, de déchirements douloureux qui se sont chaque fois soldés par un affaiblissement notable de cette famille de pensée en même temps qu'ils provoquaient un trouble grave des esprits acculés à se révolter contre l'autorité. Si, dans l'une et l'autre circonstance, le conflit a opposé l'Église à ceux de ses fidèles qui tenaient pour inséparables appartenance au catholicisme et refus des idées propagées par le libéralisme, mêlant inextricablement considérations politiques et références religieuses, le déroulement de ces deux crises et leurs implications ont été passablement différents.

En 1926, l'initiative de la rupture est venue du pape : Pie XI s'est convaincu de l'incompatibilité de certaines thèses de l'école maurrassienne avec l'Évangile. La condamnation se situe à l'intersection du politique et du religieux. Ce n'est pas la philosophie sociale qui est récusée, ni même les options proprement politiques – choix de la monarchie, critique de la démocratie –, mais le nationalisme avec ses conséquences : l'affirmation de la raison d'État comme norme absolue pour la conduite de la politique extérieure et la récusation de toute référence à des considérations d'ordre moral, qui érigent l'intérêt national en valeur suprême, entrent en conflit ouvert avec l'enseignement pontifical qui préconise alors l'instauration d'un nouvel ordre des relations internationales fondé sur le droit et la renonciation au recours à la guerre pour régler les différends entre les peuples. Pour les lecteurs de *L'Action française,* accoutumés à considérer comme solidaires l'appartenance à l'Église et l'adhésion aux positions de l'école, cette condamnation est une surprise absolue. Elle jette le trouble dans les rangs des ligueurs qu'on avait trouvés au premier rang des défenseurs des libertés religieuses, aux temps de l'expulsion des religieux de leurs couvents ou des inventaires. Comment choisir entre les deux fidélités, entre l'obéissance à celui qui est, de par sa fonction, le gardien de la vérité et l'amour de la patrie, dont l'Action française est seule à leurs yeux à défendre avec lucidité et désintéressement les intérêts supérieurs ?

Extrême est leur désarroi. Quant aux dirigeants, ils s'expliquent la condamnation pontificale par une mauvaise interprétation des textes de Maurras de la part du pape ou par des arrière-pensées diplomatiques, et répondent à la condamnation par un *Non possumus* qu'ils justifient par la distinction du politique et du religieux et les droits de la conscience personnelle. Situation paradoxale que celle de ces contempteurs du libre examen et du jugement individuel revendiquant les droits de la conscience, de ces défenseurs inconditionnels de l'autorité et de l'obéissance qui s'engagent dans une rébellion. Cet entrecroisement de contradictions eut de graves conséquences pour l'Action française, qui vit se tarir le recrutement de ses fidèles.

Cet accident, somme toute mineur à l'échelle d'une nation et apprécié au nombre de ceux qu'il concernait directement, a cependant pris figure d'événement ; ce n'est pas un hasard si la condamnation pontificale est mentionnée à l'année 1926 dans la plupart des chronologies générales de la période. Il a eu une grande portée symbolique en raison de son caractère insolite : depuis 1789, on était habitué à ce que les pontifes romains fulminent contre les idées nouvelles ; de Pie VI à Pie X en passant par Grégoire XVI et Pie IX, ils avaient tour à tour dénoncé la Déclaration des droits de l'homme, les positions de *L'Avenir* et de La Mennais, le modernisme, le Sillon. En 1926, c'est sur la droite que s'abattent, pour la première fois, les foudres romaines. D'où la surprise, à gauche comme à droite, à l'extérieur de l'Église comme dans les rangs des fidèles. L'alliance entre le catholicisme et une philosophie politique et sociale attachée à l'ordre ancien et à la tradition n'était-elle donc pas de nature ?

Le suggérer était peut-être un effet induit que Pie XI escomptait de son intervention. Mais il faut plus qu'une initiative, si éclatante qu'elle soit, pour rompre des enchaînements aussi anciens, enracinés dans les mentalités depuis des siècles.

Si la seconde rupture a frappé le même secteur d'opinion et redoublé, cinquante ans plus tard, les effets de la première, elle fut d'une nature différente; elle touchait plus directement le religieux. Les dirigeants de l'Action française s'étaient bien gardés de s'engager sur ce terrain: ils revendiquaient la liberté de leurs choix politiques. La seconde crise a porté sur la définition de la foi, la formulation des énoncés dogmatiques. L'origine et les responsabilités aussi sont différentes; cette crise ne procède pas d'une initiative du souverain pontife ni ne résulte d'une condamnation prononcée par l'autorité religieuse. Elle est l'expression et la conséquence d'un désaccord de fond d'une fraction de catholiques, clercs et fidèles, avec les orientations générales et plusieurs des textes adoptés par les évêques assemblés en concile de 1962 à 1965. Ces catholiques élevés dans l'idée que l'Église détenait la vérité révélée et qu'il n'y avait pas de salut pour les individus ni pour les sociétés en dehors d'elle, qui avaient grandi dans un sentiment de défiance à l'égard de tout changement, qui nourrissaient la nostalgie d'un temps idéalisé où la foi était unanime et où l'Église régissait les conduites individuelles comme les comportements collectifs, ne reconnaissent plus leur Église dans cette assemblée qui a répudié son hostilité invétérée de toute nouveauté, se réconcilie avec l'histoire, préconise une attitude d'ouverture et de sympathie pour la société, invite les siens à témoigner estime et respect pour les autres religions.

La minorité conciliaire reproche au concile de sous-estimer la signification sacrificielle de la messe à l'avantage de sa dimension communautaire. Elle critique sévèrement les innovations liturgiques, l'abandon du latin, la substitution d'un nouvel office au rite qui date de Pie V et du concile de Trente, ainsi que les textes jugés trop complaisants à l'égard des autres religions, qui lui paraissent relever d'une tolérance que les précédents pontifes avaient condamnée, unanimes, sous le nom de latitudinarisme ou d'indifférentisme. De tous, le document qui à leurs yeux souligne la trahison par les Pères conciliaires de la tradition et qui a consommé la rupture est le texte sur la liberté religieuse, *Dignitatis humanae.* En renonçant à exiger des États qu'ils fassent profession de foi au motif que ce ne serait pas de leur compétence, en revendiquant pour tout homme une entière liberté de conscience, que devient le devoir impérieux envers la vérité ? C'est bien la preuve que l'Église n'est plus dans celle qui vient de se réunir à Rome. Or, l'obéissance à la vérité passe avant celle à l'institution et à son chef. Se reproduit, en plus grave, le paradoxe de 1926. Voilà ceux qui faisaient de l'obéissance inconditionnelle au pasteur suprême la clé de voûte du système doctrinal et la pierre de touche de l'appartenance à l'Église qui pratiquent la soustraction de conscience, contestent la validité des décisions prises et la légitimité de ceux qui les ont adoptées, et qui revendiquent cette liberté de conscience qui leur semblait récemment encore une erreur abominable. Puisque l'Église officielle a méconnu les vérités immuables et trahi sa mission, il incombe à ceux qui lui demeurent fidèles de maintenir l'intégrité de la vraie foi envers et contre tous. Le désaccord conduit les intégristes à la rupture et aboutit cette fois à un schisme effectif. Il sera consommé le jour où la principale personnalité de ce courant, Mgr Lefebvre, ancien archevêque de Dakar, ancien missionnaire spiritain, pour assurer la pérennité de son courant et sa propre succession à la tête des fidèles de l'Église d'avant Vatican II, prendra, en 1988, la décision, lourde de conséquences, de consacrer quatre prêtres de sa Fraternité Saint Pie X. C'est aller plus loin dans la dissidence que la petite Église du début du XIXe siècle qui avait refusé le Concordat.

Si la rupture n'est pas d'abord politique mais religieuse, du fait de l'étroite imbrication dans cette école de pensée entre une interprétation traditionnelle de la foi et une philosophie sociale, elle a aussi des incidences proprement politiques. L'appartenance à cette dissidence est un marqueur de l'identité politique : les fidèles de Mgr Lefebvre, les paroissiens de Saint-Nicolas-du-Chardonnet qui se sont emparés de cette église en 1977, font leurs, absolument, l'inspiration, l'idéologie et le programme de la droite contre-révolutionnaire. La réciproque n'est pas tout à fait exacte : les adeptes de la pensée contre-révolutionnaire n'ont pas tous suivi les intégristes jusque dans le schisme. La ligne de démarcation qui les sépare se réfère à des choix stratégiques différents qui n'impliquent pas qu'ils se divisent sur le fond : parmi les catholiques qui restent fidèles à Rome, il en est qui sont plus que réservés sur les orientations du concile, qui jugent sévèrement ses initiatives, qui ne sont pas loin de partager les appréciations des intégristes, qui regrettent l'ancienne tradition. C'est toute la différence entre ceux qu'on appelle intégristes et ceux qui s'appellent traditionalistes : elle n'est pas toujours aisément perceptible. Il n'y a souvent entre eux que des nuances. Plus d'un traditionaliste n'a été retenu de suivre les lefebvristes dans la dissidence que par un reste d'attachement à l'antique tradition d'obéissance au Vicaire du Christ. Chaque année, à la Pentecôte, se croisent deux pèlerinages : l'un va de Paris à Chartres, l'autre fait le chemin inverse ; l'un réunit ceux qui pensent être seuls à maintenir l'intégrité du dépôt de la foi contre les folies de l'Église conciliaire et ont décidé de s'organiser temporairement en dehors de l'Église officielle, les autres ont choisi de rester dedans. Sur le fond, ils ne diffèrent guère. Les uns et les autres croient pouvoir compter sur quelques sympathies au sein de la curie romaine, où certains prélats, qui tiennent l'unité pour un bien inestimable, s'emploient à ménager une chance de retour des dissidents, qu'ils se gardent bien de qualifier de schismatiques pour éviter toute brisure irréparable. D'autres ne sont pas loin de partager les vues des intégristes, comptent peut-être même sur leur rentrée dans la communion pour renverser le rapport de force interne entre les courants et les sensibilités et infléchir l'orientation générale de l'Église. Lors de la célébration, en 1996, du quinzième centenaire de la conversion de Clovis, qu'ils considèrent comme le baptême de la France, intégristes et traditionalistes auraient pareillement souhaité faire de cette commémoration une démonstration qui aurait rappelé que la France n'est fidèle à la foi de ses aïeux que si elle observe les commandements de l'Église et se conforme en tout aux enseignements moraux du Magistère : la loi de l'Église oblige les consciences et doit être aussi la loi de l'État. Faute de quoi, la nation est en état de péché. Ils visent particulièrement la législation qui a autorisé l'avortement ainsi que toute disposition qui enfreint les positions traditionnelles de la morale catholique sur la pratique de la sexualité et la vie du couple. En ces matières même, les dissidents les plus critiques des orientations de l'Église dont ils se sont séparés se retrouvent solidaires de Jean-Paul II et font référence à ses déclarations.

Phénomène religieux, l'intégrisme a des prolongements en politique qui ne sont pas fortuits: l'imbrication est complète entre la tradition qui interprète le donné de la foi dans son acception la plus intransigeante et la conception de l'ordre social idéal et du régime politique réputé conforme à la volonté divine. L'intégrisme ne se cantonne pas dans le spirituel: pour lui, le catholicisme doit innerver tout le temporel. Il récuse les séparations introduites par la laïcité et la sécularisation. Religion et politique sont étroitement soudées et forment un système dont aucun élément ne peut être dissocié. Cette cohérence explique la force de l'attachement à cette vision globale ainsi que sa capacité de résistance à l'épreuve du temps et aux défis de l'histoire. Peu de systèmes présentent pareille immutabilité: le discours n'a pas varié d'un iota depuis l'origine, l'homélie prononcée à Lille par Mgr Lefebvre le 29 août 1976 est textuellement le langage des premiers contre-révolutionnaires. C'était, il est vrai, celui tenu pendant plus d'un siècle par le Magistère romain, et l'animateur emblématique de la dissidence a beau jeu de se présenter comme le dépositaire de la vraie tradition contre ceux que lui-même accuse de l'avoir trahie. Il tient exactement le même raisonnement que l'abbé Barruel, au temps de la Révolution, et l'ancien jésuite Emmanuel Barbier autour de 1900. En près de deux cents ans, rien n'est venu ébranler les certitudes des catholiques intransigeants et contre-révolutionnaires. Leur grille d'explication pour rendre compte de l'histoire est toujours la même, d'inspiration apocalyptique: sa signification est religieuse avant d'être politique, c'est le combat de Satan contre Dieu, de l'impiété contre la foi. La Révolution, inspirée par la secte des philosophes antichrétiens, est d'essence diabolique, intrinsèquement perverse ; rien de bon ne saurait sortir d'elle. Tout le mal vient de l'erreur libérale : la liberté est dangereuse si elle n'est pas ordonnée au service de la vérité et solidement encadrée par l'autorité. L'homme, parce que pécheur, n'est pas apte à user raisonnablement de sa liberté. Le libéralisme est donc une doctrine foncièrement erronée et pernicieuse. L'intégrisme contre-révolutionnaire voit dans la philosophie libérale la source de toutes les erreurs philosophiques modernes, sans se laisser troubler par les contradictions entre ces pensées : il voit dans les écoles socialistes comme dans le communisme autant d'avatars de l'idée libérale. Pour fonder religieusement son argumentation, il se réfère aux condamnations fulminées par les pontifes romains, depuis le bref de Pie VI condamnant en 1791 la Déclaration des droits de l'homme et du citoyen et les encycliques de Grégoire XVI dénonçant la liberté de pensée et celles de Pie IX, jusqu'à la condamnation du modernisme par une encyclique de Pie X en 1907. La piété intégriste ignore, en revanche, les pontificats de Léon XIII, Benoît XV et Pie XI.

Dans cette représentation éminemment conflictuelle de l'histoire, qui oppose le camp du Bien – celui de la foi dont l'Église détient le dépôt sacré – au camp de l'impiété, l'ennemi est identifié à la franc-maçonnerie, vecteur des idées libérales, et aussi au juif, ferment de dissolution des sociétés. La présentation que fait de l'actualité le quotidien *Présent* et les jugements qui l'accompagnent attestent la pérennité de ce système de pensée et témoignent qu'il a toujours des adeptes convaincus et fervents.

Pareille vision du monde dicte des choix proprement politiques, une opposition à toute extension du règne de la liberté et, à plus forte raison, de la démocratie. Sa sympathie est acquise à toute initiative qui tend à en restreindre le champ et en limite la malfaisance. C'est ainsi que Mgr Lefebvre a donné son approbation au régime instauré au Chili à la faveur d'un coup d'État par le général Pinochet : un régime catholique conforme au modèle du régime chrétien. Lors de la célébration solennelle d'une messe traditionnelle à Lille le 29 août 1976, il justifiait aussi la dictature militaire instaurée en Argentine avec des arguments d'une simplicité déconcertante.

« Prenez l'image de la République argentine. Dans quel état était-elle il y a seulement deux, trois mois ? Une anarchie complète, les brigands tuant à droite, à gauche, les industries complètement ruinées, les patrons des usines enfermés et pris en otage, une révolution invraisemblable. Dans un pays pourtant aussi beau, aussi équilibré, aussi sympathique que la République argentine, une République qui pourrait être d'une prospérité incroyable, avec des richesses extraordinaires. Vient un gouvernement d'ordre, qui a des principes, qui a une autorité, qui met un peu d'ordre dans les affaires, qui empêche les brigands de tuer les autres, et voilà que l'économie revient, et que les ouvriers ont du travail et qu'ils peuvent rentrer chez eux en sachant qu'ils ne vont pas être assommés par quelqu'un qui voudrait leur faire faire grève alors qu'ils ne le désirent pas. »

Quelque dix ans plus tard, il réitérait ses déclarations dans une interview au quotidien du Mouvement social italien, la postérité du fascisme, *Il Secolo d'Italia,* en novembre 1985 : « Mon idéal est un gouvernement qui applique les vrais principes catholiques comme Franco ou Salazar ! »

Aussi ne s'étonnera-t-on pas que les suffrages des fidèles de l'ancien archevêque de Dakar, des habitués de Saint-Nicolas-du-Chardonnet et des prieurés de Saint Pie X aillent majoritairement au Front national. Au reste, leur prélat emblématique n'a pas fait mystère de sa sympathie pour le leader du Front national : dans une autre interview accordée au quotidien *Présent* en date du 17 avril 1985, il disait de Jean-Marie Le Pen : « Dans la mesure où il défend la loi de Dieu, le Décalogue, qui doit en principe conduire les peuples et être à la base de toutes les sociétés, on ne peut que l'encourager et être avec lui. »

Non que les catholiques intégristes souscrivent à toutes les positions de Jean-Marie Le Pen, dont plus d'un thème heurte leurs convictions – mais à qui d'autre pourraient bien aller leurs voix ? Assurément pas aux formations qui se réfèrent à la personne et aux idées du général de Gaulle, à qui ils ne pardonnent ni le procès du maréchal Pétain, ni d'avoir gouverné avec les communistes, ni d'avoir abandonné l'Algérie à l'islam. Dans la nébuleuse du Front national, la composante intégriste, regroupée derrière Bernard Antony, n'est pas la plus nombreuse, mais peut-être la plus cohérente idéologiquement.

Même additionnés, intégristes déclarés et traditionalistes de cœur ne sont qu'une minorité : statistiquement, ils ne comptent guère, comparés aux quelques millions de fidèles qui suivent le nouvel ordre liturgique dans leurs paroisses, qui s'adressent à l'Église conciliaire pour baptiser leurs enfants, bénir leur union ou demander les prières de la communauté chrétienne pour leurs défunts. Si cette dissidence a néanmoins largement défrayé la chronique, c'est que l'attention des médias se porte de préférence sur les minorités en rupture avec les institutions et privilégie volontiers les dissidents, *a fortiori* si leur révolte ébranle une Église qui a si longtemps exercé sa tutelle sur la nation. Aussi serait-ce une erreur de surestimer l'étendue du schisme. Mais ce ne le serait pas moins de réduire l'influence de cette famille de pensée à ses seuls fidèles. De même qu'il serait déraisonnable de réduire aux seuls pratiquants réguliers se conformant en tous points aux commandements de l'Église l'audience de celle-ci, on commettrait une erreur analogue en ne comptabilisant que les quelques dizaines de milliers de fidèles de la Fraternité de Saint Pie X. Il n'est pas nécessaire d'adhérer à toutes les prises de position de Mgr Lefebvre et de ses affidés sur des points de doctrine ni de rejeter explicitement tel document du Magistère pour se sentir proche d'eux sur certains points : ce peut être le cas de tous ceux qui sont déconcertés par les changements introduits par Vatican II, qui ne reconnaissent plus la religion qu'on leur avait enseignée, qui ne se consolent pas de ne plus entendre les cantiques de leur enfance, qui se désolent de l'abandon du latin. Les réactions qui rapprochent ces insatisfaits troublés des opposants déclarés sont de l'ordre de la sensibilité plus que du raisonnement. Cette similarité de réactions, cette parenté créent autour du noyau de réfractaires un cercle plus large de sympathies. Il existe ainsi une mouvance qui entre en résonance avec les chapelles dissidentes, les foyers d'une opposition déterminée aux nouvelles orientations en matière religieuse.

La convergence peut aller au-delà de la rencontre sur le plan religieux. Elle ne va pas jusqu'à adhérer à tous les postulats philosophiques de la pensée contre-révolutionnaire, ni à la vision eschatologique de la Révolution, ni à la perspective apocalyptique de l'avenir si la France ne se repent pas de ses erreurs. Mais il y a une sensibilité commune, plus largement partagée, que définissent quelques traits plus répandus que chez les seuls adeptes de Joseph de Maistre ou de Charles Maurras : une nostalgie des temps anciens, la conviction que la vie y était meilleure, plus conforme à la nature et à la sagesse ; une défiance spontanée de la nouveauté, une suspicion sur la modernité, une dépréciation du temps présent qui répandent sur tout une tonalité chagrine. Ces dispositions font le lit d'une mentalité proprement réactionnaire, au sens originel du terme, prête à accueillir toute critique de la politique en cours et à grossir les oppositions qui, à l'extrême droite du spectre idéologique, poursuivent le combat de la contre-Révolution. Elle se retrouve atténuée, diluée chez les électeurs de Philippe de Villiers et les adhérants de son Mouvement pour la France, mais aussi dans une frange de ceux qui votent libéral ou gaulliste. Si cette nuance d'opinion n'est plus assez forte pour imposer ses idées, elle trouve assez de connivences dans un état d'esprit plus général pour jeter le trouble, exploiter déceptions ou scandales. Assez aussi pour subsister comme école de pensée. Assez encore pour se rappeler périodiquement à l'attention des politiques, poser des problèmes aux stratèges des autres courants et revendiquer son droit à continuer de figurer dans un panorama des droites françaises.

La droite libérale

Si nous entendons rester fidèle au parti que nous avons pris de suivre l'ordre dans lequel sont apparues sur la scène politique les différentes droites, c'est maintenant le tour de celle à laquelle nous avions donné le nom d'orléaniste : la référence à la monarchie de Juillet était le moyen de l'inscrire dans une perspective historique, d'affirmer sa continuité à travers les changements de régime et les formations successives, de relier ses segments discontinus et de conférer à cette tradition ses lettres de noblesse.

Cette référence a fait son office : de toute l'argumentation, ce fut, je l'ai dit, la pièce le moins discutée. Aussi n'est-il pas nécessaire de reprendre la démonstration. Elle a fait admettre le postulat de la continuité et d'une communauté d'idées du personnel gouvernemental, de la monarchie de Juillet aux républicains fondateurs de la IIIe République, au centre droit de l'entre-deux-guerres et de la IVe République jusqu'au giscardisme et peut-être même au-delà. Ou, pour raisonner sur des éléments qui parlent davantage à l'imagination, elle a restitué une généalogie de Thiers et Guizot à Jules Ferry et Waldeck Rousseau, à Raymond Poincaré et Paul Reynaud, à Antoine Pinay et René Coty et jusqu'à Valéry Giscard d'Estaing. Quels sont aujourd'hui leurs héritiers et comment les désigner ?

La référence à l'orléanisme, si elle parle encore à ceux qui ont quelque culture historique, risque auprès du plus grand nombre d'être plutôt un obstacle à la compréhension de cette tradition. Il est donc souhaitable de lui donner un nom moins dépendant d'un épisode de notre histoire bien oublié aujourd'hui. Au reste, la référence à la querelle de succession entre les deux branches de la maison de France et à la divergence des deux familles de pensée correspondantes à travers les allégeances des prétendants rivaux est éteinte depuis plus d'un siècle. Elle n'a pas plus de justification pour l'orléanisme qu'elle n'en avait pour le légitimisme. Peut-être même moins encore: jamais l'attachement des orléanistes à la personne du monarque n'a atteint au même degré de ferveur quasiment religieuse. Quant à l'idée de royauté, elle ne jouissait pas chez les orléanistes de l'adhésion inconditionnelle et exclusive que lui accordaient les fidèles de la branche aînée des Bourbons, plus sceptiques sur les institutions: la forme du régime et sa désignation avaient moins d'importance à leurs yeux que l'organisation des rapports entre les pouvoirs et surtout l'ordre social, le type de société. Ce pourquoi il leur avait été plus facile de se rallier à la République dès lors que celle-ci garantissait les principes et les conditions qu'ils tenaient pour essentiels. Ce qui eût été félonie pour les légitimistes n'était pour eux que reconnaissance du principe de réalité. Il convient donc, sans répudier la référence à ses origines, de trouver pour cette droite un nom qui définisse son identité, en désignant ses positions fondamentales, et qui signale à la fois la constance de ses principes et sa singularité par rapport aux autres droites. Après avoir bien cherché, je n'en trouve pas qui satisfasse de façon plus pertinente à ces exigences que *libéral*: le concept déroule le fil qui relie les générations successives et confère une cohérence à la diversité des positions.

À condition de définir le terme lui-même, dont les connotations sont diverses et les harmoniques parfois même contradictoires. Elles ont varié au cours des âges. Sous la Restauration, dans l'opposition à la politique rétrograde et cléricale des ultras, libéral a un parfum de subversion: il est presque synonyme de révolutionnaire; ceux qui s'appellent ainsi se situent à l'extrême gauche.

Les libéraux se disent fidèles au souvenir de 1789 et ne désavouent pas le recours éventuel à la violence pour faire échec aux projets réactionnaires. Se dire libéral sous l'Empire autoritaire, c'était encore s'afficher comme opposant. Mais, en 1869, c'est le régime lui-même qui devenait libéral, en introduisant dans les institutions quelques éléments empruntés au parlementarisme, qui a la sympathie des orléanistes.

Le libéralisme avait alors une connotation plus philosophique et politique qu'économique. Intellectuellement, il qualifiait une distance prise à l'égard de l'Église catholique: l'Université est libérale parce qu'elle défend les droits de l'esprit critique et du libre examen contre l'imposition d'un enseignement dogmatique par voie d'autorité. Politiquement, le libéralisme est le contraire du pouvoir personnel et de tout régime autoritaire: c'est la garantie des libertés publiques et la protection des libertés individuelles. Dans les années 1890, les catholiques de l'Action libérale reprennent la référence pour qualifier le combat qu'ils mènent pour la défense des libertés religieuses contre des lois qu'ils jugent iniques. La notion et le mot ont alors une réputation plutôt positive.

Cependant, par une perversion du langage, ils ont récemment pris une connotation de fort mauvais aloi et sont presque devenus infamants. La face proprement économique du libéralisme a éclipsé ses autres applications, jusqu'à les occulter, en relation directe avec le développement des échanges à la surface de la planète et la suppression des obstacles à la libre circulation des capitaux et des biens – bref: avec le phénomène qu'on appelle globalisation ou mondialisation. La perception des effets négatifs de la brusque mise en concurrence directe de sociétés qui vivaient à des niveaux inégaux – destruction de pans entiers de l'appareil industriel, délocalisations, exportation du chômage – a fait du libéralisme le bouc émissaire de toutes les forces d'opposition au nouvel ordre des choses jusqu'à occulter ses autres dimensions et à faire oublier la résistance qu'il a opposée aux régimes totalitaires. Les foules descendent dans la rue pour manifester contre le libéralisme. Il est donc nécessaire, si l'on décide d'accoler cette épithète à la deuxième droite, de préciser ce qu'on entend par là et de lui restituer sa dignité.

Les traditions de pensée se définissant presque autant par ce qu'elles rejettent et qui donne sens à leur combat – la première droite en est un bon exemple, qui s'est constituée sur le refus de l'idée de révolution –, que par leurs idéaux positifs, on ne trouvera pas déplacé que, au moment d'établir un relevé des notions et des postulats qui composent le fonds propre de cette droite libérale, on le fasse en partie par le biais d'un parallèle avec une autre droite contre laquelle elle s'est jadis constituée, presque autant que contre la gauche. Non pas la droite contre-révolutionnaire, qui n'est plus assez forte pour être une concurrente crédible. Ni non plus cette autre extrême droite que des spécialistes, pénétrés de la certitude de sa spécificité, ont appelée populiste : le simplisme de ses analyses, sa démagogie, ses outrances verbales répugnent trop à la droite libérale. Même s'il advient que les candidats de cette dernière courtisent l'électorat du Front national et succombent parfois à la tentation de reprendre quelques thèmes de cet extrémisme pour sauver leurs sièges, leurs positions de fond sont par trop éloignées pour que la comparaison puisse nous aider à entrer dans la compréhension de ce qui fait l'identité de la droite libérale.

En revanche, l'exercice a plus de chance d'être pertinent avec la dernière de notre triade: l'autre droite de gouvernement, celle à laquelle nous avions appliqué l'étiquette de bonapartiste – renvoyons à plus tard de nous interroger sur la pertinence de cette appellation – représentée sous la Ve République par les formations successives qui ont revendiqué l'honneur d'être l'expression du gaullisme.

Une lecture parallèle de l'histoire de ces deux forces depuis 1958 s'impose, tant leurs destinées ont été depuis quelque quarante cinq ans associées pour le meilleur et pour le pire, dans le succès comme dans l'échec. Elles n'ont généralement pu gagner qu'alliées; elles ont gouverné de concert, partagé aussi les défaites, et la relégation dans l'opposition. La bipolarisation du système de partis, induite par les institutions de la Ve République avec l'élection du président de la République au suffrage universel et l'adoption du principe majoritaire pour la plupart des modes de scrutin, ne leur laissait guère le choix: acceptée ou contrainte, une étroite association entre ces deux droites était une nécessité stratégique.

Une autre raison milite dans le même sens: leur participation, même discontinue, à l'exercice du pouvoir. D'être confronté à ses charges et à ses épreuves crée des liens, rapproche les points de vue. À la différence de l'extrême droite qui, tant du fait de sa faiblesse relative – ce fut toujours une minorité – que de sa position à l'extrémité du spectre, n'ayant aucune chance raisonnable d'accéder au pouvoir, peut se permettre de tenir un langage doctrinaire sans avoir à se soucier de sa viabilité, les droites qui ont une expérience du gouvernement et qui entendent ménager la possibilité d'y être rappelées ont une manière semblable de raisonner et partagent une culture commune.

Proches, ces deux traditions restent néanmoins différentes. On a pu récemment les croire devenues si proches que plus rien ne justifiait le maintien de leur dualité et penser que le moment si longtemps attendu, si souvent souhaité, était venu pour elles de se fondre dans une seule formation dont la réussite manifesterait l'unité de vues. La tentative n'a pas été un succès. L'échec révèle la persistance de divergences qui s'enracinent dans l'histoire. Ce n'est que le dernier épisode en date d'une longue série de désaccords, de malentendus et même d'affrontements, qui ont laissé des traces. La perception des causes et des enjeux de ces dissentiments éclaire les différences de personnalité de ces deux droites. Sans en faire un récit détaillé, ni perdre de vue que notre propos concerne moins l'étude des stratégies que l'histoire des idées politiques, le rappel de ces péripéties projette une vive lumière sur ces deux traditions. L'histoire des relations entre ces deux droites est en tout cas un chapitre majeur de celle de la Vᵉ République.

Droite libérale et gaullisme

En 1958, gaullistes et libéraux sont au coude à coude pour donner à la France une nouvelle Constitution et pour la mise en vigueur du nouveau régime qui répond à leurs aspirations respectives. La percée spectaculaire du gaullisme sous le drapeau de l'Union pour la nouvelle République (UNR), avec cent quatre-vingt-dix-huit élus, ne porte pas préjudice aux candidats de l'autre droite qui se présentent sous les auspices du Centre national des indépendants (CNI) : ils enregistrent le meilleur résultat de leur histoire aux élections de novembre 1958 pour la nouvelle Assemblée nationale, avec cent trente-trois élus. Les deux droites progressent du même mouvement et tirent l'une et l'autre avantage du changement de régime. Antoine Pinay, dont l'investiture avait suscité en 1952 une dissidence dans les rangs du RPF, fait partie du gouvernement que préside le général de Gaulle.

La guerre d'Algérie n'oppose pas l'une à l'autre les deux composantes de la majorité : elle les divise toutes deux, inégalement, de l'intérieur. Le soutien apporté à la politique algérienne du général de Gaulle et la rupture avec le gros des indépendants qui restent attachés à l'idée de l'Algérie française scellent l'alliance avec le parti gaulliste, sous ses appellations successives – UD V^e^, UNR –, de la fraction, minoritaire, des républicains indépendants regroupés autour du ministre des Finances, Valéry Giscard d'Estaing. Ce groupe est l'appoint qui assure une majorité à la coalition de droite. Son jeune leader s'attache à préserver son autonomie et à marquer ses différences pour être en mesure de peser dans les rapports de force, mais aussi parce que les vues de ce groupe ne coïncident pas toujours avec les intentions et le style du gouvernement. Le désaccord avec le chef de l'État éclate en janvier 1966, au lendemain de la réélection du général de Gaulle. Mortifié d'avoir été évincé du gouvernement, Valéry Giscard d'Estaing prend ses distances. Il revendique le droit de faire entendre son désaccord : le « oui mais » définit sa ligne de conduite – accord sur l'essentiel, mais assorti de nuances et de réserves. L'écart se creuse. Il désapprouve certaines initiatives inattendues du président de la République, notamment le discours sur le Québec libre prononcé à Montréal en juillet 1967. Il s'en prend aussi à la façon dont de Gaulle conçoit le fonctionnement des institutions. Il critique « l'exercice solitaire du pouvoir ». Deux conceptions divergentes se profilent de la pratique institutionnelle, deux interprétations différentes du régime, l'une présidentialiste, l'autre plus respectueuse des prérogatives du Parlement.

Le tour personnel pris par l'affrontement, qui résultait de l'évolution du régime, à moins qu'il ne procédât de sa nature – les libéraux parleraient de sa dérive –, ne doit pas masquer sa signification générale. Ce n'est pas seulement l'itinéraire personnel d'un politique animé d'une grande ambition, dont les prises de position s'ordonnent par rapport à la fonction suprême. C'est aussi le rebondissement du vieux dissentiment entre libéraux et autoritaires. Le conflit est exacerbé par le rapport de force inégal entre les deux tendances, à l'avantage de la formation gaulliste: les indépendants supportent plus ou moins bien sa supériorité numérique et dénoncent ses inclinations hégémoniques. Quand le parti gaulliste a besoin de leur appoint pour réunir une majorité à l'Assemblée, c'est l'intérêt commun d'entretenir des relations apaisées. En revanche, quand le parti dominant détient à lui seul la majorité absolue, qui l'affranchit de la dépendance de ses alliés libéraux, ceux-ci perdent le moyen de se faire entendre et de négocier les termes de leur cohabitation: rien ne vient contrarier la volonté dominatrice des gaullistes. Or, telle est précisément la situation à la suite des élections de juin 1968, qui ont donné à l'Union pour la défense de la République (UDR) – désignation circonstancielle du gaullisme – une majorité absolue.

Le désaccord devient alors irrémédiable. À l'approche du référendum que le général de Gaulle a décidé de provoquer pour donner une issue positive à la crise et renouveler à la source sa propre légitimité, Valéry Giscard d'Estaing passe du « oui mais » au « non » et préconise le rejet du projet référendaire. À s'en tenir à l'objet propre du référendum, les réformes proposées, qui visaient à desserrer la tutelle de l'État sur les collectivités territoriales et à amorcer une décentralisation, auraient dû, abstraction faite de considérations circonstancielles ou de calculs tactiques, rencontrer la connivence d'une droite libérale défiante à l'égard de tout pouvoir concentré et attachée aux libertés locales. En participant à l'éviction du Général, Valéry Giscard d'Estaing a commis aux yeux des fidèles de De Gaulle le crime inexpiable : il ne lui sera jamais pardonné. Aujourd'hui encore, on lui en fait le reproche : ce fut la première rupture déclarée entre les deux droites.

Les relations se détendent avec l'arrivée à l'Élysée de Georges Pompidou, au succès duquel les indépendants ont contribué. Le successeur du général de Gaulle est un gaulliste, quoi qu'en aient dit certains au sein du mouvement (on reviendra sur ce point dans le chapitre sur la postérité du gaullisme), mais son sens politique lui inspire une conduite plus conviviale. Il se réfère à la notion de majorité présidentielle composée de tous ceux qui lui ont apporté leur voix : les giscardiens en sont. Toute la durée de sa présidence écourtée, les relations resteront convenables au sein du gouvernement. Valéry Giscard d'Estaing, qui a retrouvé le grand ministère des Finances et de l'Économie, occupe une position éminente. Le président de la République lui prédit même un grand avenir. Lui-même se tient à l'écart des querelles qui déchirent le parti dominant.

La position des libéraux dans la majorité a été renforcée par le ralliement de centristes venant d'une autre famille, qui sortent alors de leur longue opposition, René Pleven, Jacques Duhamel, Joseph Fontanet.

Cet équilibre est brutalement remis en question en avril 1974 par la disparition soudaine du président Pompidou. Le plus naturellement du monde, l'ancien Premier ministre de Georges Pompidou, Jacques Chaban-Delmas, gaulliste historique, se porte candidat : il peut se croire assuré du soutien de tous les gaullistes. Valéry Giscard d'Estaing, le leader de la deuxième composante de la coalition majoritaire, se déclare aussi : on s'y attendait. C'est la première fois que s'ouvre une compétition pour la fonction suprême entre champions des deux formations associées au pouvoir depuis les débuts de la Vᵉ République et pareillement membres d'une majorité qu'il faut bien appeler de droite. Aux deux élections précédentes avaient concouru des candidats qui se réclamaient de la tradition libérale des centristes, Jean Lecanuet en 1965, Alain Poher en 1969, mais ils étaient alors dans l'opposition. Cette fois, l'élection présidentielle donne lieu à une sorte de primaire dont on pouvait attendre qu'elle indique le rapport de force entre les deux droites dans le corps électoral.

L'épreuve va être déviée par Jacques Chirac : faussant compagnie au candidat présomptif du gaullisme, il se prononce pour Valéry Giscard d'Estaing, entraînant avec lui quarante-deux parlementaires gaullistes, et assure l'élection du leader de la formation minoritaire. La première décision du nouveau président, parfaitement logique, est de nommer Jacques Chirac Premier ministre. C'est le point de départ, entre les deux hommes, d'une longue histoire qui n'est pas close trente ans plus tard, riche en rebondissements, et qui les a plus souvent opposés qu'associés. Le tandem gouvernemental offre une image inversée du vrai rapport de force entre les deux familles de droite. Pareille situation ne saurait se prolonger indéfiniment : Chirac travaillera-t-il à giscardiser la formation gaulliste, comme l'a probablement escompté le président de la République, ou fera-t-il inversement triompher le gaullisme ?

La réponse est donnée deux ans plus tard : en août 1976, rompant avec la pratique coutumière de la Ve République qui veut que ce soit le chef de l'État, à qui la Constitution confère déjà le pouvoir de désigner le Premier ministre, qui mette aussi fin à ses fonctions, Jacques Chirac, bravant l'autorité du président, lui donne sa démission au motif qu'il n'a pas eu les moyens de faire sa politique. Il n'a pas réussi à faire de Valéry Giscard d'Estaing un gaulliste : qu'on ne compte pas sur lui pour giscardiser les gaullistes ! S'ouvre alors une période, qui ne durera pas moins de cinq années, de tensions et de conflits récurrents entre le gouvernement et la formation gaulliste, c'est-à-dire entre les deux droites. Jacques Chirac, après avoir enlevé à la hussarde le contrôle de l'appareil aux barons du gaullisme historique, a créé en décembre 1976 une formation nouvelle, le Rassemblement pour la République, efficace machine politique, sous l'impulsion dynamique de son fondateur qui bénéficie de la fidélité du peuple gaulliste. En face, l'autre droite se dote d'une organisation plus souple qui fédère sous le sigle UDF, Union pour la démocratie française, emprunté au livre-manifeste *Démocratie française* publié cette même année 1976 par Valéry Giscard d'Estaing, plusieurs petites formations dont la nécessité de s'associer pour faire contrepoids au RPR assure la cohésion et la solidarité. De 1976 à 1981, le RPR va mener contre le président et le gouvernement dirigé par Raymond Barre, de sensibilité centriste, où il est cependant représenté, un harcèlement incessant qui contraindra le gouvernement à faire usage à répétition d'une disposition de la Constitution – le paragraphe 49, alinéa 3, demeuré jusque-là inopérant –, qui permet de considérer comme adopté tout projet de loi contre lequel une motion de censure n'a pas réuni une majorité absolue. Le RPR ne peut aller jusqu'à mêler ses bulletins de vote à ceux de la gauche, mais il ne se privera pas de critiquer sévèrement la plupart des chapitres de la politique du septennat.

Tout particulièrement sa politique européenne. En décembre 1978, Jacques Chirac diffuse de l'hôpital où un accident de voiture l'a conduit un manifeste connu sous le nom d'« Appel de Cochin », qui dénonce en termes d'une extrême virulence le « parti de l'étranger ». L'appellation vise ses partenaires de l'UDF, de l'autre droite, la libérale, acquise, il est vrai, au projet de construction d'une Europe unie. Aux élections pour l'Assemblée européenne de Strasbourg, en 1979 – les premières au suffrage universel, cette avancée démocratique ayant été décidée par les gouvernements des neuf États associés sur proposition du président français –, le RPR présente une liste conduite par Jacques Chirac sous l'intitulé – combien significatif ! – de Défense des intérêts français en Europe (DIFE), concurrente de la liste UDF, dont la tête de liste est Simone Veil. Le résultat n'est pas à l'honneur du RPR, qui arrive bon dernier avec plus de dix points derrière la liste UDF: le rapport de force entre les deux droites s'est inversé.

La tension entre giscardiens et chiraquiens culmine à l'approche de l'élection présidentielle de 1981, le désaccord sur la politique générale se doublant d'une rivalité personnelle dans la compétition pour la fonction suprême: le président sortant est candidat à sa succession, son ancien Premier ministre, Jacques Chirac, aussi. Voilà donc les deux droites en concurrence ouverte. On enregistre même pour la majorité une troisième candidature, celle de l'ancien Premier ministre Michel Debré, qui ne fait qu'une confiance limitée au RPR et à son leader pour défendre la souveraineté française contre la supranationalité et se présente, lui, comme le gardien inflexible de l'héritage gaulliste. La rivalité, qu'on hésite à qualifier de fratricide, car ce serait impliquer entre les deux familles de la droite de gouvernement des relations de parenté plus étroites qu'elles ne peuvent être du fait de leurs divergences profondes sur des points qui sont pas mineurs, entraîne leur défaite commune. Sur le moment, la rumeur court, qui n'est guère démentie, qu'au second tour une consigne circulant discrètement aurait dissuadé les fidèles du RPR de voter Giscard; la chose, à défaut d'être avérée, est plausible. En tout cas, il est établi que les voix de Chirac ne se sont pas toutes reportées sur le président sortant: plusieurs centaines de milliers de suffrages d'électeurs de droite ont fait défaut à Giscard, assez nombreux pour assurer la victoire du candidat de gauche François Mitterrand. Avec douze ans de retard, les gaullistes ont rendu à Giscard la monnaie de sa pièce et vengé lc général de Gaulle, au risque consenti de livrer les institutions qu'il avait fondées à ceux qui les ont toujours combattues.

Si le ressentiment a eu, en la circonstance, une part essentielle, il a été renforcé par des divergences de fond entre les deux courants.

La défaite partagée les rapproche pourtant. Au lieu que l'échec envenime les relations, comme il advient souvent – la recherche des responsabilités ajoutant un grief de plus –, en 1981-1982 les parlementaires des deux droites mènent un combat commun. La chose leur est facilitée par le retrait momentané de la plupart des premiers rôles. Pour un temps, on n'entend plus parler des leaders : ils sont absents des débats parlementaires, qui sont particulièrement animés lors de la discussion des grands projets de réforme qui faisaient partie du Programme commun de la gauche et que la vague rose entend mettre en œuvre. Ils ont déserté l'hémicycle, laissant une génération plus jeune, celle des « quadras », prendre la relève et guerroyer pour l'honneur contre l'écrasante majorité de gauche. Une pléiade de jeunes mousquetaires, qui viennent de l'une et l'autre droite, se font alors un nom : les François d'Aubert, Charles Millon, Michel Noir, Philippe Séguin, d'autres encore. Entre eux, il n'y a pas grande divergence. Les deux droites font bon ménage dans l'opposition : elles s'accordent sur la stratégie à mener pour reprendre le pouvoir comme sur les objectifs. La désignation pour les élections législatives du printemps 1986 de candidatures uniques RPR-UDF se fait sans difficulté pour plus de 90 % des circonscriptions. La concertation va même plus loin avec l'adoption d'une plate-forme commune qui définit le programme du futur gouvernement si les droites ressaisissent le pouvoir perdu. Ce programme doit plus à l'UDF qu'au RPR : il emprunte la plupart de ses articles à la philosophie libérale ; marquée par son opposition aux nationalisations, la composante gaulliste a infléchi son orientation et s'est rapprochée des libéraux. Si le RPR est l'élément majoritaire de la coalition, c'est l'UDF, minoritaire, qui a fourni l'inspiration.

Le combat dans l'opposition avait soudé les deux droites : le retour au pouvoir en 1986 ne les dissocie point ; la cohabitation qui s'instaure avec le président socialiste leur fait, il est vrai, une obligation de ne pas se diviser en face de l'adversaire. Dans le gouvernement que dirige Jacques Chirac et où le RPR a une position dominante, les courants de l'UDF sont tous représentés en proportion de leur importance respective. La collaboration des chiraquiens et ex-giscardiens se pratique sans grand problème, même si les relations entre les appareils ne sont pas sans aspérités : le secrétaire général du Parti républicain, une des formations associées dans l'UDF et l'expression la plus pure du giscardisme, compare les partenaires RPR aux moines-soldats, aux ordres militaires et religieux du Moyen Âge – je gage que François Léotard faisait plus allusion aux chevaliers Teutoniques qu'à l'Ordre de Malte.

L'approche de l'élection présidentielle prévue pour 1988 réveille les germes de dissension et réactive un dispositif qui tend à devenir une constante de la vie politique : les deux droites ont chacune leur champion. Pour le RPR, c'est naturellement son président, Jacques Chirac, Premier ministre en exercice, qui tente sa chance pour la deuxième fois. Pour l'UDF, ce n'est plus Valéry Giscard d'Estaing, mais son autre ancien Premier ministre, Raymond Barre. Les deux droites sont ainsi personnifiées par les deux Premiers ministres de l'ancien président de la République. Les formations fédérées dans l'UDF et les tendances qu'elles représentent se rallient toutes, l'une après l'autre, à Raymond Barre. La bataille idéologique entre les deux branches de la droite se livre à fronts renversés : c'est l'héritier en titre du gaullisme qui tient le discours le plus libéral et le candidat investi par les formations les plus proches du libéralisme dont le programme est peut-être le moins éloigné des idées du général de Gaulle. Le rapport des forces aussi est inversé : au premier tour, le RPR devance l'UDF de trois points et demi. Le report des voix de Raymond Barre sur le candidat de droite resté en lice ne semblant pas s'être mieux fait qu'en 1981, la division des droites entraîne à nouveau leur défaite commune. Une fois de plus, la défaite les rapproche. Elles remportent un triomphe électoral en 1993 : à elles deux, elles détiennent 84 % des sièges de députés.

En 1995, le schéma, désormais familier, d'une compétition entre les deux familles se reproduit pour la sixième fois, mais avec une variante qui en modifie les données et les enjeux. La situation présente deux différences. D'une part, l'UDF n'a plus de représentant attitré : les deux concurrents, Jacques Chirac et Édouard Balladur, appartiennent également au RPR, ce qui confère à leur affrontement un caractère personnel et lui donne un tour fratricide plus prononcé. Jacques Chirac trouve en face de lui un ami de trente ans, un protégé comme lui de Georges Pompidou, dont il avait fait en 1986, dans le gouvernement qu'il dirigeait lors de la première cohabitation, une sorte de vice-Premier ministre avec le titre de ministre d'État, et qu'il avait lui-même désigné en 1993 à François Mitterrand pour être Premier ministre à sa place dans la seconde cohabitation. Cette personnalisation de la compétition n'efface pas sa signification idéologique ni n'occulte sa portée symbolique : l'UDF se reconnaît dans la candidature d'Édouard Balladur et a fait bloc derrière lui. Sous la rivalité des prétendants se poursuit la querelle des deux droites. Les électeurs, eux, se partagent entre les deux candidats selon leurs inclinations profondes. Jacques Chirac, qui personnifie le courant néo-gaulliste, l'emporte, mais, au premier tour, l'écart le séparant de son rival n'excède guère trois points: 21 contre 18,5 %. Les deux courants sont donc de force à peu près égale et le RPR ne dispose plus d'une avance telle qu'il puisse imposer sa loi à son partenaire. La division laissera des traces durables et entretiendra la zizanie au RPR: ses séquelles empoisonneront longtemps les relations entre les principales personnalités, entravant les nécessaires réconciliations.

Ainsi, à chacune des six élections présidentielles successives, de 1965 à 1995, deux candidats de droite se sont opposés au premier tour, briguant les suffrages de l'électorat et personnifiant l'alternative entre les deux principales familles de pensée. Le caractère récurrent de la compétition confirme l'existence à l'intérieur de la droite d'une ligne de partage essentielle. En contraignant les électeurs de droite à choisir entre les deux formations et à exprimer une préférence, ces compétitions ont contribué à enraciner ces traditions politiques et à assurer leur transmission. De l'une à l'autre consultation, le contexte a pu changer, les enjeux se modifier: ainsi, le débat sur le statut des entreprises, leur nationalisation ou leur restitution au secteur privé, a tenu une place importante en 1981 et 1986; à d'autres moments, l'Europe s'est invitée dans la campagne. L'une ou l'autre droite a pu aussi infléchir sa ligne. La constance l'a néanmoins emporté qui atteste l'existence de deux traditions solidement constituées. Cette dualité n'a cependant presque jamais empêché les deux courants de faire cause commune, au pouvoir pour gouverner, dans l'opposition pour faire échec à la gauche.

Périodiquement certains, raisonnant en termes de stratégie, se demandent si les droites n'auraient pas intérêt à fusionner, ne serait-ce que par souci d'efficacité. Ils plaident que l'électeur de droite ne comprend pas les raisons de cette division et appelle de ses vœux la naissance d'une grande formation rassemblant toutes les droites qui s'inscrivent dans le cadre institutionnel. À les entendre, seules les rivalités de personnes font obstacle à cette nécessité. Mais, aucune tentative en ce sens n'ayant abouti, pareil projet passe longtemps pour parfaitement utopique.

Soudain, en 2002, au lendemain de la septième élection présidentielle et au vu de l'incroyable scénario qui vient de reconduire Jacques Chirac à l'Élysée avec 82 % des suffrages exprimés, le moment semble venu, les divergences entre les diverses droites s'étant effacées, de jeter les fondements d'une formation dans laquelle se fondraient les partis héritiers des deux traditions, chiraquiens et giscardiens. Le lancement de l'Union pour la majorité présidentielle, en mai 2002, répond à ces intentions. Le succès de l'opération requiert que toutes les composantes de droite consentent à se fondre dans une formation unique : faute de quoi la fusion ne ferait que superposer une ligne de fracture de plus à celles qui avaient suscité leur division. Or, c'est ce qui advient : une fraction des droites refuse de se saborder. Le RPR accepte de disparaître, non sans quelque regret : il lui est difficile de refuser son concours à un projet conçu par Alain Juppé et approuvé par Jacques Chirac, qui avait ainsi l'aval de ses principaux inspirateurs. En outre, la formation gaulliste tient de sa propre histoire, depuis la création du RPF en 1947, une disposition d'esprit favorable à toute proposition de dépassement des particularismes partisans : le terme de rassemblement sonne toujours agréablement à ses oreilles. Elle a enfin des raisons d'escompter qu'elle regagnerait en influence ce qu'elle aurait perdu en spécificité : ne disposait-elle pas des adhérents les plus nombreux et les plus disciplinés, des structures les plus solides et de l'expérience du pouvoir ? L'entrée dans l'UMP ne provoque aucune dissidence : les ruptures se font sur des choix de société. Les gaullistes entrent dans l'UMP comme ils sont naguère passés de l'UNR à l'UDF et de celle-ci au RPR : en bloc. Une fois de plus, la formation gaulliste justifie sa réputation d'être une armée disciplinée.

L'UDF, au contraire, se disloque. Sa composition, il est vrai, est plus disparate et autres ses habitudes. Ses instances dirigeantes n'ont pas les moyens d'imposer à ses diverses composantes l'observation de règles communes. Ses adhérents se font aussi des idées différentes des relations entre partenaires : ils gardent dans leurs gènes l'attachement du parlementaire à sa liberté de vote et la répugnance pour toute discipline. Alain Madelin, principale personnalité de Démocratie libérale, n'est pas homme à consacrer ses talents à construire patiemment une formation organisée : il n'a ni le goût ni l'âme d'un organisateur. Par ailleurs, il n'a rien à perdre à la fusion. Son libéralisme absolu aurait pu lui inspirer quelque appréhension à l'idée de fraterniser avec les gaullistes, qui attendaient beaucoup de l'intervention de l'État, mais peut-être ne désespère-t-il pas de convaincre Jacques Chirac : il a essayé son pouvoir de persuasion dans la campagne de 1995.

La résistance à la fusion vient principalement de la tendance qui prolonge dans la coalition de droite l'esprit de la démocratie chrétienne. On reviendra plus loin sur les conceptions de cette famille de pensée. Le refus de se fondre dans un vaste rassemblement est un choix de stratégie où les considérations personnelles de son leader, François Bayrou, ont une part, mais tout autant le souci de préserver la spécificité et d'assurer la continuité d'une tradition distincte contre le laminage par le RPR. Ainsi l'effort pour réduire les divergences aboutit-il au résultat inverse: la prise de conscience de leur caractère irréductible. En 2002, la fusion des formations n'est pas plus aisée que la fusion dynastique en 1873.

Liberté et pluralisme

Notre intérêt portant plus sur le devenir des idées que sur les péripéties des relations entre les appareils politiques, cette histoire d'une entreprise en partie manquée mérite de retenir notre attention par la confirmation qu'elle apporte indirectement à l'affirmation qu'il y a bien à droite deux familles distinctes qui viennent de loin et dont la différence ne s'est pas entièrement réduite avec le temps. De surcroît, les comportements des différents partis en cette circonstance révèlent des philosophies sociales dissemblables. Si le RPR a eu ce comportement autoritaire, si l'UDF a rejeté le processus, c'est en raison de divergences de fond. Ce serait, en effet, une piètre explication que d'imputer l'échec de l'UMP à la maladresse des exécutants ou d'attribuer à la seule rigidité de caractère la responsabilité du comportement autoritaire du parti dominant. Il y aurait, certes, de la naïveté à méconnaître la part des calculs personnels intéressés dans les choix stratégiques, mais il n'y en aurait pas moins à réduire à ce type de motivations l'explication des décisions qui engagent les partis. Les comportements reflètent et révèlent des conceptions : il y a corrélation et même harmonie entre les uns et les autres. Ce sont elles qui assurent la cohérence des prises de position.

Les éditions précédentes de *La Droite* s'attachaient à définir le corpus de convictions et de postulats qui définissent la personnalité intellectuelle de cette droite libérale et en avaient assuré la pérennité. Le rappel des péripéties qui ont affecté sous la Vᵉ République ses relations avec les formations gaullistes en a démontré la continuité, du « juste milieu » orléaniste de la monarchie de Juillet au « gouverner au centre » du septennat giscardien. L'idée de liberté est la clé de voûte de son architecture doctrinale. La liberté est un bien en soi et une valeur positive. Elle est un droit fondamental de l'individu dont ni l'État ni la société ne peuvent le dépouiller, car il est antérieur et à la naissance de la société et à la formation de l'État. La raison d'être, comme la justification, de l'existence du pouvoir politique est précisément de garantir aux individus l'usage et la jouissance de cette liberté. La liberté est aussi le moyen et la condition de la vie en société et du progrès ; rien ne se fait de neuf et de positif en dehors d'elle : les libéraux comptent plus sur l'initiative privée, individuelle ou collective, que sur l'intervention de la puissance publique pour apporter une réponse appropriée aux problèmes concrets, créer de la richesse, innover en tout domaine. À cet égard, libéraux et jacobins ou colbertistes pratiquent des politiques contraires. Pas seulement sur le sujet classique de leur opposition – la gestion de l'économie, sur laquelle s'opposent traditionnellement partisans d'un pilotage par des organismes d'État et tenants de la liberté d'entreprendre sans entraves ni régulation, entre défenseurs du plan et adeptes du marché –, mais aussi en d'autres domaines. Par exemple sur l'idée d'une politique culturelle, qui est un des thèmes sur lesquels se départagent aujourd'hui les familles de pensée politique. Héritière de la tradition historique du mécénat royal, la droite autoritaire professe que l'État a des responsabilités particulières à l'égard de la culture, celle-ci n'étant pas un produit marchand comme d'autres biens : il lui incombe, en conséquence, de susciter la création, d'encourager les artistes et de veiller à la diffusion de la culture dans tout le corps social. Aussi n'est-ce pas tout à fait un hasard si la création d'un ministère à part entière pour gérer les Affaires culturelles est contemporaine de la fondation de la Ve République. Les libéraux ne sont pas aussi sûrs que ce soit bien le rôle de l'État : ils doutent de sa compétence ; ils redoutent aussi que son intervention n'entraîne une mise au pas des créateurs, la formation d'une idéologie officielle et une instrumentalisation de la culture par la politique.

C'est que les libéraux ont une défiance de principe à l'encontre du pouvoir, de tout pouvoir. À la différence des jacobins, qui soupçonnent les individus et les groupes de ne connaître que leurs intérêts particuliers et qui mettent leur espoir dans l'État pour faire prévaloir le bien de la patrie, les libéraux se méfient du pouvoir, dont ils ne croient pas que la volonté soit nécessairement conforme à l'intérêt général. Ils le soupçonnent d'être animé d'une ambition effrénée qui ne peut être contenue ou arrêtée que par des contre-pouvoirs. Aussi sont-ils les fils spirituels des juristes et des philosophes qui ont préconisé le partage du pouvoir, la séparation de ses principaux organes, et exploré les moyens d'instaurer entre eux un équilibre qui prévienne toute concentration. Aussi sont-ils naturellement et foncièrement attachés au parlementarisme : il ne saurait, pour eux, y avoir de décision valable et légitime qu'au terme d'une délibération où auront pu s'exprimer en toute liberté tous les points de vue. La pluralité des opinions, qui agace tant les jacobins parce qu'elle étale des divisions, trouble les esprits et fait perdre du temps, apparaît à tout libéral comme un gage de bon fonctionnement des institutions et de bon gouvernement. Les textes de loi, qu'ils soient d'initiative ministérielle ou de proposition parlementaire, sortent ordinairement améliorés des délibérations. Pour la même raison, deux Assemblées valent mieux qu'une seule. Ils condamnent en conséquence l'exercice solitaire du pouvoir et sont plus que réservés à l'égard de toute interprétation présidentialiste de la Constitution et de toute évolution de la pratique vers un accroissement de la prérogative du chef de l'État.

Pour les mêmes raisons, ils sont favorables à la décentralisation, qui partage les compétences entre l'État et les collectivités territoriales. L'avantage, à leurs yeux, est double : elle limite le champ d'intervention de l'État, surtout si celui-ci est entre les mains de la gauche ; elle permet aussi à l'initiative locale de se déployer. Or, cette droite est souvent solidaire des notables locaux. Sa remontée dans les années 1950, après le désastre des années 1940, s'est faite à partir du regroupement des élus locaux dans le cadre du Centre national des indépendants et paysans. Elle n'a pas, à l'égard des corps intermédiaires et, plus généralement, de la société civile, la même réaction de défiance ni les mêmes préjugés que d'autres familles politiques. Parce qu'elle ne craint pas la pluralité des opinions ni des partenaires. C'est un des points sur lesquels la droite libérale se démarque le plus nettement du gaullisme, qui a, lui, la passion de l'unité. Ceux que nous appelons les libéraux ne sont pas moins attachés à l'unité nationale, considérée comme un bien suprême, et à la cohésion du corps social, mais ils n'ont pas de l'unité la même vision contraignante: dans leur esprit, elle n'est pas synonyme d'uniformité et d'unicité. Elle n'est pas incompatible avec la diversité: elle n'exclut pas des différences et même des divergences que la politique a pour objet d'arbitrer. Le pluralisme accepté et garanti par les institutions est un attribut de la démocratie et un critère de son authenticité.

Telles sont les lignes maîtresses du système de pensée qu'éclaire l'astre de la liberté: il inspire la droite libérale, elle s'y réfère. On ne perdra pas de vue que cette description concerne le registre des idées: les pratiques, les comportements et les choix circonstanciels n'y sont pas toujours exactement fidèles. C'est le sort commun de toutes les philosophies, qui ne les empêche pas cependant de régir les options essentielles. De surcroît, les libéraux ne sont pas tous ni toujours parfaitement cohérents: ils omettent parfois d'étendre à tous les domaines les conséquences de leurs postulats. Par exemple, les mêmes qui s'opposent à l'intervention de la puissance publique dans l'activité économique appellent de leurs vœux un contrôle des conduites individuelles, pour réglementer les mœurs, et réclament un ordre moral.

Surtout, on n'oubliera pas qu'il n'y a guère en France de vrais libéraux – je veux dire de libéraux qui écartent toute régulation par voie d'autorité – à la différence du monde anglo-saxon. À l'exception d'une poignée de politiques et de quelques économistes, notre pays ne connaît pas de libéraux qui fassent assez confiance à la liberté pour être le moteur de toute activité et la règle du jeu politique. À droite, on reste fidèle à la tradition colbertiste du rôle de l'État comme condition de la grandeur nationale. À gauche, on préfère l'égalité à la liberté et on donne la préférence sur l'initiative individuelle à la solidarité de tous les citoyens. Les Français sont tous attachés à la protection sociale, tenue pour un élément capital du pacte national. Aussi même les plus libéraux consentent-ils à composer avec la réalité. Ce libéralisme tempéré évite à la France de connaître sur le sujet des conflits idéologiques aussi vifs et aussi passionnés que la Grande-Bretagne de Margaret Thatcher ou les États-Unis de Ronald Reagan et George Bush. Il rend possible également la coopération au gouvernement ou dans l'opposition de droites dissemblables.

Le gaullisme

Le gaullisme a introduit dans le champ des forces politiques comme dans la symphonie des traditions de pensée une composante qui a pesé lourd dans l'histoire politique de la France, des lendemains de la Seconde Guerre mondiale à aujourd'hui. Son émergence, en 1947, a fait dévier le cours de la IVe République. En 1958, il a orienté l'issue et le dénouement de la crise de régime. Depuis, sa présence au pouvoir ou dans l'opposition a presque toujours eu un rôle déterminant dans la vie de la Ve République.

Ses effets, directs ou indirects, n'ont pas été de moindre conséquence sur l'ensemble des droites avec lesquelles il a entretenu des relations complexes et ambiguës. Lui-même n'en est-il pas une? Nouvelle droite ou avatar d'une plus ancienne? Quelle que soit la réponse à ces questions, aucune étude portant sur les droites dans les soixante dernières années ne saurait éluder une confrontation avec ce fait politique de première grandeur qui s'appelle gaullisme.

De Gaulle et le gaullisme

Le mouvement emprunte son nom au patronyme d'une personne : Charles de Gaulle. Le fait n'est pas unique : si, à gauche, la plupart des grands courants d'idées portent des appellations impersonnelles, de doctrines ou de philosophies, ou se désignent par référence à des entités abstraites – socialisme, communisme – ou encore par leur position – radicalisme –, le répertoire de nos formations politiques en compte plus d'une à droite qui tire sa dénomination du nom de son fondateur ou inspirateur : la IIIe République a connu le mouvement boulangiste, la IVe le poujadisme. À en juger par ces deux exemples, il semblerait que le procédé s'applique plutôt à des mouvements passagers qui correspondent à des accès de fièvre et répondent à des situations de crise plutôt qu'à des courants stables proposant une vision globale. Mais l'une de nos trois droites historiques ne tient-elle pas aussi son identité à l'état civil des idéologies politiques du patronyme de Napoléon, le bonapartisme ? La personnalisation des écoles politiques serait-elle une caractéristique des mouvements de droite? On se gardera de tirer de ces quelques rapprochements que suggère une analogie superficielle une conclusion quelconque sur une éventuelle parenté entre ces diverses expressions.

Le général de Gaulle n'appréciait guère cette utilisation de son nom: lui-même, s'il lui arrivait de parler de lui à la troisième personne, n'y recourait pas fréquemment pour désigner ses fidèles, et il n'encourageait pas cet usage. Il l'a même formellement déconseillé à ceux de ses partisans qui songeaient à exploiter le prestige de son nom à des fins électorales, en une circonstance capitale: c'était à l'automne 1958, à l'approche des élections législatives appelées à former la première Assemblée nationale du nouveau régime. Craignant un accaparement de la référence à sa personne par les partisans de l'Algérie française, alors qu'il était soucieux de se soustraire à la tutelle des acteurs du 13 mai, il interdit expressément que son nom figure dans l'intitulé des listes électorales, « même sous la forme d'un adjectif ». Lui-même a toujours attribué ou laissé donner aux formations qui regroupaient ses partisans des dénominations générales faisant référence à des entités, Rassemblement du peuple français, Union pour la nouvelle République, UD V^{e}, Union pour la défense de la République. La fréquence de la préposition « pour » atteste l'intention d'énoncer des objectifs et de désigner des finalités idéales, la France, la démocratie, la République. Le gaullisme n'est donc pas de ces mouvements qui ont pour seule fin de servir une ambition personnelle ou d'apporter un soutien fidèle au pouvoir. À preuve, le gaullisme a survécu à son fondateur: ni son départ en avril 1969 ni sa disparition en novembre 1970 n'ont entraîné l'effacement du nom du général de Gaulle;

trente ans plus tard, on parle encore de gaullistes, quitte à assortir quelquefois la référence à la personnalité éponyme d'épithètes, de préfixes ou de suffixes qui l'inscrit dans la durée historique : archéo-gaullistes ou, plus souvent, néo-gaullistes, pour tenir compte des infléchissements du programme ou de la stratégie de ces héritiers.

S'il a ainsi existé un gaullisme indépendamment de la personne de Charles de Gaulle, les liens n'en sont pas moins des plus étroits. Le gaullisme comporte une dimension affective, suscitée par l'admiration pour une personnalité exceptionnelle, la reconnaissance de son rôle historique, la conviction de son désintéressement absolu au service de la France. Ces sentiments sont particulièrement ceux de la première génération, celle des gaullistes historiques qui l'avaient rejoint dans le combat de la France libre et de la Résistance, ceux-là qu'il appelait précisément ses compagnons, les Michel Debré, les Chaban-Delmas, les Messmer, dont beaucoup l'accompagnèrent dans tous les chapitres de son histoire personnelle : ils fournirent les cadres du RPF, ils se retrouvèrent dans les premiers gouvernements de la Ve République, ils lui resteront fidèles après 1969. Ils ont contribué à donner un visage au gaullisme politique. Trois ou quatre générations se succéderont ensuite qui n'auront ni les mêmes liens ni les mêmes souvenirs : leurs sentiments seront différents, mais il y aura toujours, et presque jusqu'à aujourd'hui, une nuance de sensibilité, une dévotion à la personne qui constituent une caractéristique de la culture gaulliste. Jacques Chirac excellera à susciter et à mobiliser à son service ce capital de sympathies et de dévouement.

Mais le gaullisme, c'est autre chose aussi : une philosophie politique. Il n'aurait pas conquis d'emblée pareille audience dans le corps électoral, il n'aurait pu résister à l'usure du temps comme il l'a fait, s'il n'y avait eu aussi – peut-être d'abord – un faisceau de convictions et d'aspirations, qui justifie qu'on puisse lui consacrer une étude particulière dans un livre qui a pour objet les idées politiques. Ces idées, ce sont naturellement celles du général de Gaulle, celles qu'on lui connaissait pour l'avoir entendu les énoncer ou celles qu'on lui prête. Mais de Gaulle n'était pas un doctrinaire, moins encore un idéologue, un auteur de systèmes. S'il puise l'inspiration de son action dans des convictions fortes, inviscérées, s'il est tout, sauf un opportuniste, il ne s'est jamais soucié de construire un corps de doctrine. Au reste, il ne croyait guère aux idéologies comme principe d'action ; le prouve son affectation insistante à désigner les pays étrangers par leur position géographique ou leur nom historique : il ne connaît pas l'Union soviétique mais la Russie, dont il pense que la diplomatie est davantage dirigée par les intérêts de l'État héritier des tzars que par la phraséologie communiste. De même pour la République démocratique allemande, qu'il désigne par l'énumération de quelques-uns des Laender qui la composent, Prusse, Saxe ou Thuringe.

Cependant, le gaullisme se définit aussi bien par le rôle historique de son inspirateur que par des idées : peut-être même davantage. L'acte fondateur du gaullisme, ce fut d'abord un geste inaugurant une épopée, et qui fit date parce qu'il avait valeur d'exemple en raison de sa portée symbolique : c'est l'appel, devenu fameux, du 18 juin 1940 et célébré depuis régulièrement à l'instar d'une fête nationale. Ce geste est un refus. Pas seulement de l'armistice annoncé la veille par le maréchal Pétain, mais aussi de la défaite et de la renonciation à poursuivre la guerre. C'est, plus fondamentalement, le refus que le destin soit irrévocablement fixé. Par là, il a des implications profondes : il a une signification morale et philosophique qui dessine la première assise d'un gaullisme virtuel.

La morale est celle de l'honneur et de la fidélité à la parole donnée, qui ne saurait être prescrite par la contingence des événements ; la cause pour laquelle la France était entrée en guerre, en 1939, n'a pas perdu sa légitimité parce que le hasard des combats a tourné en 1940 à notre déconfiture. Cette morale qui refuse l'accommodement avec l'ennemi, à plus forte raison le renversement des alliances, s'oppose à la realpolitik, à toute politique opportuniste qui ne connaîtrait d'autre règle que l'égoïsme d'État, au machiavélisme tel que l'entend l'opinion commune.

La désobéissance, au nom de principes supérieurs, du général de Gaulle au gouvernement qui vient de se former sous l'autorité du maréchal Pétain et qui a apparemment tous les attributs de la légalité, introduit dans notre philosophie politique une notion insolite, celle de légitimité distincte de la légalité. Cette distinction a ouvert alors un débat qui n'est pas clos aujourd'hui encore : en professant que la notion de légitimité ne se confond pas avec celle de légalité, elle lui est supérieure. Une décision gouvernementale, une disposition législative peuvent être d'une légalité irréprochable si elles sont prises en conformité avec les conditions fixées par les textes qui règlent le fonctionnement des institutions, et, pourtant, ne pas être légitimes, si elles enfreignent certains principes de droit. Cette distinction était pratiquement ignorée de la culture politique avant le désastre de 1940 : dès lors qu'une loi avait été adoptée dans des conditions régulières, elle obligeait tout citoyen en conscience, et en premier lieu tout fonctionnaire. Cette confusion explique que tant de fonctionnaires aient appliqué la législation, inique parce que discriminatoire, imposée par le régime de Vichy, sans se croire autorisés à lui désobéir, même s'ils avaient des scrupules de conscience. Le refus de l'armistice a ouvert dans ce système une brèche qui ne se refermera pas. La référence au 18 juin se retournera même contre le général de Gaulle : à son retour au pouvoir en 1958, certains, tels Pierre Mendès France ou François Mitterrand, invoquèrent son exemple pour lui refuser leur voix en raison des circonstances qui compromettaient, à leurs yeux, sa légitimité. Les jeunes officiers qui s'insurgeront contre sa politique en Algérie feront aussi référence au précédent du 18 juin ; ce n'est pas simple hasard si, parmi ceux qui participèrent au putsch du 21 avril 1961, se trouvaient d'anciens résistants : ils avaient entendu la leçon du 18 juin, même s'ils en déduisaient des conséquences qui les firent se révolter contre de Gaulle. Le gaullisme a ainsi introduit une donnée nouvelle dans le débat politique : est-il excessif de penser que l'importance, exceptionnelle, qu'on attache aujourd'hui à la notion d'État de droit est un effet indirect et retardé du refus du 18 juin ? En tout cas, même si ses auteurs n'en avaient probablement pas prévu tous les développements, c'est bien la Constitution de la Vᵉ République, issue du gaullisme, qui a inscrit dans les institutions la distinction de la légalité et de la légitimité en établissant un contrôle de constitutionnalité des lois, dont le principe implique qu'une disposition adoptée régulièrement par une majorité démocratique peut être contraire aux principes généraux du droit : elle a institué à cette fin une juridiction compétente, le Conseil constitutionnel, dont les décisions sont sans appel et s'imposent à tous les autres pouvoirs. C'est dire la portée historique du geste singulier qui fut l'acte fondateur du gaullisme.

Ce geste avait aussi une signification proprement philosophique : le refus de la fatalité. En refusant de considérer la défaite comme irrévocable, il proclamait que le cours de l'histoire n'est pas irrémédiable : il peut être infléchi et même inversé par la volonté et l'énergie des hommes. C'est une affirmation de liberté contre tout déterminisme, y compris les lois censées régir l'économie : au-dessus du marché, comme régulateur, il y a la volonté politique. On connaît le mot du général de Gaulle : « La politique de la France ne se décide pas à la corbeille. » Le gaullisme est un volontarisme et un acte de foi dans le pouvoir de la liberté ; par cet aspect, il est déjà une pensée politique.

Un État actif et légitime

L'agent de cette volonté, qui la mettra en œuvre, est l'État. Ce ne peut être que lui. C'est lui qui a forgé la nation. Y aurait-il eu une nation française sans l'État ? Lui seul est à même de concevoir l'intérêt général et de le faire prévaloir. Les autres groupes sont tous attachés à préserver leurs avantages particuliers : féodalités économiques, corporations, catégories sociales, partis politiques. Lui seul en a aussi les moyens, notamment dans les situations exceptionnelles. Lui seul encore raisonne dans la durée et peut faire les choix, même impopulaires, qui préserveront l'avenir. C'est à lui qu'il appartient en particulier de conduire l'adaptation de l'économie et de la société aux changements nécessaires et d'effectuer les réformes indispensables. Le gaullisme n'a pas de prévention contre le changement. Il n'est pas passéiste ni nostalgique de l'ancien temps, celui « des équipages, de la navigation à voile et des lampes à huile » qu'évoquera plus tard le général de Gaulle. Il n'est pas conservateur par principe, moins encore réactionnaire. Il est convaincu de la nécessité de moderniser. La France doit « épouser son temps »; c'est un impératif, la condition pour conserver son rang. Il entend que la France rattrape le retard qu'elle a pris du fait de l'impéritie de gouvernements trop faibles, de la crise de l'économie et de la défaite de 1940. Nourri de la lecture de Bergson, de Gaulle est acquis à l'idée d'une évolution créatrice. Il est attentif aux innovations techniques qui modifient les données et il suppute le parti positif que l'homme d'action peut en tirer. Avant 1939, il avait anticipé les bouleversements que la combinaison du moteur et du blindage, en introduisant la vitesse, ne manquerait pas d'apporter à la stratégie. Après la guerre, il tirera les conséquences de l'apparition de l'arme nucléaire. Il s'ouvre alors aussi aux enseignements de l'économie et de la démographie.

Cet État doit être fort et respecté. D'où les vues institutionnelles qu'il a exposées pour la première fois dans le discours prononcé en juin 1946 à Bayeux, qui le conduisirent à prendre position contre la Constitution de la IVe République, et qu'il mettra en œuvre dans le texte proposé en 1958 à l'approbation des citoyens. Ces dispositions visaient à rétablir un équilibre entre les pouvoirs, à contrarier l'omnipotence des assemblées parlementaires et à prévenir le retour au régime dit exclusif des partis politiques.

Il n'est pas question de revenir sur le principe de séparation des pouvoirs ni sur la distinction des organes qui leur correspondent. Mais on veillera à ce que les Assemblées n'empiètent pas sur les prérogatives de l'exécutif ni n'entravent sa liberté d'action. En conséquence, la délibération parlementaire sera encadrée par un réseau de dispositions qui l'enferment dans des limites étroites. Tout est ordonné à la primauté de la fonction présidentielle et tend à assurer la stabilité gouvernementale. Le même schéma présidait à l'organisation et au fonctionnement du parti gaulliste. Ses fondateurs, du RPF au RPR, l'ont doté d'une constitution qui est proche du centralisme dit démocratique du Parti communiste. Il a fallu attendre l'accession, en 2001, de Philippe Séguin à la tête du RPR pour que les adhérents interviennent dans le choix du président. Leur culture politique ne prédispose pas les gaullistes à débattre : ils sont plus habitués à serrer les rangs et à faire bloc derrière la direction. D'où une répugnance tenace à reconnaître l'existence de sensibilités différentes et le refus opposé à la constitution de courants à l'intérieur de l'UMP, alors que le projet de rassembler toutes les droites appelait comme corollaire l'acceptation d'une certaine pluralité. C'est cette conception qui, peut-être plus que tout, a aussi fait obstacle à l'instauration de relations équilibrées avec celles des droites qui avaient refusé de se fondre dans l'UMP.

La démocratie seule légitime

Pour être fort et respecté, cet État doit être légitime : on retrouve le problème. De Gaulle est persuadé qu'il n'y a plus, en notre temps, d'autre principe de légitimité que la souveraineté du peuple ni d'autre source de pouvoir légitime que l'expression démocratique de celle-ci. De Gaulle se trouve ainsi être démocrate, peut-être plus par raison que par inclination ; mais n'en va-t-il pas souvent ainsi, même pour qui devient ensuite le plus ardent défenseur d'un type de régime ? C'est au terme d'un raisonnement où le cérébral a eu plus de part que la ferveur du sentiment que Charles Maurras s'était converti à l'idée monarchique. Dans sa tradition familiale, le futur président de la République ne trouve aucun obstacle à l'acceptation de la démocratie : son père n'a pas été antidreyfusard – Odile Rudelle a montré l'influence sur sa propre formation du périodique catholique libéral, *Le Correspondant.* L'expérience historique l'a convaincu de la malfaisance des régimes totalitaires, tandis que le spectacle de la Grande-Bretagne en guerre, dont il partageait le sort, démontrait la capacité de la démocratie à résister dans l'épreuve. En 1958, au cours d'une conférence de presse fameuse, il tournera en dérision le soupçon que lui prêtent certains de vouloir entreprendre une carrière de dictateur à soixante-sept ans. Plus d'une fois, ses initiatives témoigneront de la sincérité de ses déclarations et feront progresser la démocratie dans la vie politique. En 1944, à la veille de la libération du territoire et du rétablissement d'une vie politique régulière, il accorde aux femmes, auxquelles les républicains l'avaient obstinément refusé, le droit de vote : le suffrage est enfin universel ; de Gaulle s'inscrit dans le droit fil de la révolution de 1848. En choisissant, en 1945, de s'en remettre au jugement du peuple pour la définition des futures institutions, il lave la pratique du référendum de la réputation sulfureuse que celui-ci gardait de l'usage qu'en avait fait l'Empire autoritaire et illustre la distinction entre référendum démocratique et plébiscite au service d'un pouvoir personnel : en 2004, les démocrates de gauche ont été les premiers à réclamer que le peuple se prononce sur le traité constitutionnel européen. En 1962, de Gaulle a pris l'initiative d'une révision qui transfère des collèges électoraux restreints au peuple entier le choix du chef de l'État : de Gaulle est plus démocrate que libéral. La conséquence, enfin, qu'en 1969 il a tirée personnellement, en démissionnant, du désaveu infligé par les électeurs avec le rejet du projet qui leur était soumis fit justice des derniers doutes sur la sincérité de son adhésion à la démocratie.

Démocratie politique, mais aussi sociale : le gaullisme tel que le conçoit son inspirateur comporte une dimension sociale – un élément, entre autres, qui interdit de le confondre avec la droite libérale ou la droite conservatrice. Si elle peut jeter une passerelle en direction de la gauche, la volonté de réduire les inégalités sociales ne procède pas tout à fait des mêmes postulats ni des mêmes motivations : le souci de la justice n'est pas absent, mais il a été suscité plus par l'enseignement social de l'Église catholique que par la lecture des philosophes du marxisme ou des sociologues des diverses écoles socialistes. Cette vive et sincère préoccupation sociale s'inscrit dans le prolongement de sa pensée proprement politique : elle fait corps avec sa passion de la grandeur de la France et son idée du rôle de l'État. La force d'une nation est faite de l'adhésion de tous ses enfants ; la cohésion sociale est une condition de son unité. L'une ne va pas sans l'autre : si les pouvoirs publics laissent les « prolétaires » camper aux portes de la cité, ils prennent le risque que, au jour où surgira une épreuve grave, l'unité nationale vole en éclats. Aussi est-ce la responsabilité de l'État que de combattre les facteurs de division et de dissolution du corps social.

L'État gaullien est fidèle à une tradition historique en intervenant en arbitre entre les faibles et les puissants pour rétablir l'équilibre qui serait compromis dans un État purement libéral. C'est la vieille alliance de la monarchie capétienne avec le tiers état contre l'aristocratie, avec le peuple contre les privilégiés. Au XXe siècle, l'ennemi n'est certes plus la féodalité, mais le combat n'est pas terminé. Les féodalités de notre temps s'appellent groupes financiers, puissances d'argent, multinationales, groupes de presse, mais aussi partis politiques. À l'État d'assurer, avec le concours du peuple, qui lui donne sa légitimité, l'unité et la justice en s'employant à réduire les inégalités héritées de la naissance ou engendrées par l'évolution, et à instaurer une répartition moins inéquitable des fruits du travail de tous. Sur les moyens d'y parvenir, sa religion n'est pas faite : le général de Gaulle se rangea sans état d'âme en 1945 à l'idée du retour à la nation des grands secteurs de production ; les nationalisations ne choquent point son colbertisme. Mais il rejette le collectivisme, qui confisque les libertés essentielles et qui ferait régner un régime d'oppression sur toute activité, comme il écarte le capitalisme libéral, dont il critique le primat du profit et qui sacrifie l'intérêt général à celui de groupes mieux organisés. Il veut croire à la possibilité d'une troisième voie, intermédiaire entre ces deux impasses : d'où son intérêt pour les projets d'association entre le travail et le capital, sa sympathie pour les projets d'intéressement à l'entreprise et l'importance qu'il attachera, au temps de sa présidence, au thème de la participation. Participation aux bénéfices, mais aussi à la décision, y compris dans les délibérations sur les affaires communes, dans les conseils municipaux, les assemblées des collectivités, et même les universités. Pour lui, la démocratie passe et se définit par la participation.

La souveraineté

La primauté exclusive accordée à l'unité de la nation a son pendant et ses incidences sur la conception des relations internationales, résolument réfractaire à tout abandon, si mince qu'il soit, de souveraineté. D'où la défiance de De Gaulle à l'encontre des organisations internationales et une opposition catégorique à tout partage et à toute délégation : la France est seule juge de ses intérêts et doit rester maîtresse de son destin. Au sein des formations gaullistes, ou de celles dont les gaullistes contrôlent les orientations, il y a toujours une tendance à s'instituer la gardienne vigilante et sourcilleuse de l'indépendance absolue de la France et de sa souveraineté, et ce avant même que le terme de souverainiste entre dans le langage courant : ainsi la liste intitulée Défense des intérêts français en Europe, constituée en vue des élections européennes de 1979, la candidature de témoignage de Michel Debré à l'élection présidentielle de 1981, l'affirmation, aujourd'hui, du courant souverainiste « Debout la République » animé par le député UMP Nicolas Dupont-Aignan. Cette nuance d'opinion est prompte à soupçonner les alliés libéraux de tiédeur à l'égard de la patrie et à les taxer de complaisance suspecte pour l'étranger, tant il lui paraît contradictoire de chercher à concilier les intérêts supérieurs de la France avec des engagements juridiques envers d'autres États ou des institutions internationales.

Symétriquement, la philosophie sociale de cette famille de pensée n'admet pas davantage que l'État puisse abandonner à l'intérieur des parcelles de sa souveraineté : elle est viscéralement opposée à tout partage de compétences. La décentralisation ne fait pas partie de son programme. L'État seul a une vue juste de l'intérêt général : les collectivités locales ne raisonnent qu'à leur échelle. La décentralisation aurait pour effet de reconstituer des oligarchies jalouses de leurs prérogatives. L'éternel combat de l'unité contre les particularismes, de l'État contre les féodalités n'est pas révolu. On redoute que la résurgence des communautés territoriales remette en question le résultat de dix siècles de travail pour unifier la France. Un Jean-Louis Debré est fidèle à la tradition familiale quand il dénonce ceux qu'il fustige comme « les intégristes de la décentralisation » : il reflète cet état d'esprit qui perçoit toute diversité comme un danger pour la cohésion et l'unité nationales.

Le même état d'esprit motive la défiance pour toute réalité sociale qui pourrait s'interposer entre les citoyens et les pouvoirs publics. La religion de l'unité exclut que l'État prenne en considération la diversité de la société dite civile, à plus forte raison établisse avec telle ou telle de ses composantes des relations de partenariat. On se défie de tout ce qui s'apparenterait à une résurrection des corps intermédiaires. La défiance des partis s'étend à toute organisation, institution ou mouvement – syndicats, associations, sociétés de pensée, Églises – qu'il convient de tenir en lisières. Son inquiétude conduit à n'octroyer de liberté qu'avec parcimonie, toute concession risquant d'ouvrir une brèche dans le système de défense de la société. Cependant, la réforme du Sénat préconisée en 1969 par de Gaulle, qui comportait la fusion avec le Conseil économique et social, impliquait reconnaissance de la société civile et acceptation de sa pluralité.

Les tenants de cette conception se retrouvent naturellement au premier rang des adversaires de toute dérive communautariste. Ils sont attachés à une interprétation stricte de la laïcité et ce n'est pas un hasard si la mission parlementaire dont Jean-Louis Debré, président de l'Assemblée nationale, a eu l'initiative en 2003 a proposé d'interdire le port de tous signes religieux ; leur acceptation eût laissé éclater la diversité des confessions en un lieu, l'école, qui doit être le lieu privilégié où s'affirme l'unité nationale et où s'en fait l'apprentissage.

Ainsi la référence primordiale au thème de l'unité inspire-t-elle, directement ou par des relais, les positions des gaullistes sur tous les problèmes posés par la vie en société : organisation des pouvoirs publics, rapports entre le corps politique et la société, relations internationales. Elle fonde la cohésion de ce système politique qui constitue une configuration stable.

Cet ensemble de principes, de références, d'impératifs, que l'analyse oblige à énoncer successivement, forme, on le voit, un ensemble cohérent, qui a sa logique. Grandeur de la France et unité de la nation, primauté de l'État, souveraineté du peuple exprimée par le suffrage de tous les citoyens, prééminence de l'exécutif sur la délibération des assemblées, préjugé favorable pour la modernité, nécessité du changement et impératif de la réforme : voilà les composantes majeures de la vision globale du politique qui correspond à l'appellation de gaullisme. Telle fut la conception qui inspira l'action du général de Gaulle, telle est aussi celle des formations qui, depuis plus d'un demi-siècle, se sont réclamées de son nom, de son œuvre et de sa pensée.

Gaullisme et bonapartisme

Le gaullisme a introduit dans le jeu politique une composante de plus : la chose est indéniable. Mais est-elle entièrement neuve ? L'historien sait par expérience que rien n'est plus rare que l'absolue nouveauté. Les prétendues innovations sont généralement des recompositions qui réemploient des matériaux anciens. Qu'en est-il donc du gaullisme comme tradition politique ?

À l'énumération de ses principales composantes, n'a-t-on pas eu le sentiment du déjà-vu ? Cette combinaison de la référence au peuple souverain et de l'aspiration à un pouvoir fort, cette alliance de l'autorité et de la démocratie, assortie d'une tonalité sociale, le tout accompagné d'une intention ou d'une affectation de modernité, ne les avons-nous pas déjà rencontrées dans notre propre histoire ?

La perception de telles analogies m'avait conduit naguère à inscrire le gaullisme dans la tradition bonapartiste. Autant qu'au souci de trouver des paternités – légitimiste pour la droite contre-révolutionnaire, orléaniste pour les droites libérales – et au goût de la symétrie, j'obéissais à deux motivations que l'actualité dans les débuts de la Vᵉ République rendait particulièrement pressantes, pour mettre en évidence l'identité propre du gaullisme. D'une part, il était essentiel, pour une exacte compréhension des événements et une juste intelligence de leur signification, de dissiper la confusion avec toute forme de fascisme à laquelle les circonstances du retour au pouvoir du général de Gaulle conféraient, il faut en convenir, un soupçon de vraisemblance. D'autre part, compte tenu du ralliement à sa personne et à son programme de la quasi-totalité des droites, on était tenté de voir en lui l'instrument de la conservation sociale. Les interprètes de la vulgate marxiste expliquaient doctement que le pouvoir gaulliste avait été mis en place par le grand capital pour faire la politique des banquiers (de Gaulle n'avait-il pas pris comme directeur de son cabinet Georges Pompidou, qui travaillait à la banque Rothschild?) et le Parti communiste propageait cette version. Les analystes les plus sagaces, Raymond Aron, Georges Vedel, Maurice Duverger, hésitaient, pour définir la nature du nouveau régime, entre les deux droites, orléaniste ou bonapartiste. Ma réponse était qu'il penchait plus du côté du bonapartisme que de l'orléanisme. La suite me semble avoir confirmé ce diagnostic.

Je dois reconnaître que, de toutes mes intuitions et hypothèses, ce fut la plus contestée; elle le fut notamment – je l'ai déjà mentionné – par deux excellents connaisseurs de l'histoire des forces et idées politiques, dont le jugement a toujours été pour moi du plus grand prix, aujourd'hui disparus l'un et l'autre, François Goguel et Jean Touchard. Ni l'un ni l'autre ne souscrivirent tout à fait à l'idée d'une filiation directe du bonapartisme au gaullisme. Je comprends leurs hésitations: c'était probablement la partie la moins assurée de mon interprétation.

Pourtant, même plus d'un tiers de siècle après la disparition du général de Gaulle, je maintiens ma proposition. Sous le bénéfice de quelques précisions. Le rapprochement esquissé entre gaullisme et bonapartisme concerne essentiellement les idées : il se fonde sur l'analogie des thèmes, la similarité des références. Il ne concerne que subsidiairement les politiques pratiquées. Il se justifie par la conviction, corroborée par l'observation, que des configurations stables d'idées se sont formées à l'épreuve des expériences politiques, qui acquièrent une consistance propre et dessinent des structures durables. On a vu comment la réaction au choc de la Révolution avait suscité l'émergence de la droite contre-révolutionnaire. La tradition libérale a été la réponse à l'alternative entre la proclamation de la liberté et les nécessités de l'ordre social. Le bonapartisme a proposé, lui, une synthèse de la démocratie et de l'autorité de l'État au service de la grandeur nationale. Le rapprochement avec le gaullisme ne va pas au-delà de la reconnaissance de cette convergence sur les aspirations et les thèmes principaux. Suggérer que le gaullisme fait appel à des sentiments voisins n'implique pas qu'il soit le successeur en ligne directe du bonapartisme : de Gaulle n'est pas Napoléon IV, ni la Ve République le Troisième Empire. Les personnalités sont par trop différentes et leurs différences mêmes ont d'autant plus d'importance que le régime a, dans l'un et l'autre cas, bien qu'à des degrés inégaux, un caractère personnel prononcé. Les situations aussi sont par trop dissemblables. Ne serait-ce que du fait de l'intervalle de temps qui sépare les deux expériences – toute la durée des IIIe et IVe Républiques, l'épaisseur de trois quarts de siècle, deux guerres. À lui seul, le souvenir du Second Empire fait partie de la mémoire collective et oriente le jugement dans un sens qui ne lui est pas nécessairement favorable.

Pourtant, le rapprochement entre les deux n'est pas simple jeu de l'esprit ou fantaisie d'historien. Est-ce, par exemple, tout à fait un hasard si l'un de ceux qui représentent le plus fidèlement le gaullisme originel jusque dans sa version sociale, bien qu'il fût trop jeune pour faire partie de la génération des gaullistes historiques, qui fut président de l'Assemblée nationale et passagèrement président du RPR, Philippe Séguin, historien à ses heures, s'est fait le biographe de Napoléon III ? Son livre est une réhabilitation de l'empereur, qu'il tient pour grand, et l'occasion de réaffirmer son attachement aux principaux thèmes du gaullisme. Sur plusieurs des grandes questions qui ont constitué l'objet de la politique pour le Second Empire comme pour la Ve République se découvrent, à un siècle d'intervalle, d'étranges ressemblances, qui sont plus que des coïncidences fortuites.

Laissons de côté celles qui concernent les institutions. Le rapprochement entre les deux régimes relève ordinairement plus de la polémique que d'une démarche scientifique : on sait le parti qu'en a tiré François Mitterrand. Faute d'avoir pu mener à bien le projet longtemps caressé d'écrire le volume sur le 2 décembre 1851, appelé à prendre place dans la collection des « Trente journées qui ont fait la France », il a dressé avec *Le Coup d'État permanent* le réquisitoire le plus impitoyable de la pratique institutionnelle des débuts de la Ve République : le souvenir de l'Empire autoritaire y est constamment présent. Il y a des similitudes évidentes. Les conditions qui ont présidé dans les deux circonstances à l'élaboration du texte constitutionnel se ressemblent. Dans un premier temps, quelques orientations sont énoncées auxquelles les rédacteurs sont sommés de se conformer. À une différence près, qui n'est pas mineure : en 1851, c'est l'auteur du coup d'État qui pose les cinq bases de la future Constitution comme pour justifier son initiative; en 1958, c'est l'Assemblée nationale qui les formule comme autant de garanties pour la démocratie. Quant à la pratique, dans l'un et l'autre cas, l'activité des parlementaires est étroitement tenue en bride, tandis que l'exécutif dispose d'une initiative des plus étendues. Mais, sous la Ve République, le gouvernement est responsable devant l'Assemblée, ce qui n'était pas le cas sous le Second Empire pour le Corps législatif; et cette responsabilité n'est pas un vain mot: en octobre 1962, l'Assemblée, en adoptant à la majorité une motion de censure qui, à la vérité, visait plutôt le chef de l'État et tendait à sanctionner son projet de révision constitutionnelle, a refusé la confiance au Premier ministre et renversé le gouvernement Pompidou. Le prince-président justifiait la suspension des libertés publiques par la menace de subversion sociale et le spectre de l'agitation des démocrates socialistes. Le régime gaulliste était, lui, plus fondé à faire état du danger qui résultait de la prolongation de la guerre d'Algérie: la discorde pouvait dégénérer en guerre civile. Au reste, la gauche elle-même a choisi de se ranger derrière le général de Gaulle pour éviter de plus grands maux et faire échec à une sédition militaire.

Il y a plus probant pour étayer le rapprochement: les orientations prises par les deux régimes dans plusieurs grandes directions de l'action politique. J'évoquais la prégnance de la guerre d'Algérie sur les premières années de la Ve République: les contemporains informés n'ont pas manqué de relever la similitude – parenté ou filiation? – entre la politique dite du royaume arabe définie par Napoléon III et celle dont le général de Gaulle a fait le choix, à partir de 1959, d'une République algérienne associée à la France. L'un et l'autre ont pris acte de l'existence de deux peuples distincts et congédié le rêve – ou l'utopie – de l'assimilation des individus et de la fusion des deux éléments, qui ne pouvait conduire qu'à la domination des uns et à l'assujettissement des indigènes. Sur la question sociale aussi, les deux régimes partagent une certaine préoccupation de justice qui leur a inspiré des initiatives significatives : en 1864, le Second Empire accorde aux ouvriers le droit de grève, la Vᵉ République reconnaît en 1968 la section syndicale d'entreprise. Est-ce pure coïncidence que Napoléon III ait pris en 1860 le risque de mécontenter une partie de ses électeurs les plus fidèles en renonçant à la protection douanière qui garantissait aux producteurs français le monopole du marché national et que, cent ans plus tard, de Gaulle, dont on pensait que le retour au pouvoir retarderait ou même empêcherait l'entrée en vigueur des traités de Rome et la mise en place du Marché commun, ait décidé d'accélérer le désarmement douanier et d'exposer la France au défi de l'ouverture et de la concurrence ?

La recherche de ces rencontres entre les politiques du bonapartisme et du gaullisme trouverait d'autres sujets de comparaison en remontant le cours du temps et en passant du Second Empire au Premier. En quête d'un précédent qui préfigure la fièvre d'initiatives prises aux débuts de la Vᵉ République (et qui doivent sans doute autant à l'ardeur réformatrice de Michel Debré qu'aux intentions de Charles de Gaulle) dans une espèce d'allégresse créatrice, c'est le parallèle avec le Consulat qui vient naturellement à l'esprit. Les conjonctures se ressemblent : un pouvoir tout neuf auquel l'opinion ouvre, pour quelques mois, un crédit illimité pour changer ce qui doit l'être. Même ampleur du champ d'action et même diversité ; la ressemblance vaut jusque dans le détail des applications. Bonaparte a mis fin au désordre des finances publiques, restauré la confiance, institué une monnaie nouvelle : le nouveau franc, en 1960, fait pendant au franc Germinal. L'organisation judiciaire a fait, dans les deux circonstances, l'objet d'une refonte complète : la carte des juridictions est entièrement remaniée pour s'adapter aux changements de la société. Certes, de Gaulle n'a pas apporté de modification dans les relations de l'État avec les Églises et négocié un Concordat, mais, si l'importance d'une réforme s'apprécie à la récurrence de la question qu'elle s'applique à résoudre et à la force des passions qu'elle soulevait, n'est-on pas fondé à considérer que la loi Debré, qui règle les rapports entre l'enseignement catholique et le service public de l'enseignement sur des principes nouveaux, instaure une sorte de concordat, sans être pour autant comparable historiquement à la signature de la convention de Messidor ?

Gaullisme et bonapartisme ont en commun une même volonté d'intervenir, de trancher, d'arbitrer, d'innover. Par là, ils s'éloignent des pesanteurs conservatrices comme de la répugnance à engager l'État dans une action sur la société, et plus encore des dispositions chagrines d'une autre droite, désireuse de revenir sur les innovations pour retrouver l'état antérieur dont elle garde une impérissable nostalgie.

Droite ou gauche ?

Gaullisme et bonapartisme se ressemblent encore par une certaine ambivalence par rapport au clivage droite-gauche. L'un et l'autre se définissent par le refus de principe de s'inscrire dans ce cadre. Ils entendent transcender cette division qu'ils tiennent pour artificielle et ruineuse ; ils se flattent d'avoir des fidèles dans l'un et l'autre camp. Quoi qu'on pense de la pertinence de la prétention, cette intention doit être prise au sérieux. Elle pose une question capitale : s'il est vrai qu'il ne se confond avec aucune droite, que fait alors le gaullisme dans un livre qui a pour objet de dresser et de mettre à jour le panorama des droites françaises ? Nous voici donc sommé de répondre à une interrogation essentielle : le gaullisme est-il *de* droite, ou *à* droite ?

Par-delà le gaullisme même, cette question concerne toutes les autres formations, qui en subissent les contrecoups par ricochet. Revenons à l'histoire et, sans retracer toute la geste gaullienne, faisons retour au fondateur et à l'acte originel. Le refus de l'armistice transcendait toute catégorisation politique et bousculait tous les classements. Mais l'orientation du gouvernement du Maréchal, qui ne va pas tarder à mettre en œuvre une restauration contre-révolutionnaire, confère *ipso facto* au gaullisme initial une connotation politique qui n'est évidemment pas de droite. C'est la double signification de la Résistance : combat pour la libération de la patrie et aussi pour la démocratie. Les fidèles de Vichy, les nostalgiques de la Révolution nationale sont la seule nuance politique à n'avoir jamais eu aucune sympathie pour la personne de De Gaulle. Les dix-sept mois du gouvernement provisoire (septembre 1944-janvier 1946) renforcent l'association du gaullisme, qui n'est alors qu'un sentiment sans expression politique propre, avec une sensibilité de gauche, en dépit des frictions qui troubleront ses relations avec la gauche ; de Gaulle gouverne avec une majorité qui comprend les partis les plus à gauche. Il est le premier à confier des portefeuilles ministériels à des communistes : il se prête à la rentrée en France et dans la vie politique de la figure emblématique du communisme, le secrétaire général du Parti, Maurice Thorez, qui s'était réfugié à Moscou au début de la guerre ; il en fait un ministre d'État. L'antigaullisme s'emparera plus tard de ces éléments pour insinuer que de Gaulle était un agent soviétique.

L'image d'un de Gaulle inféodé à la gauche ne résista guère à l'évidence des faits. Son brusque départ du pouvoir, la dénonciation du tripartisme, sa prise de position contre la Constitution de la IVe République et, surtout, son retour en politique dès avril 1947 avec le lancement d'une formation qui avait pour fin de modifier le système institutionnel ont fait voler en éclats l'image d'un de Gaulle démocrate dans une opinion qui identifie encore la démocratie à la souveraineté de l'Assemblée et au régime des partis. En fondant le Rassemblement du peuple français (RPF) – l'appellation rapproche deux concepts pour lui riches de sens –, il entendait surmonter le clivage qu'il estimait archaïque et espérait bien rassembler des adhérents de gauche comme de droite. Dans son esprit, le RPF n'est pas de droite. Mais les circonstances et le jeu des rapports entre les forces politiques vont le fixer à droite.

Coup sur coup, le refus des grands partis de l'admettre dans leur cercle, en particulier l'interdiction de la double appartenance prononcée par le MRP, sur le ralliement duquel l'ancien lecteur de *Temps présent,* hebdomadaire de sensibilité démocrate chrétienne, avait probablement tablé, la dénonciation par le Parti socialiste et le Parti communiste du style autoritaire imprimé au nouveau mouvement, l'accusation d'aspirer au pouvoir personnel, le soupçon infamant de parenté avec le fascisme ont rejeté le RPF à droite. Le report d'une fraction de l'électorat conservateur sur les candidats du RPF, puis le ralliement d'une partie de la droite libérale ont parachevé ce glissement à droite et consommé l'échec de la tentative pour surmonter la classique antinomie droite-gauche. Cette version du gaullisme politique a été à droite, sinon de droite.

Sa troisième édition, qui débute avec le retour au pouvoir en 1958 dans les conditions que l'on sait, est restée un temps indéchiffrable : c'est peut-être celle qui a le mieux répondu, temporairement, à l'intention de rassembler les Français par-dessus leurs divisions traditionnelles. Elle a divisé les autres partis, particulièrement à gauche. Si l'appareil du Parti communiste s'est prononcé contre le projet de Constitution, quelque 30 % de son électorat a répondu oui au référendum du 28 septembre 1958. La SFIO s'est coupée en deux : son secrétaire général, Guy Mollet, a joué un rôle décisif dans le dénouement de la crise de régime et accepté de faire partie du nouveau gouvernement ; il s'est associé aux réformes alors adoptées. La politique scolaire a bientôt réveillé les divergences, entraînant la démission du ministre socialiste de l'Éducation nationale André Boulloche (la laïcité est encore un sujet de discorde et un critère entre droite et gauche), la politique économique et sociale plus encore : les socialistes passent à l'opposition. Mais les graves menaces que la prolongation de la guerre d'Algérie fait peser sur les libertés publiques, la crainte d'un putsch militaire conduisent les gauches à faire bloc derrière le chef de l'État, qui personnifie alors la légitimité républicaine, et à soutenir sa politique qui reconnaît la personnalité algérienne et aboutira à l'indépendance de l'Algérie.

Dans le grand partage d'opinion que provoque en 1962 l'initiative constitutionnelle du chef de l'État, proposant de faire élire le président directement par le corps électoral tout entier, de Gaulle se retrouve à peu près seul contre tous les partis, l'UNR gaulliste évidemment exceptée : droite et gauche sont coalisées dans le cartel des non.

La logique du clivage historique ne tarde pas à reprendre ses droits à l'approche de l'échéance électorale qui a pour objet de désigner le successeur du Général à la tête de l'État. Elle est renforcée par la dynamique institutionnelle qui pousse à la bipolarisation et contraint les formations que leurs inclinations orienteraient plutôt vers le centre à rejoindre, pour survivre, l'un ou l'autre des deux blocs antagonistes. Candidat à sa propre succession, le général de Gaulle n'entend pas entrer dans cette logique : il a la conviction de personnifier la France, dont il martèle au cours de sa campagne télévisée qu'elle n'est ni la droite ni la gauche. Mais son pouvoir n'est pas tel qu'il puisse assouplir les contraintes qui régissent la sociologie des forces politiques. La candidature de François Mitterrand, qui a réussi à réunir toutes les gauches, rejette de Gaulle sur sa droite, sans que celui-ci rassemble pour autant sur son nom toutes les droites. Il s'en faut de beaucoup. L'extrême droite, héritière de la contre-Révolution, fille de l'Action française, légataire de Vichy, se retrouve avec les 5 % de suffrages qui se comptent au premier tour sur le nom de Jean-Louis Tixier-Vignancour. Les autres tendances de droite, libérale, démocrate-chrétienne, centriste, se regroupent sur le nom de Jean Lecanuet, qui se présente comme candidat libéral, social, européen. La bipolarisation est inachevée. Le gaullisme, tel que l'incarne alors son inspirateur, ne se laisse pas réduire à l'une des deux composantes : il garde encore le caractère d'un rassemblement qui chevauche les divisions partisanes traditionnelles et enjambe les frontières de leur histoire. Son électorat est composite. Quant au noyau des adhérents, si le gros penche à droite à la suite du Premier ministre Georges Pompidou, il comporte aussi une petite minorité fervente de gaullistes de gauche groupés dans l'Union démocratique du travail, dont la fidélité à la personne du Général ne le cède point à leur attachement à certaines valeurs de gauche.

La secousse de 1968 n'est pas sans effet sur l'image de De Gaulle et, par ricochet, sur la position du gaullisme. Elle le rejette moins vers la droite qu'elle ne le renvoie dans le passé comme archaïque – ce qui est peut-être plus dommageable encore : un des slogans des manifestants n'est-il pas « Dix ans c'est assez » ?

Mais, par un retournement de situation qui n'est pas unique en son genre dans la destinée du premier résistant, le général de Gaulle a terminé sa carrière politique sur un double redressement. D'une part, il engage son autorité sur un projet qui aurait pour effet de rompre avec des siècles de centralisation administrative et de refonder les relations entre l'État et les citoyens sur une base plus démocratique : le projet anticipe sur l'avenir. La gauche vote contre, mais, à peine revenue au pouvoir en 1981, elle a tôt fait de reprendre ces idées et de les appliquer ; si François Mitterrand et Gaston Defferre ont incontestablement été les artisans de cette grande réforme, de Gaulle, à sa manière, en a été aussi l'inspirateur. D'autre part, la conséquence personnelle qu'il a tirée de son échec et du rejet de son projet appose sur son histoire le sceau de la démocratie : sa démission fait justice de tout soupçon de dictature. En s'inclinant devant l'expression du suffrage universel, il atteste la sincérité de sa conviction qu'il n'y a pas de légitimité en dehors de la souveraineté du peuple français. En langage parlementaire – ce dialecte pour lequel lui-même avait si peu de sympathie –, on dirait que le général de Gaulle est tombé à gauche ; au reste, une bonne partie de la droite, notamment libérale, a voté contre le projet, comme en 1965 elle avait voté pour Jean Lecanuet.

Ainsi de Gaulle a-t-il été tour à tour et à plusieurs reprises identifié à gauche puis à droite et *vice versa* – à vrai dire plus souvent à droite qu'à gauche – ce qui interdit néanmoins de classer le gaullisme à droite tant que celui-ci s'identifie à sa personne et à son action. Lui-même devait trouver dans cette succession de critiques et de ralliements, dans cette alternance d'adhésions et de dissidences, dans ces renversements d'alliances, la confirmation de sa certitude de transcender les divisions partisanes, de personnifier l'intérêt suprême de la patrie et d'être l'interprète de sa destinée historique.

Voilà pour le gaullisme défini par référence à la personne de Charles de Gaulle. Mais le gaullisme lui a survécu. Des mouvements se sont réclamés jusqu'à nos jours de son exemple et de sa pensée et prétendent poursuivre son œuvre. Son nom est devenu celui d'une famille politique. Que reste-t-il aujourd'hui, dans le panorama des pensées politiques comme des partis, de son héritage ? Et où se situe le gaullisme des successeurs par rapport à la sempiternelle opposition droite-gauche ?

Le gaullisme après de Gaulle

Autant de questions qui se sont posées dès le retrait et la disparition de celui auquel le gaullisme devait d'exister, l'une des moins controversées n'étant pas celle du droit de certains à en porter le nom et de la légitimité de leur prétention à se dire ses seuls héritiers. À vrai dire, on n'avait pas attendu que de Gaulle soit sorti de la politique pour la poser. Elle revient ensuite périodiquement, en particulier chaque fois qu'accède à la direction du mouvement une génération nouvelle. Avant même que la crise du printemps 1968 fasse éclater, entre le président de la République et son Premier ministre, un dissentiment, qui aboutira à une rupture, une petite minorité, qui s'estimait investie de la mission de maintenir le gaullisme à gauche et de contrecarrer les pesanteurs qui le faisaient dériver vers le conservatisme, et dont René Capitant et Louis Vallon étaient les figures de proue, menait une cabale contre Georges Pompidou : ils ne lui faisaient pas seulement reproche de ne pas avoir été résistant, mais ils l'accusaient de trahir l'inspiration authentique du gaullisme en torpillant tout projet de réforme. Si la suite a pu donner quelque consistance à pareil soupçon, au printemps 68 c'était une mauvaise querelle. Si Georges Pompidou était certainement moins enclin que de Gaulle et surtout que son prédécesseur à Matignon, Michel Debré, à réformer la société, il servit loyalement le général et suivit ses instructions, même s'il ne les approuvait pas toujours complètement – tout comme avant lui Michel Debré avait appliqué à contrecœur la politique algérienne du chef de l'État.

Après le retrait du Général, il en va autrement. Georges Pompidou, consacré en juin 1969 par le suffrage populaire comme successeur légitime du fondateur de la Ve République et désormais libéré de sa tutelle, peut suivre sa pente naturelle. Il est marqué aussi par l'expérience qu'il vient de vivre: la crise de société, dont il a proposé une analyse particulièrement pénétrante, a renforcé sa frilosité à l'égard de toute action réformatrice qui bousculerait une société dont il a perçu la fragilité. Il est attentif au besoin de sécurité et à la demande d'une partie de l'opinion, notamment de son électorat, qui aspire à la restauration de l'ordre public autant que social. Le discours de son Premier ministre Jacques Chaban-Delmas sur la nouvelle société (juillet 1969), avec ses accents réformateurs, n'est guère fait pour lui complaire. Il pense avoir des obligations à l'égard de sa majorité: celle-ci ne se réduit pas aux seuls gaullistes. La notion de majorité présidentielle, qu'il a introduite dans le vocabulaire et l'interprétation du système institutionnel de la Vᵉ République, est antinomique du concept de rassemblement cher à la pensée gaulliste. Elle s'inscrit dans la classique opposition droite-gauche que les contraintes de la bipolarisation ont réactivée. Le second tour, en juin 1969, qui n'a opposé que deux candidats de droite, en l'absence d'un compétiteur de gauche – à la différence de l'élection de 1965 – ne doit pas masquer que Pompidou est l'élu des droites. Entre les deux tours, une fraction de la droite, emmenée par Jacques Duhamel, Joseph Fontanet, René Pléven, qui était dans l'opposition depuis la rupture de 1962, s'est ralliée au candidat Pompidou et a pressé ses électeurs de voter pour l'héritier du gaullisme. La réunification des droites est amorcée.

Aussi le gaullisme sous Pompidou est-il nettement plus à droite, ne serait-ce qu'à cause de la différence des personnalités, des tempéraments, des sensibilités. Mais aussi pour des raisons plus générales: la différence des situations, les séquelles de 1968 et, surtout, les modifications du système des forces politiques qui réactivent l'antagonisme entre partisans convaincus de la nécessité de changements drastiques et tenants du *statu quo* qui craignent pour les valeurs auxquelles ils sont attachés. Le gaullisme tel qu'il est interprété et pratiqué par Pompidou, prenant appui sur une majorité axée plus à droite, n'est donc plus le gaullisme avec de Gaulle. Faut-il alors parler de pompidolisme pour désigner cette nouvelle version de la composante gaulliste ? Quelque réponse que l'on fasse à cette question, il est évident qu'au lieu d'une invitation à transcender le clivage traditionnel on est en présence d'une réactualisation de l'axe droite-gauche : les héritiers ont pris leur parti de ce partage, ils n'espèrent plus, ou ils ont renoncé à rallier une partie de l'électorat de gauche. Leur stratégie ne vise plus qu'à l'emporter sur l'adversaire en conquérant la majorité des suffrages, ce qui passe par le regroupement de tout l'électorat de droite. Objectif d'autant plus aisé à atteindre que, depuis 1965, l'extrême droite a quasiment disparu et n'exerce plus d'action concurrente sur la clientèle de droite.

Si la disparition prématurée du président Pompidou, le 2 avril 1974, éteint l'action, fort injuste, engagée contre lui pour captation d'héritage et détournement d'inspiration, elle n'annule pas la question sur la pertinence d'une appellation pompidolienne. Car quelques-unes des personnalités qui reprendront plus tard le flambeau du gaullisme ont davantage été les enfants et les élèves de Georges Pompidou que de Charles de Gaulle : tels un Édouard Balladur et, plus encore, celui qui va devenir le troisième leader – et pour trente années –, Jacques Chirac. Pour une simple raison d'âge, du fait de la différence de générations : trop jeunes pour avoir bien connu le général de Gaulle, c'est sous Pompidou qu'ils ont fait leurs débuts politiques, avec lui qu'ils ont appris le métier ; c'est lui qui leur a mis le pied à l'étrier. Ils ont adhéré au gaullisme de Pompidou. Ils resteront toujours fidèles à sa mémoire et leur action, peut-être même à leur insu, s'inspirera de son exemple et de ses leçons. Leur gaullisme est mâtiné de pompidolisme. Ils pencheront à droite. Sans, cependant, se confondre avec elle. L'existence d'une autre droite qui a réussi à préserver son identité libérale, même au temps du gaullisme triomphant, qui s'en est toujours distinguée, garantit la fidélité des gaullistes à leur propre tradition. Ainsi, le gaullisme dans sa troisième édition est *à* droite, puisqu'il a renoncé à mordre sur la gauche, mais il n'est pas toute la droite : ce qui le justifie, à ses yeux, de soutenir qu'il n'est pas *de* droite.

Avec l'élection de Valéry Giscard d'Estaing, le 19 mai 1974, la présidence de la République échappe pour la première fois aux gaullistes : elle passe entre les mains de l'autre droite. Est-ce la fin du gaullisme ? Beaucoup croient qu'il est mort avec Georges Pompidou : ainsi, Pierre Viansson-Ponté n'hésite pas à le pronostiquer dans *Le Monde* du 6 octobre 1976.

Le gaullisme a besoin d'une personnalité qui l'entraîne. Il a hérité de son histoire une tradition d'attachement à son chef. Il a dans ses gènes une capacité de fidélité et de loyauté : c'est sa culture politique. Le gaullisme se serait peut-être dissipé ou dissous en 1974 si n'avait pas surgi une personnalité capable de relever le défi et de focaliser sur sa personne les ressources de dévouement qui ont fait du mouvement gaulliste, pendant des décennies, la seule formation politique qui fasse contrepoids au Parti communiste. Ce leader s'appelle Jacques Chirac.

La surprise de cette succession et son paradoxe sont que celui qui prend la relève et va permettre au gaullisme de survivre jusqu'à aujourd'hui est celui-là même qui, en 1974, a ruiné les chances de son candidat légitime, Jacques Chaban-Delmas, figure emblématique des gaullistes historiques, en suscitant une dissidence avec une pétition signée de quarante-trois députés gaullistes en faveur du candidat de l'autre droite, Valéry Giscard d'Estaing. Davantage: il a accepté d'être le Premier ministre du président libéral avec mission implicite de parachever le processus en giscardisant les gaullistes. Ainsi les droites seraient-elles à nouveau réunifiées, mais cette fois sous l'égide de la droite libérale. Ce serait donc bien la fin du gaullisme.

Cependant, les choses ont pris un tour bien différent. Quelques mois après avoir rompu avec le président de la République en lui donnant sa démission et s'être emparé à la hussarde de la direction du mouvement en évinçant les barons du gaullisme, Jacques Chirac lance en décembre 1976 un nouveau mouvement baptisé Rassemblement pour la République, qui prend la suite des formations gaullistes, mais qui lui est tout dévoué et dont la finalité est claire pour tous: l'entrée de Chirac à l'Élysée et la reconquête du pouvoir par les gaullistes.

Est-ce la revanche du gaullisme? En d'autres termes, Jacques Chirac est-il gaulliste? L'interrogation ne porte pas sur les sentiments que de Gaulle inspire à Jacques Chirac: son admiration et sa reconnaissance pour son rôle historique ne prêtent pas au doute. Mais en 1976 ces sentiments n'étaient déjà plus l'apanage des seuls gaullistes: partagés par la plupart des Français, ils ne suffisaient plus à définir l'identité des gaullistes. La question est d'importance, à proportion de la place occupée par celui qu'elle concerne dans l'histoire politique des trois dernières décennies. Elle pourrait avoir son pendant à gauche : François Mitterrand était-il socialiste ? N'est-il pas singulier qu'on puisse, sans intention polémique, se poser ce type de question pour les deux hommes d'État qui ont joué un si grand rôle dans notre histoire politique et exercé à la suite l'un de l'autre la fonction suprême ?

En toute bonne foi, la réponse n'est pas évidente. Pas seulement du fait de l'ambivalence du gaullisme et de la difficulté que nous avons mesurée d'en donner une définition simple et constante, mais à cause de la personnalité de Jacques Chirac, qui est tout sauf un idéologue : il est fait pour l'action. Doué d'une grande puissance de travail, capable d'assimiler promptement tous les éléments de dossiers délicats et complexes, il est plus préoccupé d'efficacité que de cohérence. Il s'intéresse plus aux problèmes et, surtout, aux personnes qu'aux idées. Il ne se fait pas une règle inflexible de tenir toujours le même langage. Son pragmatisme peut se réclamer de Charles de Gaulle. Il n'a pas la religion du principe de non-contradiction ; si les circonstances ou les nécessités lui font découvrir des impossibilités insoupçonnées, il n'aura pas de scrupule à modifier son approche. Ce n'est pourtant ni un sceptique ni un cynique. Il a sur certains points des convictions fermes. Il n'a par exemple jamais transigé sur la condamnation du racisme, qui lui inspire une aversion insurmontable : il a toujours considéré un éventuel rapprochement avec le Front national comme une alliance contre nature. Une générosité naturelle le pousse à reprendre la tradition sociale du gaullisme et à préconiser une politique qui réduise la fracture sociale. Cette pente personnelle l'éloigne des libéraux orthodoxes dont certains ont cependant combattu à ses côtés.

Si nous avons esquissé ce rapide portrait et insisté sur cette dimension psychologique, c'est en raison de l'importance de la personnalité charismatique dans les formations qui se réclament du gaullisme et parce que les initiatives prises par Jacques Chirac, ses changements de ligne, ses variations sur les programmes et les objectifs ont eu de grandes conséquences sur l'histoire du mouvement: ils expliquent les crises, les ruptures, les dissidences qui ont émaillé, depuis 1976, l'histoire du RPR, machine puissante, mais à la démarche parfois incertaine.

Après avoir mené, durant cinq années, une guerre de harcèlement à l'intérieur de la majorité de droite contre le gouvernement de Raymond Barre et le président Giscard d'Estaing, Jacques Chirac se porte candidat en 1981 contre le président sortant. Ce qu'il représente n'est pas clair; il ne peut prétendre rassembler les droites sur son nom puisqu'il est en compétition avec Valéry Giscard d'Estaing. Il ne peut même pas parler au nom de tous les gaullistes puisqu'il est débordé sur sa droite par une candidature de gaullisme pur et dur, conduite par Michel Debré; l'héritage est disputé.

Rejeté dans l'opposition avec les autres droites par le triomphe de la gauche, le RPR a moins de répugnance à pratiquer avec elles une collaboration loyale et sans nuages: pendant les cinq années où il est écarté du pouvoir, il mène de concert, avec ses partenaires de l'UDF, une bataille de principe contre les réformes engagées par les socialistes. Il fait même des concessions d'importance aux positions libérales de ses alliés. Ce ralliement à leurs vues lui est facilité par la nécessité de prendre position contre la politique des gouvernements socialistes. Le combat mené par ses mousquetaires, les Michel Noir, les Philippe Séguin, contre les nationalisations le conduit à s'aligner sur les positions libérales de l'UDF et à mettre une sourdine au thème des responsabilités de l'État : tout un pan de l'héritage gaulliste est, de ce fait, occulté. La plateforme commune adoptée par les deux principales composantes de l'opposition de droite en vue des élections législatives du printemps 1986 est du pur libéralisme ; elle présente cette situation paradoxale de l'association de deux formations dont l'une – la gaulliste – est indiscutablement la plus solide et la plus dynamique, mais dont l'autre – la libérale – fournit l'inspiration, comme s'il y avait un partage entre le corps et l'esprit. Que reste-t-il du gaullisme dans la formation qui se réfère encore au général de Gaulle ? Pour la deuxième fois depuis la disparition du fondateur, force est de se poser la question.

Elle demeure actuelle au long des deux années de cohabitation, 1986-1988, où les relations entre gaullistes et libéraux dans l'exercice du pouvoir sont paisibles comme elles l'avaient été dans l'opposition et sur une ligne plus proche des postulats du libéralisme que de la religion de l'État : à preuve, la constance symbolique à mener à bien le programme de privatisations. Le RPR ne se bat même plus pour la défense des institutions léguées par le général de Gaulle : quand, pour se dégager du piège où l'enferme le projet de loi sur l'école en 1984, François Mitterrand a imaginé une révision constitutionnelle qui élargirait le champ d'application du référendum, proposition d'inspiration typiquement gaullienne, c'est le président du groupe sénatorial RPR, gaulliste de stricte obédience, Charles Pasqua, qui s'y oppose.

L'élection présidentielle de 1988 porte un coup d'arrêt à la dérive libérale du néo-gaullisme. La compétition entre Jacques Chirac et Raymond Barre ravive la rivalité entre les deux droites et réactive leurs divergences : pour se démarquer, les gaullistes reprennent leurs thèmes familiers. Surtout, l'échec du candidat RPR déclenche au sein du mouvement une crise d'identité qui ébranle sa cohésion et remet indirectement en question la synthèse dont le gaullisme est l'expression politique. Cet échec – le second du leader après celui de 1981 –, même s'il a distancé son compétiteur, qui portait les couleurs de l'autre droite, a ébranlé son autorité sur le mouvement : pour la première fois il est contesté ; Charles Pasqua et Philippe Séguin prennent la tête d'une fronde qui préconise une rupture franche avec les complaisances libérales et le retour aux sources d'un gaullisme fidèle à ses origines, autoritaire et populaire, réformateur et social. Leur tentative pour s'emparer de la direction du mouvement et de la présidence du groupe parlementaire échoue de justesse : il s'en faut de deux ou trois voix seulement. L'étroitesse de l'écart trahit l'affaiblissement de Jacques Chirac et traduit le trouble d'un mouvement déchiré entre plusieurs obédiences, qui ne sait plus quelle est son identité et paraît n'être plus mû que par des préoccupations tactiques. Il n'est même plus solidaire sur l'interprétation des institutions. En juillet 1989, il se prononce contre une proposition qui aurait ouvert à tout citoyen le droit de saisir le Conseil constitutionnel. Il y a plus grave : en juin 1992, les groupes gaullistes des deux Assemblées n'évitent de donner le spectacle de leur division qu'en s'abstenant sur le projet de révision de la Constitution, qui tend à la mettre en harmonie avec le traité de Maastricht : les gaullistes, s'abstenir dans un débat sur les institutions ! N'est-ce pas la preuve que le gaullisme est bel et bien mort ?

Le débat sur le traité lui-même fait éclater l'unité et étale au grand jour les dissensions du mouvement. Les deux instigateurs de la fronde contre la direction de Chirac se retrouvent associés au premier rang des opposants à Maastricht : Philippe Séguin est leur orateur parlementaire le plus talentueux, et c'est lui que choisit François Mitterrand pour être le protagoniste du non dans un débat contradictoire ; Édouard Balladur et Alain Juppé, deux autres fortes personnalités du mouvement, ont, eux, nettement pris position pour le oui. Quant à Jacques Chirac, après avoir atermoyé, il a fini par se décider pour un oui résigné. Ce n'est pas un secret que la majorité des adhérents penche pour le non. Que sur une question aussi grave, un pareil enjeu, le mouvement n'ait pas été en mesure d'arrêter une position commune ni capable de proposer aux citoyens une ligne claire, n'est-ce pas le signe que la synthèse gaulliste s'est alors comme désintégrée ?

La troisième candidature de Jacques Chirac à la présidence de la République, en 1995, loin de rétablir l'unité, aggrave d'abord les dissensions pour une raison personnelle. En effet, son concurrent n'est pas, cette fois, comme à chacune des élections précédentes depuis 1965, le représentant de l'autre droite, libérale ou centriste, mais une personnalité gaulliste, et des plus marquantes : Édouard Balladur, Premier ministre en exercice, que Jacques Chirac a lui-même suggéré à François Mitterrand pour cette fonction. Aux divergences sur le fond se surimpose une querelle fratricide : les deux hommes sont liés par une amitié qui date de leur présence commune auprès de

Georges Pompidou. Voilà tous les ministres, tous les élus sommés de choisir entre eux, source de rancunes que le temps n'apaisera pas. Où est le gaullisme dans ce partage des sympathies ? Si les vues que l'on connaît d'Édouard Balladur et les convictions qu'on lui prête donnent aux électeurs de l'UDF l'impression qu'il se situe sur des positions libérales et européennes, le programme sur lequel Jacques Chirac fait campagne conjugue, en les fusionnant tant bien que mal, trois orientations. Il fait écho à certaines suggestions libérales d'Alain Madelin. Alain Juppé l'a convaincu de se prêter à une adhésion mitigée à la construction européenne. Mais la direction qui a eu sa faveur et qui a donné sa couleur particulière à sa campagne est, sous l'inspiration de Philippe Séguin, le combat pour la réduction de la fracture sociale, qui marque un retour à la composante réformatrice du gaullisme originel. C'est probablement à ce dernier élément qu'il doit sa victoire, dont la signification demeure ambiguë dans les premiers temps du septennat. Si la démission d'Alain Madelin, contraint de quitter le ministère de l'Économie et des Finances dès le mois d'août 1995, écarte l'éventualité d'une évolution en direction du libéralisme et coupe court à toute dérive vers l'autre droite, Jacques Chirac se rallie, le 26 octobre 1995, à l'idée européenne, sous l'impulsion d'Alain Juppé, devenu son Premier ministre, et prend catégoriquement position pour l'Union, comme l'avait fait en mars 1983 son prédécesseur, François Mitterrand. Il convient cependant de rappeler qu'il n'avait pas attendu ce moment pour se prononcer en faveur de l'intégration de la défense française dans une organisation européenne. Mais, entre l'opposition inconditionnelle de l'aile souverainiste du RPR à tout progrès de la construction européenne et la ligne suivie par le gouvernement, où est le gaullisme ? Lesquels sont les plus fidèles à l'héritage ? Pour Charles Pasqua, la réponse n'est pas douteuse : la direction s'est écartée de l'orthodoxie – et d'en tirer les conséquences en prenant, en 1999, la tête d'une dissidence qui, pour attester sa propre fidélité et le retour aux sources, relève l'appellation première du mouvement gaulliste, celle du temps où, unanime, il combattait contre la CED, Rassemblement du peuple français (RPF).

Est-ce pour restaurer l'unité du mouvement et rétablir son autorité sur lui que Jacques Chirac décide en avril 1997 de dissoudre l'Assemblée et de provoquer de nouvelles élections ? Si tel était l'un de ses objectifs, l'opération est manquée. L'échec de la dissolution n'a pas seulement pour résultat d'imposer à Jacques Chirac une cohabitation de cinq années avec un gouvernement de gauche, le privant de ce fait d'une grande partie de son pouvoir d'intervention : elle atteint aussi durablement son autorité sur la droite. Il ne peut plus être le fédérateur des droites. Il perd aussi son autorité sur son propre mouvement : beaucoup ne lui pardonnent pas une erreur d'appréciation qui a fait perdre la majorité à la droite. Ces griefs, venant s'ajouter aux séquelles de la querelle Chirac-Balladur, empoisonnent les relations au RPR, qui gaspille en quelques mois une profusion de dirigeants. Ce gâchis est comme une réplique des déchirements du PS à son congrès de Rennes. Dans ce maelström, où est le gaullisme ? Il faudra plusieurs années – trois ou quatre – à Jacques Chirac pour rétablir son ascendant sur les droites. Comme à celles-ci pour se ressaisir et émerger de la dépression où les a précipitées leur défaite électorale du printemps 1997. On peut estimer que la situation est redressée à la faveur des succès enregistrés lors du renouvellement des municipalités en 2001. L'approche de la fin du mandat de Jacques Chirac a un effet positif, le président sortant étant le seul qui ait une chance de conserver à la droite la magistrature suprême. Il n'a plus, cette fois, à redouter une candidature concurrente à droite. Celle de François Bayrou peut bien s'inscrire dans le sillage de Raymond Barre ou d'Édouard Balladur, elle ne peut lui porter ombrage : c'est une candidature pour le principe ou pour prendre date. Chirac fait d'autant plus figure de candidat de toutes les droites parlementaires qu'il a pris quelque distance par rapport à son propre mouvement : sans aller jusqu'à le sacrifier à la constitution d'un rassemblement plus large, il fait pression sur ses instances dirigeantes pour qu'elles se prêtent à une action commune.

Le résultat électoral au premier tour est plutôt décevant pour le RPR : le 21 avril 2002, le président sortant ne parvient même pas à réunir 20 % des votants sur son nom, et le résultat du second tour eût été fort aléatoire s'il s'était joué dans le classique affrontement droite-gauche : personne ne peut dire qui l'aurait emporté du président sortant et du Premier ministre Jospin. Mais, par un étonnant scénario qui provoque la stupeur et bouscule tous les raisonnements ordinaires, c'est le leader du Front national, Jean-Marie Le Pen, qui arrive en deuxième position. Le second tour oppose la droite à l'extrême droite, en l'absence de la gauche. Celle-ci n'a d'autre alternative que de voter pour le candidat de droite ou de prendre le risque, en s'abstenant, de concourir à une victoire de l'extrémisme qu'elle abhorre. À la seule exception de Lutte ouvrière, qui n'a pu se résoudre à abandonner – fût-ce le temps d'une élection – son système de pensée, toutes

n'attachent que peu d'attention aux divergences sur les questions de fond, construction de l'Europe, rôle de l'État, rapport entre la liberté d'entreprise et la protection sociale. Ils se convainquent que le moment est venu d'en finir avec la division des droites parlementaires et de réaliser le rêve récurrent de la formation d'un grand parti de droite, à la fois libéral et conservateur, nourri depuis Tardieu par tous les admirateurs du régime britannique. Mais, en 2003, le modèle n'est plus anglo-saxon, il emprunte à l'Europe continentale : c'est la CDU allemande et, plus encore, le parti populaire espagnol de José-Maria Aznar qui sont les références avouées et proclamées : infléchissement significatif des échanges culturels et des influences politiques.

Tout est mis en œuvre pour faire de l'UMP une formation unique qui regroupe toutes les nuances de droite, gaullistes et libéraux, démocrates d'inspiration chrétienne et radicaux, dans un vaste rassemblement. À toutes les composantes conviées, la fusion pose des problèmes, peut-être plus au RPR qu'à toute autre. Pour deux raisons au moins : le mouvement gaulliste s'est toujours, dès ses origines, en 1947, défini comme un rassemblement dépassant la segmentation du champ politique en partis concourant à la division du corps social. En consentant à se fondre dans une Union plus large, les dirigeants du RPR renoncent implicitement à l'ambition d'être cette structure d'accueil ouverte à des éléments venus de partout. Même s'ils peuvent nourrir l'espoir assez vraisemblable que, du fait de sa supériorité en nombre et en cohésion, la composante venant du gaullisme détiendrait l'avantage et conserverait la primauté qui fait partie de sa culture et de son histoire, elle ne serait plus qu'une partie d'un tout qui la dépasse.

D'autre part – et c'est la nouveauté du projet –, l'UMP se propose de regrouper toutes les droites, et elles seules. Plus question de dépasser cette division droite-gauche, dénoncée par de Gaulle comme archaïque et pernicieuse. Que restera-t-il du gaullisme dans ce conglomérat où sont appelés à coexister partisans et adversaires du gaullisme ? Une fois de plus, revient, lancinante, l'interrogation sur la pérennité du gaullisme. L'UMP en est-elle un avatar ou le fossoyeur ?

Le destin de l'UMP comporte un autre enjeu, plus général et qui concerne, lui, directement notre sujet : le succès du dessein, s'il ne rencontrait pas de résistance, signifierait que les différences qui ont donné naissance à une pluralité de familles distinctes sont aujourd'hui à ce point estompées que ces multiples droites n'en font plus qu'une. La réussite de l'UMP sonnerait le glas de leur pluralité.

La fusion de toutes les droites parlementaires dans une formation unique était une décision éminemment stratégique : elle remettait à plus tard la définition d'un programme. La pertinence d'une stratégie s'apprécie à ses résultats : l'UMP a-t-elle atteint les objectifs proposés ? Après trois années, est-il déjà possible de formuler un jugement ? Il est nuancé : l'UMP n'a pas été – il s'en faut – le succès escompté ; elle n'a pas été non plus un échec avéré, mais plutôt une déconvenue. Comme la gestion par Lionel Jospin de la gauche plurielle.

Elle a été une réussite parlementaire. Les craintes qu'un groupe aussi nombreux – quelque trois cent soixante élus –, qui n'avait plus pour maintenir sa cohésion la nécessité de devoir recourir à des appoints, ne se dissocie ne se sont pas vérifiées. Pas plus que les espérances de François Bayrou de voir revenir dans le giron de l'UDF les élus qui l'avaient quittée pour assurer leur réélection : les dissidents ne sont pas rentrés au bercail. Sans doute se sont-ils trouvés à leur aise dans le groupe UMP. Le raidissement de l'UDF, la volonté de prendre ses distances n'ont pas facilité leur retour, ni une réconciliation. La discipline de vote ne leur a pas trop coûté : elle n'a pas exigé d'eux de renoncer à leurs convictions. Peut-être la personnalité du président du groupe UMP à l'Assemblée, Jacques Barrot, leur a-t-elle facilité les choses compte tenu de son talent de conciliateur. Venant lui-même de l'UDF, dont il était une figure emblématique par ses attaches familiales comme par ses convictions personnelles, il désarmait la crainte d'une mainmise du RPR sur l'ensemble du groupe : on verra si son départ pour Bruxelles et son remplacement par un élu RPR font renaître le soupçon et compromettent l'harmonie qui a régné deux ans dans les rangs du groupe qui réunissait gaullistes et libéraux.

En revanche, électoralement, la création de l'UMP, une fois passées les élections générales de juin 2002 qui ont été le succès que l'on sait, s'est avérée un échec. Dans plusieurs élections partielles, pour pourvoir à la succession d'un élu de droite, le candidat officiel investi par l'UMP a été battu à plate couture par un concurrent de droite se réclamant généralement de la formation qui avait refusé de se fondre : dans les Yvelines, au Chesnay, dans le 16e arrondissement de Paris, des circonscriptions où, il est vrai, il n'y avait aucun risque qu'à la faveur de la division la gauche emporte la victoire. Quel eût été le comportement des électeurs de droite dans l'éventualité d'une victoire de la gauche ? En se gardant de spéculer sur les sentiments des électeurs, reste qu'ils n'ont pas ratifié l'intention stratégique dont a procédé la création de l'UMP.

C'est surtout sur le plan général que l'UMP a été un échec. L'entreprise, en effet, n'avait de sens que si elle regroupait effectivement toutes les droites sans en laisser aucune dehors ; dans le cas contraire, elle ne faisait qu'ajouter un sujet de discorde à tous ceux qui les divisaient déjà. Qu'une seule des composantes des droites se refuse à entrer dans la nouvelle organisation, et le projet perdait sa raison d'être. Or, c'est précisément ce qui est advenu avec le refus de se saborder d'une fraction de l'UDF, autour de son président François Bayrou. Il serait trop facile de l'expliquer simplement par des ambitions personnelles et des rivalités tactiques en vue de la future élection présidentielle. L'échec est irrémédiablement aussi la conséquence d'une erreur de conception et de maladresses dans l'exécution. De douloureux souvenirs entretiennent à droite la peur de l'hégémonie de la composante gaulliste : elle a trouvé une confirmation dans la stratégie pratiquée par les fondateurs de l'UMP, à l'égard de l'UDF ; n'ayant pu la convaincre de se fondre dans le creuset d'une droite unifiée, la sagesse autant que l'habileté auraient été d'établir avec elle une relation de partenariat, à l'instar de celle que le Parti socialiste avait su pratiquer tout un lustre avec ses alliés communistes et radicaux de gauche. Or, faute d'avoir réussi à absorber l'UDF, l'UMP l'a traitée comme une dissidence. La vieille animosité de la droite pour les centristes et l'accusation de duplicité ont répondu au soupçon des centristes. L'ambitieux projet de fonder un grand parti de droite moderniste se solde à ce jour par un échec partiel.

Partiel, puisqu'il se traduit cependant par la coexistence désormais acquise dans une même formation d'hommes venant d'origines distinctes et de traditions jusque-là différentes : des gaullistes et des giscardiens, des libéraux et des chrétiens sociaux, des jacobins plus que réservés à l'égard de toute décentralisation et des décentralisateurs convaincus, des Européens fervents, et des souverainistes. Les uns et les autres entendent rester fidèles à leurs orientations et restent plus juxtaposés que convergents. La fusion ne s'est pas faite. Les fondateurs ayant pris le parti de donner la priorité aux choix stratégiques sur la définition des objectifs, rien n'a été entrepris pour rapprocher les points de vue et amorcer l'élaboration d'un programme commun.

Après avoir laissé espérer que seraient autorisées la formation de courants et l'ouverture de débats, cette éventualité a été périodiquement renvoyée à des temps présumés plus favorables. L'UMP offre ainsi le spectacle d'une pluralité qui a résisté à tout. Rien n'est changé, sinon que, au lieu de s'exprimer par une pluralité de formations distinctes contractant des alliances, une partie de cette pluralité s'inscrit dans le cadre d'une organisation qui les regroupe. Comme naguère, au temps du giscardisme, où l'UDF dans sa première version fédérait libéraux, démocrates-chrétiens et radicaux, la différence étant que le fédéralisme était en connivence avec la pente pluraliste de ces familles, alors que les instigateurs principaux de l'UMP ont hérité d'une tradition unitaire.

À sa naissance, l'UMP avait pu être interprétée comme sonnant le glas de la pluralité et, par voie de conséquence, l'abandon du schéma des trois traditions de droite. L'échec relatif de l'UMP l'a confirmé *a contrario*. La pluralité se manifeste à propos de toutes les questions qui divisent, l'Europe et sa constitution, la décentralisation, le rôle de l'État, le libéralisme et la protection sociale. C'est la politique dite étrangère qui divise le moins. Et encore! Il n'est que de voir les positions sur la Turquie… Un noyau pour qui la notion de souveraineté est le maître mot s'organise autour de « Debout la République ». Un autre courant venant de Démocratie libérale fait campagne pour la libéralisation de l'économie et sa dérégulation. Les éléments de l'ancien CDS militent pour davantage d'Europe et n'entendent pas sacrifier la protection sociale à la dictature du marché. On retrouve ainsi intactes toutes nos traditions historiques. La pluralité a prévalu.

Une chose cependant a changé: la position de la descendance du gaullisme à l'égard de la division droite-gauche. Elle ne répugne plus à se situer à droite. Mieux: ceux qui s'en réclament aspirent à rassembler les fragments épars des droites. Qu'il est loin le temps où le gaullisme récusait la distinction et aspirait à la surmonter!

Mais est-ce encore le gaullisme? Si longtemps après la disparition du fondateur, après tant de générations successives de gaullistes, peut-on parler encore de gaullisme? Voilà que reparaît, lancinante, la question qu'on a déjà, vu surgir à quatre ou cinq reprises. Depuis longtemps déjà journalistes et observateurs préféraient dire néo-gaullisme. L'interrogation ne porte ni sur les sentiments ni sur les intentions. On ne doute pas de la fidélité à la personne du Général et à son souvenir de ceux qui sont aujourd'hui assez âgés pour l'avoir connu, ni de la sincérité de ceux, plus jeunes, pour qui il reste une référence admirée; mais ces sentiments, ces dispositions ne sont-ils pas ceux de la France entière? Ils ne distinguent plus une famille politique. De toute façon, ils n'empêchent pas que la synthèse des thèmes qu'a naguère réalisée le gaullisme, la convergence de valeurs qu'il signifiait se soient désagrégées : toutes les familles politiques, et pas seulement à droite, ont puisé à ce réservoir d'inspiration – l'exemple reste, ses leçons continuent d'être sollicitées. Chez les néo-gaullistes, son image s'efface. La photographie, qui présidait en grande dimension aux manifestations gaullistes, ne dresse plus sa haute silhouette en toile de fond. Le symbole de la croix de Lorraine a perdu de son impact. Nicolas Sarkozy, qui vient d'être porté à la présidence de l'UMP par les militants et qui n'avait pas quinze ans quand le général de Gaulle a quitté l'Élysée, n'a pas prononcé son nom au cours de sa campagne. Au sein de l'UMP, dont il a suscité la création, le courant gaulliste qui a été si longtemps dominant a perdu sa prépondérance : le rapport de force n'est plus nécessairement à son avantage. Le courant libéral n'est pas négligeable et, de part et d'autre de la fracture qui sépare institutionnellement UMP et UDF, se forme un pôle d'inspiration démocrate-chrétienne qui n'est pas loin de compter une centaine de parlementaires.

En politique, rien n'est jamais irrévocable. Pourtant il semble bien qu'on puisse dire aujourd'hui que, non comme inspiration ou référence, mais comme expression organisée et composante active du jeu politique, le gaullisme, qui a tenu une telle place dans l'histoire des cinquante dernières années, a fait son temps : il s'efface, sinon de la mémoire, du moins de la politique active.

De nouvelles droites ?

En un siècle et demi, si l'on accepte notre interprétation, le nombre des droites est passé de une à trois. Cette démultiplication a été un effet de la durée qui a fait surgir de nouvelles droites, ou plutôt qui a fait passer des familles de pensée de gauche à droite. Depuis, les péripéties de leur histoire ont confirmé la pertinence de la distinction et la justesse de ce dénombrement. Mais ce chiffre de trois n'est pas intangible. Il n'y a pas de raison qu'il le demeure. Qu'y a-t-il, au reste, d'intangible dans la vie politique ? Pourquoi le processus qui a fait surgir de nouvelles composantes du système des forces politiques ne se poursuivrait-il pas, enrichissant sa pluralité ? Rien en tout cas n'est plus conforme à une démarche historienne, ni plus légitime que de se demander, au début d'un siècle nouveau, si le moment n'est pas venu de recenser de nouvelles droites.

Prévenons tout de suite le malentendu que cette expression pourrait induire. À la fin des années 1970, cette appellation de « nouvelle droite » a désigné une école de pensée qui a défrayé, quelque temps, la chronique et suscité des débats qui ont fait date dans l'histoire des controverses idéologiques. Cette école, dont l'inspirateur principal, Alain de Benoist, relevait par défi le terme alors décrié de droite, prétendait renouveler son corps de doctrine, un peu à l'instar de ce qu'avait tenté avec succès quatre-vingts ans plus tôt Charles Maurras avec son *Enquête sur la monarchie* qui avait rajeuni la droite légitimiste en greffant le nouveau nationalisme sur le vieux tronc du royalisme traditionnel. La nouvelle droite empruntait du reste quelques-uns de ses postulats au fondateur du nationalisme intégral, notamment sa récusation des postulats de la démocratie. Sa critique était surtout dirigée contre le principe d'égalité, dont elle dénonçait la malfaisance et dont elle imputait la paternité au judéo-christianisme, négateur des inégalités naturelles. Si l'Action française faisait profession de foi catholique avant d'entrer en conflit avec l'Église, la nouvelle école se réclamait, elle, de sources païennes, grecque, germanique, indienne, scandinave. Nous la retrouverons comme une des composantes du Front national.

Ce n'est pas cette tendance que nous avons à l'esprit quand nous évoquons la possibilité qu'émergent de nouvelles droites, mais deux grandes traditions qui plongent leurs racines dans une histoire dont l'ancienneté n'a rien à envier à celle des droites que nous avions reconnues : l'une et l'autre font remonter leurs origines à la première moitié du XIXe siècle, à ce temps de la monarchie de Juillet où sont apparues presque toutes les idéologies qui se sont disputées depuis l'adhésion des esprits. Mais ni l'une ni l'autre ne se situaient alors à droite. Bien au contraire.

L'une était même apparue à l'extrême gauche : la tradition radicale. Le nom même de radical a fait son entrée dans le vocabulaire politique après 1830, quand le fait de se dire républicain exposait aux rigueurs de la loi, pour désigner précisément ceux qui rejetaient les régimes monarchiques, entendaient renouer avec la grande Révolution et parachever son œuvre. De ce moment jusqu'à nos jours, la dénomination de radical n'est jamais tombée en désuétude, même pour un temps bref : il y eut même parfois plusieurs partis à se réclamer du radicalisme et à en revendiquer l'héritage. C'est le cas aujourd'hui encore où deux formations portent l'appellation de radical, l'une à droite, l'autre à gauche.

L'autre tradition est celle de la famille de pensée (jamais sans doute ce vocable n'a été plus approprié que pour cette tradition qui est attachée de fondation à l'institution familiale et aux valeurs qui lui sont liées) des démocrates dont l'action puise son inspiration dans le christianisme. À la différence du radicalisme, cette famille politique n'est pas née à gauche. Si elle n'était pas à droite, c'est parce qu'elle s'inspirait du refus de se confondre avec la droite et de la volonté de se démarquer de la conservation politique et sociale.

Les deux traditions n'ont donc au départ pas grand-chose en commun. Si, avec le temps, elles se sont rapprochées jusqu'à devenir alliées, à l'origine tout les séparait, les opposait même. À commencer par les regards qu'elles portaient respectivement sur le couple droite-gauche. Les radicaux y voyaient la division majeure et la clé de tout choix politique. Par rapport à cet axe, ils se situaient résolument à gauche : « pas d'ennemis à gauche » sera – par intermittences, il est vrai – un de leurs mots d'ordre et un impératif de leur stratégie, en parfaite harmonie avec la conviction que ce qui sépare la droite de la gauche est irréductible.

La démocratie chrétienne

La vision de l'autre famille, celle des démocrates-chrétiens, est, sans jeu de mots, radicalement différente. L'antagonisme de la droite et de la gauche, avec ses conséquences sur la vie politique – la division des Français et leurs passions contraires –, leur déplaît foncièrement. Toute division blesse leur attachement à l'unité : ils reportent sur la vie politique ce sentiment qu'ils tiennent de leurs convictions religieuses. Ils ne croient pas qu'il y ait entre des gens de bonne foi et de bonne volonté des divergences qui soient insurmontables et ils entendent travailler à les réduire. En particulier celle qui oppose depuis la Révolution l'Église catholique, dont ils sont des fils soumis, à la société moderne et aux principes de 1789. Ils sont les descendants de ceux qui, au long du XIXe siècle, se sont employés à réconcilier le christianisme avec la liberté (les catholiques libéraux avec La Mennais seconde manière, Lacordaire et Montalembert), avec la démocratie (Marc Sangnier et le Sillon), et avec le peuple et le monde ouvrier (les catholiques sociaux). Le divorce entre l'Église et le mouvement de l'histoire ne peut être à leurs yeux qu'un accident, un malentendu qu'il importe de réparer, et non pas, comme le proclament les catholiques intransigeants, la conséquence logique et inéluctable d'une absolue incompatibilité de principes contraires. Aussi entendent-ils mettre fin à la collusion de l'Église avec la réaction et la conservation sociale et politique, les plus déterminés rêvant de jeter un trait d'union en direction d'une fraction de la gauche : plutôt qu'à droite, ils se situent au centre.

Mais il n'est pas en leur pouvoir de modifier les règles du jeu qui entretiennent la division droite-gauche. À droite, leur volonté de se démarquer leur attire le reproche de diviser le parti des « honnêtes gens », d'affaiblir la résistance à l'ennemi et leur vaut d'être soupçonnés de jouer double jeu. À gauche, il ne suffit pas qu'ils prennent des positions avancées sur les libertés publiques ou en matière de législation sociale pour convaincre d'éventuels partenaires de la sincérité de leur ralliement à la République et de leurs convictions démocratiques. Or, pour abaisser la barrière qui sépare droite et gauche, à plus forte raison pour l'effacer, il faudrait trouver à gauche des répondants qui prennent la main qu'on leur tend : condition impérative qui découle du tour binaire du système politique hérité de l'histoire et consolidé par les régimes électoraux. C'est une des raisons pour laquelle les hommes de cette famille d'esprit seront favorables à toute réforme du mode de scrutin qui substituerait au principe majoritaire la représentation proportionnelle. Faute de quoi, il n'y a pour eux aucune chance raisonnable, à court terme, de constituer une majorité de rechange qui chevauche la division traditionnelle, et moins encore d'accéder au gouvernement : ils sont immanquablement rejetés à droite.

Aussi fut-ce dans l'entre-deux-guerres le vœu et le calcul de quelques stratèges de cette famille politique de se rapprocher des radicaux. C'est l'idée que développa en 1929 un des penseurs du Parti démocrate populaire (PDP), Robert Cornilleau, dans un petit livre lucide, intitulé *Pourquoi pas ? Une politique réaliste* : pourquoi ne pas conclure une alliance entre les deux centres, qui les soustrairait à leur double dépendance, libérant les démocrates-chrétiens de l'hégémonie de la droite conservatrice et nationaliste et les radicaux du tête-à-tête avec la SFIO, adepte du collectivisme et de l'internationalisme ? Ce fut aussi la visée d'une autre personnalité de cette famille de pensée, venue du Sillon, Francisque Gay, éditeur, fondateur du quotidien *L'Aube* en 1932 et auteur de plusieurs mémoires confidentiels rédigés à l'intention des cadres du mouvement.

Or, à l'époque, le fossé était encore trop profond entre droite et gauche, la question religieuse, en dépit d'une volonté partagée d'apaisement, demeurait trop vive, l'influence des loges maçonniques sur le Parti radical trop pressante et la défiance des catholiques à l'égard de la gauche laïque trop profonde pour que le Parti démocrate populaire, fondé en 1924, puisse jouer d'autre rôle que d'appoint pour la droite, son flanc-garde sur sa gauche. Pas question pour ce petit parti, qui ne compta jamais dans les législatures de l'entre-deux-guerres plus de deux dizaines de députés, d'être une passerelle entre les deux rives, moins encore d'enjamber la césure. Tout au plus lui fut-il possible dans les majorités dites d'union nationale, qui se constituèrent par trois fois dans des situations de crise – en 1926, 1934, 1938 –, d'exercer des responsabilités modestes, par exemple un Champetier de Ribes au ministère des Pensions, dans des cabinets associant ministres radicaux et représentants de la droite parlementaire. Sur des sujets mineurs ou en quelque élection locale, il leur était aussi possible de rompre avec la droite ou de se porter candidat contre celui du catholicisme traditionnel et de la conservation (ainsi aux élections municipales de 1935 dans le quartier Saint-Sulpice l'écrivain Jacques Madaule contre l'ancien préfet de police Jean Chiappe, bien vu des ligues de droite extrême), et parfois de l'emporter dans une élection triangulaire. Mais que se lève la tempête et que se réveillent les passions antagonistes, cette tendance, encore très minoritaire, pour survivre comme formation parlementaire et sauver ses sièges menacés, n'avait pas d'autre parti à prendre que de rallier le camp des droites coalisées. C'est ce qui se produisit aux élections du printemps 1936, élections de combat opposant deux coalitions : Front populaire, regroupant toutes les gauches, contre Front national, réunissant l'ensemble des droites, antifascisme contre anticommunisme. À l'exception des militants de la petite ligue de la Jeune République, rameau détaché du Sillon, qui adhérèrent au Rassemblement populaire, les démocrates d'inspiration chrétienne étaient tous inclus dans la coalition de droite.

Ainsi, quelle que fût la profondeur du dissentiment entre cette famille de pensée et les droites traditionnelles, dans le système des forces politiques fondé sur l'affrontement de deux blocs ayant nom droite et gauche, la démocratie chrétienne restait, à la fin de la IIIe République, captive de la droite et était perçue par toutes les gauches comme une variante de l'adversaire de toujours. Pourquoi donc ne l'avions-nous pas, dès 1954, mentionné comme une composante des droites ?

C'est qu'il en alla autrement à la reprise de la vie politique en 1945, la tragédie de la guerre ayant bouleversé de fond en comble les données du jeu. La question religieuse, qui divisait la France depuis un siècle et demi et avait si longtemps dominé la politique, n'était plus un obstacle insurmontable au rapprochement entre laïques et cléricaux. La gauche ne pouvait plus objecter aux catholiques leur opposition à la démocratie ni douter de la sincérité de leur ralliement à la République : ils en avaient donné, dans l'épreuve, des gages indiscutables. Aucune formation politique n'a compté aussi peu des siens à se fourvoyer dans la collaboration, ni même dans la Révolution nationale. Plusieurs démocrates populaires ont figuré parmi les quatre-vingts qui ont, le 10 juillet 1940, voté non et refusé les pleins pouvoirs au maréchal Pétain. Des démocrates de cette famille se sont trouvés parmi les tout premiers à s'engager – dès l'automne 1940 – dans la Résistance.

Sur l'échiquier politique, à la place du petit Parti démocrate populaire, condamné par la modicité de ses effectifs et la dure loi du partage binaire à un rôle fort modeste, surgit un puissant mouvement, auréolé du prestige de la participation des siens à la Résistance, crédité de la sympathie présumée du général de Gaulle et qui se donne comme premier président Maurice Schumann, le porte-parole de la France libre, dont la voix a symbolisé dans la nuit de l'occupation l'espoir de la liberté retrouvée. D'emblée, favorisé par l'instauration de la représentation proportionnelle et par le discrédit des anciens partis de droite, le Mouvement républicain populaire, fort de plusieurs millions de suffrages, dispose dans les deux Assemblées constituantes successives de quelque cent cinquante ou cent soixante élus, et s'impose, à la différence de son prédécesseur, aux autres grands partis comme un partenaire incontournable : en juin 1946, il accède même, tant par le nombre des suffrages (5,5 millions et demi, 28 %) que par celui des élus, au rang de premier parti de France.

Je viens de parler de son « prédécesseur » : l'expression est-elle tout à fait juste ? Cette question de la filiation se pose pour toute tradition dès lors qu'on s'attache à en faire la généalogie. Le MRP s'inscrit, certes, dans le sillage du PDP et il n'en renie pas l'héritage. Cela suffit-il à en faire le continuateur du petit groupe parlementaire des Chambres de la IIIe République finissante ? Il en diffère déjà par la taille, et ce seul changement en induit d'autres, plus essentiels. Surtout, le Mouvement entend bien rompre avec les pratiques des anciens partis, pour lesquels ses militants n'ont guère de sympathie. Il aspire à créer un style de participation à la vie politique plus démocratique : d'où la préférence pour l'appellation de mouvement plutôt que parti. Le MRP est un rassemblement qui fédère diverses composantes. C'est un trait nouveau de la vie politique : il n'y aura désormais, sous les IVe et Ve Républiques, de possibilité de peser sur les décisions qu'en rassemblant plusieurs composantes, telles les formations gaullistes successives à partir de la matrice du RPF ou le Parti socialiste rénové au congrès d'Épinay. Le MRP fédère en 1944 des éléments anciens : adhérents du Parti démocrate populaire, militants formés par les mouvements de l'Association catholique de la jeunesse française (ACJF), Jeunesses ouvrière, agricole, étudiante chrétiennes, catholiques sociaux, syndicalistes chrétiens, lecteurs de *Sept* et *Temps présent*... Dans cette nébuleuse, ce sont les dirigeants issus de l'ACJF, d'une génération plus jeune que ceux venus du PDP, qui impriment leur marque avec André Colin, Albert Gortais, Maurice-René Simonnet, dans la phase initiale.

À ce moment décisif de la reprise de la vie politique, comment la famille des démocrates chrétiens se situe-t-elle par rapport au clivage droite-gauche ? Si le rapport de force est bouleversé, la droite déconsidérée et la gauche triomphante, cette distinction n'a rien perdu de son importance idéologique et symbolique. Dans cet univers profondément remodelé, comment le MRP se définit-il par rapport à cette dichotomie qui ne lui inspire pas plus de sympathie qu'à ses devanciers ? Le voici affranchi de la dépendance à l'égard de la droite dans laquelle le maintenaient le régime électoral et l'ostracisme de la gauche autant que sa propre faiblesse. Les démocrates chrétiens sont-ils à droite ou à gauche ? La question était déjà un sujet de controverse en 1945. Elle l'est encore aujourd'hui. Il n'y a pas lieu de s'en étonner : en ce domaine, il n'y a pas de certitudes absolues, seulement des présomptions.

Pour la gauche, le doute n'est pas permis : le MRP est à droite. Mieux : il est *la* droite ; il n'y en a plus d'autre. Particulièrement pour le Parti communiste, pour qui la droite commence immédiatement à sa droite. Identifier le MRP à la droite réactionnaire arrange les communistes, qui sont temporairement tenus de ménager leur allié socialiste et dont la stratégie s'inscrit toujours dans une logique dualiste : le parti a besoin d'un plastron. Le MRP lui en fournit un des plus commodes, en l'absence des droites classiques. D'où le jeu de mots de la presse communiste, qui excelle à fabriquer des sobriquets qui frappent l'opinion et se gravent dans les mémoires : MRP, Machine à Ramasser les Pétainistes.

Quant aux républicains populaires, ils se défendent naturellement d'être de droite, ne serait-ce qu'en raison du discrédit qui frappe celle-ci. Mais, s'il est normal de prendre en considération les jugements que portent partisans et adversaires sur la position d'une formation par rapport à l'axe droite-gauche, ces appréciations, inévitablement sujettes à caution parce que nécessairement subjectives, ne sauraient dispenser de recourir à des repères moins discutables. De même qu'un navigateur fait le point par rapport à un réseau de données invariables – les longitudes et les latitudes –, la position des familles politiques se détermine à partir de deux ou trois dimensions qui se prêtent à une estimation objective.

Les idées, d'abord. Dans le climat de l'époque, qui veut que le combat de la Résistance se prolonge par une action politique qui débouche sur une révolution, les dirigeants du MRP adhèrent au programme du Conseil national de la Résistance, qui préconise de profondes réformes de structure, et les militants souscrivent sans difficulté au mot d'ordre lancé par un des leurs, Georges Bidault, ancien éditorialiste de *L'Aube* et successeur de Jean Moulin à la présidence du CNR, de « La révolution par la loi ». Les députés MRP adoptent sans hésiter les textes qui nationalisent d'importants secteurs de la production industrielle et du crédit comme les projets de loi visant à améliorer les conditions de travail des salariés et à étendre la protection sociale : les uns et les autres sont en accord avec les grandes orientations du catholicisme social et avec une conception du rôle de l'État seul à même de concevoir l'intérêt général et de le faire prévaloir sur les égoïsmes catégoriels.

Les électeurs ensuite. Au vu de l'écart, considérable, entre le maigre électorat du petit PDP dans les quatre dernières législatures de la IIIe République et les millions de suffrages qui se portent sur les candidats MRP en 1946 et envoient au Palais-Bourbon quelque cent cinquante députés, il saute aux yeux que les nouveaux électeurs ne peuvent être tous d'anciens auditeurs des Semaines sociales, des lecteurs de *L'Aube* ou de *Sept,* des militants jocistes ou des syndicalistes chrétiens : la disproportion est trop prononcée. Même s'il convient de prendre en compte que depuis les dernières élections législatives de l'avant-guerre, celles du printemps 1936, une décennie s'est écoulée, au cours de laquelle le corps électoral s'est passablement renouvelé et que le vote des femmes l'a multiplié par deux, un raisonnement élémentaire impose comme une évidence arithmétique que le surplus de suffrages vient nécessairement d'ailleurs. Comme, dans le même temps, une forte poussée à gauche a gonflé les électorats socialiste et communiste, le surplus ne peut venir que de droite, de la Fédération républicaine et des autres groupes de la droite parlementaire, sans oublier les gros bataillons rassemblés par le nouveau parti créé dans l'été 1936 par le colonel de La Rocque pour prendre le relais de la ligue dissoute, le Parti social français. Cet électorat composite est rendu disponible par l'effacement des organisations de droite : privé de ses principaux leaders, il est orphelin.

Comme l'abstention dans un climat de politisation intense n'est pas prisée, il reporte spontanément, sans qu'il ait besoin de recevoir de consignes, ses suffrages sur la formation qui lui paraît la moins axée à gauche, la seule aussi qui puisse, en la circonstance, contenir la poussée de la gauche et faire barrage à la collectivisation de la société. Pour une fraction, malaisée à évaluer, de cet électorat d'appoint, le vote pour le MRP serait moins une adhésion réfléchie à son programme qu'un ralliement par défaut, sinon un pis-aller. Le Parti communiste n'aurait donc pas tout à fait tort en dénonçant dans le MRP un faux nez de la droite. À une réserve près, qui n'est pas mineure : ce procès d'intention qui prête aux électeurs des arrière-pensées et interprète leur choix comme s'ils avaient tous en tête une vision stratégique méconnaît le climat du moment et sous-estime l'importance objective des sincérités successives. Les mêmes électeurs qui suivaient naguère les leaders de droite ou qui ont, un temps, fait confiance au maréchal Pétain pour redresser la France ont, dans l'effervescence de la Libération, oublié, de la meilleure foi du monde, leurs sentiments antérieurs ou se sont sincèrement ralliés à une philosophie politique qui met au premier rang des objectifs politiques la justice sociale. Les Partis communiste et socialiste aussi ont vu venir alors à eux des électeurs qui n'étaient pas de leur famille. En d'autres termes, le vote pour le MRP, s'il provient sans doute majoritairement d'un électorat de droite, n'a pas pour autant la signification d'un vote de droite, ou il ne l'a pas encore. À propos de son succès, on peut dire aussi valablement que le MRP a entraîné à gauche des électeurs qui, sans lui, auraient voté pour les survivants des vieilles droites – et c'est bien ce que celles-ci ne lui pardonnent pas – ou se seraient réfugiés dans l'abstention au lieu de se recycler dans le cadre de la démocratie électorale et parlementaire.

Le système des alliances et des oppositions pèse en faveur de la même interprétation du vote MRP. La comparaison avec la stratégie pratiquée par les petites formations qui assurent dans les deux Assemblées constituantes de 1945 et 1946 une présence de droite très minoritaire est, à cet égard, éclairant: si, à l'exception de quelques individualités, elles ne sont pas associées à l'exercice du pouvoir, ce n'est pas seulement parce que l'éventuel appoint de leurs suffrages n'intéresse pas les partis de gouvernement puisque, à eux trois, ils disposent de plus des trois quarts des sièges; c'est aussi parce qu'elles sont en opposition déclarée à toutes les réformes dites de structure engagées par le gouvernement provisoire et qui ont l'aval du MRP. Si les élus de celui-ci modèrent sur tel ou tel point l'ardeur révolutionnaire de ses partenaires de gauche ou tempèrent le radicalisme de quelques projets, ils n'en contestent pas l'inspiration ni n'en critiquent les dispositions essentielles. Ils en partagent la paternité, au risque de se voir reprocher par les survivants de la vieille droite de faire une politique de gauche et par les catholiques, qui n'ont pas tous renié la Révolution nationale, de se faire les fourriers d'une révolution qui ne devrait rien à la tradition chrétienne de la France, fille aînée de l'Église.

Ainsi, au regard des trois critères majeurs – les idées, les électeurs, les alliances –, le MRP, en 1945, est bien enraciné à gauche: la frontière qui sépare alors les deux blocs passe indéniablement sur sa droite et le laisse à gauche. En 1945, le MRP est *à* gauche et peut-être même *de* gauche.

Sauf sur un point, dont certains à gauche ont intérêt à majorer l'importance parce qu'il leur permet de rejeter le MRP à droite et de l'obliger à composer avec les débris de la droite : la défense de l'école confessionnelle et la question de la laïcité. Le financement des écoles privées, qui est un point sensible du fait de leur précarité face à la gratuité du service public, a été remis en cause par l'abrogation, en 1945, des subventions allouées par le gouvernement de Vichy. Privées de ce ballon d'oxygène, la plupart des écoles libres sont menacées dans leur existence même. Les liens qui unissent le MRP à l'Église ne lui permettent pas de rester indifférent : ses électeurs, qui se recrutent principalement chez les fidèles, ne comprendraient pas que, partageant le pouvoir, il ne fasse rien pour venir en aide aux écoles confessionnelles. Il est donc conduit à multiplier les initiatives visant à desserrer l'étau qui les étouffe. Or, à l'époque, la querelle des deux écoles, qui dure déjà depuis plus d'un siècle, est loin d'être apaisée : la volonté de réserver à la seule école publique la disposition de l'argent public est le symbole de la laïcité et le critère de l'appartenance à la gauche ; en enfreignant cette règle, le MRP signe son appartenance à la droite. La relance de cette controverse est une aubaine pour les radicaux : pour eux qui, sur tous les autres sujets, sont en opposition ouverte avec la majorité, c'est la seule possibilité de se dire encore de gauche et d'être traités en partenaires par les deux grands partis de gauche. Mais ce cas, pour symbolique qu'il soit, est-il à lui seul suffisant pour aller à l'encontre de tous les autres indices et interdire de déclarer qu'en 1945 le MRP était alors à gauche ? En prenant pour repères les critères du temps, tout bien pesé, nous croyons pouvoir dire qu'en 1945-1946 le MRP était à gauche.

À gauche, il le reste les années suivantes. En décidant le 20 janvier 1946 de ne pas accompagner le général de Gaulle dans son retrait du gouvernement, il choisit d'être solidaire de ses partenaires de gauche, même si leurs relations seront souvent tendues. Le désaveu qu'implique cette décision comme la fierté que le MRP tirera de sa résolution de faire face aux responsabilités, autant que la déception de l'homme du 18 juin de ne pas avoir été suivi, creuse entre lui et le parti plus qu'un malentendu. Leur désaccord sur le second projet de Constitution élargit la faille. Quelques mois plus tard, la rupture est consommée avec le lancement par de Gaulle, en avril 1947, du Rassemblement du peuple français, destiné à combattre le régime des partis tenu pour responsable de l'impuissance gouvernementale et de l'abaissement de la France, et l'interdiction prononcée par les instances du MRP de la double appartenance. C'est l'origine d'une hostilité qui n'est pas totalement éteinte soixante ans plus tard. En s'opposant au gaullisme d'opposition, le MRP donne des gages de son enracinement à gauche, tandis que le RPF fait du chemin en direction de la droite : plus le gaullisme combat le régime et attaque les partis qui s'évertuent à faire fonctionner les institutions et plus le MRP se raidit sur des positions réputées de gauche mais conformes à l'idée qu'il se fait de la démocratie et à son attachement à la république parlementaire.

Pourtant, il y aurait de l'aveuglement à soutenir que le MRP était encore à gauche quelques années plus tard. Que s'est-il donc passé dans l'intervalle, alors que dirigeants et militants n'avaient pas le sentiment de s'être reniés ni d'être passés de gauche à droite ? Le cas mérite attention : il illustre le franchissement de cette frontière censée séparer droite et gauche ; peut-être en éclaire-t-il le processus.

Le glissement vers la droite de cette composante majeure du système des forces politiques de la IVe République a été la résultante d'une convergence de facteurs, en premier lieu des changements qui affectèrent ce système même et modifièrent la position du MRP indépendamment de ses choix délibérés. À commencer par la rupture du tripartisme en 1947 : le rejet dans l'opposition du Parti communiste, en rétrécissant la majorité de gouvernement, obligea les socialistes et les républicains populaires à se chercher des alliés sur leur droite. Les élus du Centre national des indépendants (CNI), qui bénéficiaient alors d'un retour en grâce dans l'opinion, entrant avec les radicaux dans une nouvelle majorité, la frontière, auparavant tout à fait lisible, se brouilla. L'axe des majorités se décala vers la droite : l'investiture, en mars 1952, comme président du Conseil d'Antoine Pinay, personnalité marquante du centre droit : est l'aboutissement du processus. Le MRP reste dans les gouvernements dirigés par la droite, non sans en éprouver quelque mauvaise conscience dont il se libère en entraînant la chute du gouvernement Pinay à la fin de l'année – ce qui conforte la réputation que la droite libérale fait aux démocrates chrétiens de ne pas être des alliés sûrs. La domiciliation à droite des républicains populaires sous la IVe République se confirme avec leur prise de position contre Pierre Mendès France et son gouvernement : leur animosité à l'égard de sa personne, leur désaccord avec ses choix politiques achevèrent de les fixer à droite, tandis que la fraction du radicalisme qui suivait le négociateur des accords de Genève se reclassait à gauche. Les deux trajectoires se croisent en 1955-1956 : en face du Front républicain, qui est une sorte d'ébauche de gauche plurielle, les républicains populaires font partie de la coalition adverse, où leur présence manifeste clairement qu'ils ont changé de camp.

À ce glissement, les problèmes dont les gouvernements ont eu à connaître, imposés par la conjoncture, ainsi que les choix que les MRP ont été conduits à faire, ont eu aussi une part déterminante. Particulièrement les problèmes d'outre-mer : connaissant son inspiration, on aurait pu attendre du MRP qu'il adopte sur les rapports entre la France et ses colonies des positions plutôt libérales. Or, il s'est laissé identifier à une politique répressive en acceptant que plusieurs des siens assument des responsabilités aussi lourdes qu'éminentes – en Indochine (avec Jean Letourneau) et à Madagascar (Pierre de Chevigné), puis en Afrique du Nord – ; Georges Bidault ne désavoue pas l'initiative des autorités locales de déposer le sultan du Maroc en 1953.

Cette lente dérive vers la droite a déçu beaucoup de militants : les plus motivés religieusement s'indignent de voir la référence chrétienne instrumentalisée par une politique outre-mer dont ils dénoncent la brutalité et le caractère réactionnaire. Leur déconvenue entraîne une série de démissions ou d'exclusions qui vont grossir une dissidence de gauche chrétienne. Si la plupart des électeurs qui ont faussé compagnie au MRP entre 1947 et 1954 étaient passés à droite, les militants qui l'ont quitté sur la fin des années 1950 en sont sortis, eux, à gauche. Par l'automatisme des effets en chaîne, leur départ, en affaiblissant la tendance qui s'évertuait à maintenir une ouverture à gauche, a encore accentué le glissement à droite, qui semble consommé et définitif à partir de 1954.

Le retour au pouvoir en 1958 de l'ancien président du RPF et l'instauration d'un régime profondément différent de la IVe République, où le MRP avait pris ses habitudes, par ses règles aussi bien que par ses mœurs, ne pouvaient être sans incidences sur le destin de la famille démocrate chrétienne : il en sera changé. Le problème le plus pressant pour le MRP n'est plus de marquer sa différence par rapport aux idées libérales ou aux vues conservatrices : il est plus simplement de survivre et de résister à la domination du parti gaulliste, qui s'est taillé la part du lion.

À ces fins, trois stratégies étaient concevables, dont chacune a trouvé des théoriciens et des avocats dans les instances dirigeantes du MRP. Premier comportement : emboîter le pas au général de Gaulle et rejoindre la formation gaulliste au motif que les démocrates chrétiens ne s'en différencieraient plus que par des nuances. Ce fut le choix d'un Maurice Schumann, figure emblématique de leur convergence, pour avoir été successivement le porte-parole de la France libre et le premier président du MRP. Ce fut celui aussi de quelques compagnons dont la fidélité à leur ancien chef était le sentiment dominant. Ce ne fut pas l'avis du plus grand nombre, qui entendait rester fidèle à ses traditions en maintenant une structure propre dans la nouvelle majorité : deuxième impératif. Si, dans le trouble consécutif au 13 mai 1958, la quasi-totalité du MRP avait fait bloc derrière de Gaulle, puis appelé à répondre oui au référendum sur la Constitution et apporté au chef de l'État un soutien sans défaillance tant que l'Algérie était restée le problème majeur, tous ou presque prirent conscience de leurs divergences profondes avec la philosophie politique du gaullisme. Le désaccord portait notamment sur deux points pareillement essentiels et qui, à leurs yeux, ne souffraient pas de concession. Premier sujet de désaccord : l'Europe. Elle les avait déjà brouillés avec Pierre Mendès France à propos de la CED. Dans l'attachement des gaullistes à la souveraineté de la nation et dans leur défiance à l'égard de la construction d'une Europe intégrée comme de l'organisation internationale de la sécurité dans le cadre de l'ONU, les républicains populaires pensent reconnaître des résurgences de ce nationalisme contre lequel ils s'étaient jadis définis, et qu'ils considèrent comme archaïque. Le second sujet de désaccord a trait aux institutions : les MRP n'ont pas de sympathie pour le mode de gouvernement du général de Gaulle, son style autoritaire ; ils sont trop attachés à la délibération parlementaire. En se ralliant naguère à la IIIe République, leurs aînés sont allés jusqu'à adopter totalement la conception chère aux républicains de toujours qui identifie la démocratie à la souveraineté sans partage de l'Assemblée élue au suffrage universel et au rôle des partis. C'est dire si le tour personnel imprimé par le chef de l'État aux nouvelles institutions froisse leur sensibilité autant que leurs convictions : ils y sont fort mal à l'aise et partagent les réserves des libéraux contre ce que le leader des républicains indépendants, Valéry Giscard d'Estaing, appellera un peu plus tard l'exercice solitaire du pouvoir. Il leur est donc impossible de s'inféoder, à plus forte raison de se fondre dans une coalition dirigée autoritairement par les gaullistes. La troisième stratégie concevable était de passer à l'opposition déclarée. C'est elle qui a prévalu.

La rupture est survenue au printemps 1962. Elle s'est produite sur un malentendu, mais elle n'en est pas moins significative : elle est révélatrice d'un désaccord qui, lui, ne relevait ni du hasard ni de la circonstance. Le MRP avait accepté l'offre du nouveau Premier ministre, Georges Pompidou, d'entrer dans son gouvernement et de rejoindre la majorité, cinq des siens y comptant des responsabilités et non des moindres, tels Pierre Pflimlin ou Maurice Schumann. Sur ce, à la suite d'une conférence de presse où le Général n'a pas résisté au plaisir de brocarder les adeptes inconditionnels de l'Europe, blessés par ses sarcasmes sur le volapük, plus ou moins intégré, les ministres MRP démissionnent dans l'heure et, en dépit des invites du président, qui les presse de revenir sur leur position, maintiennent leur départ. Le sort en est jeté : ils seront dorénavant dans l'opposition.

S'opposer, soit, mais comment ? Il faut d'abord se trouver des partenaires : l'électorat potentiel du MRP s'est trop amenuisé pour pouvoir subsister, isolé dans un système binaire. De surcroît, la perspective à trois ans de l'élection présidentielle au suffrage universel, compte tenu de la disposition qui n'admet que deux candidats au second tour, fait à toute formation une nécessité d'entrer dans un système d'alliances. Le MRP a théoriquement le choix entre deux voies, qui correspondent à des choix différents sur l'axe droite-gauche : ou renouer les liens anciens avec la gauche, principalement socialiste, comme en 1946, ou se rapprocher de celles des droites qui désapprouvent l'évolution du régime au nom de leurs convictions libérales et de leurs sympathies européennes, mais n'entendent pas s'associer avec l'opposition de gauche. Deux options contraires, dont l'une ramènerait le MRP à ses origines en le fixant à gauche, et l'autre le situerait au centre droit. Le MRP a ainsi en principe deux fers au feu : c'est généralement le lot des centres.

Le choix s'est effectué en deux temps. Le MRP s'est d'abord prêté à une exploration de la solution de gauche : ses représentants ont participé aux pourparlers engagés par Gaston Defferre, personnalité montante de la SFIO et candidat virtuel à l'élection présidentielle de 1965, qui lie sa candidature à la constitution d'une grande Fédération qui irait des socialistes, à gauche, laissant de côté le Parti communiste, au MRP, à droite, et inclurait les radicaux. Au programme, le retour à une pratique des institutions plus parlementaire et une impulsion donnée à la construction de l'Europe. Poussée assez loin, la négociation achoppa sur deux sujets de discorde : la laïcité et la référence au socialisme. Ils dessinaient le tracé d'une frontière encore active entre droite et gauche. Cette tentative manquée d'entente entre démocrates chrétiens et socialistes, ultime résurgence du rêve à la Libération d'une union travailliste, fut sans doute la dernière occasion offerte à ces centristes d'échapper à la gravitation qui les attirait à droite. On peut dater de cette nuit de juin 1964 où les délégués du MRP quittent l'appartement de l'un des leurs, Pierre Abelin, place Malesherbes et rompent la négociation, le moment où cette famille d'esprit a fait le choix définitif d'être à droite. À compter de ce non-événement, on peut raisonnablement estimer que le MRP et sa descendance sont désormais une composante à part entière d'une confédération virtuelle des droites. Mais si, en rompant avec la SFIO et en prenant la responsabilité de torpiller le projet de grande fédération, le MRP a choisi d'être à droite, il n'entend pas pour autant s'inféoder à la majorité des gaullistes et des indépendants. L'élection présidentielle de 1965 est l'occasion de s'en démarquer.

L'accord n'ayant pu se faire pour la candidature à la présidence de la République sur le nom d'une personnalité de droite, c'est le jeune président du MRP, Jean Lecanuet, qui porte les couleurs du centrisme : il se présente comme candidat libéral, social, européen. Les trois épithètes comptent toutes : elles désignent les principaux sujets de désaccord avec les gaullistes. Son relatif succès du premier tour avec 16 % des suffrages justifie le pari qu'il y a un espace disponible entre la masse des électeurs acquis à la personne du général de Gaulle et l'opposition de gauche. François Mitterrand étant supposé avoir fait le plein des voix de gauche et sachant la faiblesse de l'électorat resté fidèle au MRP, il y a lieu de penser que Jean Lecanuet a attiré un important contingent de voix venant de droite. Dès lors, la voie est tracée et le sort du MRP scellé : la survie de la tradition démocrate chrétienne passe par la renonciation à une formation propre et par sa fusion dans un ensemble plus vaste et nécessairement plus composite. Depuis quarante ans, cette option a été l'une des deux orientations stratégiques pratiquées alternativement par ses dirigeants. Les instances du MRP sont presque aussitôt mises en sommeil et, sur la lancée de son succès, Jean Lecanuet s'emploie à créer une formation plus ouverte : il trouve le concours d'indépendants, dont Bertrand Motte, pareillement attachés à une pratique libérale des institutions et à la poursuite du projet européen. Le nouveau Centre démocrate entend s'établir à égale distance de la majorité gaulliste et de la gauche : d'où le choix de l'appellation « Centre ». Pour l'instant, il reste dans l'opposition.

Il en sortira pour rejoindre la majorité de droite par échelons successifs. Les bouleversements provoqués par la crise de 68 et le départ du fondateur de la Ve République fournissent une première occasion en 1969. Lors de l'élection du successeur du général de Gaulle, plutôt que de voter pour le président du Sénat, Alain Poher, qui est pourtant un des leurs, Joseph Fontanet, ancien secrétaire général du MRP, se rallie avec d'autres personnalités centristes, René Pleven, Jacques Duhamel, à la candidature de Georges Pompidou et rejoint la majorité. Cinq ans plus tard, en 1974, à l'occasion de l'élection présidentielle suivante – provoquée par le décès de Georges Pompidou – Jean Lecanuet, entraînant les derniers réfractaires, se prononce pour le candidat républicain indépendant Valéry Giscard d'Estaing. Les héritiers de la tradition démocrate chrétienne se réunifient dans une majorité de droite. La chose ne leur a pas fait difficulté : ils partagent avec les giscardiens bien des convictions. Ne sont-ils pas pareillement attachés à une pratique libérale des institutions de la Ve République et à la poursuite de la construction européenne ? Ils sont trop heureux d'avoir contribué à chasser les gaullistes de l'Élysée. N'ayant pas de sujet de profond désaccord avec leurs alliés les plus proches, ils n'ont pas d'objection à entrer deux ans plus tard dans l'Union pour la démocratie française (UDF), qui fédère, sous l'égide du président de la République, toutes les composantes de la majorité autres que le parti gaulliste que Jacques Chirac recompose au même moment dans le Rassemblement pour la République (RPR) (décembre 1976). Font partie de l'UDF, qui a une structure fédérative souple, avec le Centre démocrate et social (CDS) – nouvelle dénomination du parti créé par Jean Lecanuet –, le Parti républicain – le mouvement le plus proche du président Giscard, issu des républicains indépendants –, les clubs

Perspectives et réalités – une autre expression du giscardisme –, la fraction du radicalisme qui n'est pas passée à gauche et une petite formation social-démocrate. Seule, aucune de ces composantes ne pouvait prétendre rivaliser avec la machine RPR, qui les surclasse toutes par le nombre des adhérents, leur discipline, la force des structures ; conjuguant leurs forces, elles peuvent faire contrepoids. Tenir tête aux prétentions dominatrices du RPR et faire obstacle à l'ambition personnelle de son président sont les objectifs visés par l'UDF : la compétition avec le gaullisme est le ciment qui unit ces composantes entre lesquelles il n'y a pas de divergences profondes. Le différend qui a opposé le MRP au général de Gaulle en 1946 est encore vivace trente ans plus tard avec ceux qui se présentent comme ses successeurs légitimes et revendiquent son héritage. La tradition démocrate chrétienne se prolonge ainsi dans le cadre d'une confédération de centre droit.

Dernier avatar de la tradition, le Centre démocrate et social n'a cependant pas recueilli toute la postérité de la démocratie chrétienne : après la mise en sommeil de la formation qui l'inscrivait dans le panorama des organisations partisanes, plus d'un militant, découragé, a déserté le combat politique. Ceux qui n'ont pas renoncé ne sont pas tous allés au CDS ; nombre d'entre eux ont reporté leur engagement et leurs espoirs sur d'autres formations. Ces choix de substitution sont de précieux indicateurs : comme les reports de voix aux seconds tours des compétitions électorales, ils sont révélateurs des orientations de fond. La dispersion de la descendance du MRP s'est faite sur une très large étendue du spectre idéologique. Personne, ou presque, de notoire n'est allé aux extrêmes : ni au Parti communiste ni à l'extrême droite, signe que le rejet des formules extrêmes est, autant que le refus de la réduction à deux blocs antagonistes, un trait constitutif de cette vision politique, ceux qui sont passés par les organisations qui relèvent de cette inspiration étant comme vaccinés contre la séduction des discours extrémistes. Dans l'espace ainsi délimité par ces deux bornes, tous les cas de figure sont représentés : certains, nous l'avons vu, et non des moindres, ont rejoint le parti gaulliste, reproduisant le mouvement par lequel en 1947 une poignée d'élus MRP, passant outre avec Edmond Michelet à l'interdiction qui leur avait été signifiée par leurs instances dirigeantes, avaient constitué en bordure du RPF une dissidence de la démocratie chrétienne. Ils anticipaient sur le ralliement en 2002 d'une cohorte compacte de députés UDF au rassemblement fondé par les chiraquiens. La répétition par trois fois de ce mouvement balise un parcours qui révèle des affinités entre les deux familles. Si, d'une fois à l'autre, il concerne un nombre croissant d'acteurs, c'est peut-être que dans les intervalles l'intransigeance doctrinaire des deux courants s'est atténuée, préparant la voie à un regroupement qui mettrait en évidence les convergences.

D'autres ont fait le choix contraire et se sont dirigés vers la gauche : ils ont adhéré à des clubs de réflexion, ou rejoint de petites formations gauchistes, ou le Parti socialiste rénové dont ils gonfleront les effectifs. Ils formeront au sein du PS une deuxième gauche qui ne sera pas toujours bien accueillie par les héritiers de l'ancienne SFIO, qui douteront parfois de la sincérité de leur ralliement : on les soupçonnera de vouloir faire de l'entrisme ; François Mitterrand leur reprochera d'introduire dans le parti les querelles qui les opposent dans l'Église à leurs coreligionnaires. Le débat sur la laïcité maintiendra un clivage entre ces deux vagues d'adhésions et leurs références idéologiques.

Le passage par la mouvance MRP a été, pour une génération de catholiques, une étape dans la transhumance qui les a conduits à passer de la défense de l'ordre social traditionnel au combat pour la justice sociale. La diversité de cette diaspora qui s'est étendue entre droite et gauche illustre la difficulté, pour une tradition qui n'accepte pas la partition en deux blocs opposés et ne souhaite pas choisir un camp contre un autre, de préserver son identité.

À se rapprocher ainsi d'autres traditions, à se fédérer dans l'UDF avec des partenaires dont les uns ont toujours été à droite et dont d'autres venaient de la gauche, cette famille n'a-t-elle pas perdu, sinon son âme, du moins sa personnalité spécifique ? C'est un débat qui resurgit périodiquement dans les congrès du Centre démocrate et social et départage les candidats à la direction du mouvement. Dirigeants et militants balancent entre deux stratégies selon qu'ils donnent la priorité à la fidélité ou à l'efficacité. Dans le premier cas, la préférence va au maintien d'une formation réduite mais homogène, consciente de son originalité et attachée à ses valeurs propres. Dans le second, on consentira à payer le prix du succès d'un rassemblement aussi large que possible, allant des sociaux-démocrates à la Rocard ou à la Delors, jusqu'aux libéraux style Balladur, de l'abandon de certains thèmes. Le va-et-vient entre ces deux perspectives a rythmé, de 1976 à aujourd'hui, l'histoire des débats sur le programme et la stratégie de cette famille, divisant les congrès et les conduisant à adopter tour à tour l'une et l'autre formule. Ainsi, à son congrès de Lyon, le Centre démocrate et social eut à trancher entre deux candidats, Bernard Bosson et François Bayrou. Leur compétition n'opposait pas seulement deux personnalités ; elle avait une signification idéologique et tactique. Bernard Bosson écartait tout élargissement qui aurait pour conséquence une altération de l'identité du mouvement : plutôt la résignation à une influence moins étendue que la dilution dans un conglomérat. François Bayrou tenait le raisonnement inverse : pour assurer aux idées qui leur étaient chères une large diffusion et une chance d'inspirer la politique, les démocrates chrétiens devaient consentir à s'ouvrir à d'autres ; le CDS devait donc prendre l'initiative d'un rassemblement qui réunirait tous ceux qui ne voulaient ni de l'accouplement avec le Parti socialiste ni de l'inféodation au parti gaulliste. C'est le point de vue de François Bayrou qui l'emporta alors.

Mais le nouveau dirigeant ne put mener à bien le projet qu'il avait fait approuver, faute de trouver des partenaires disposés à entrer dans ce rassemblement : les associés pressentis préféraient réaliser l'opération à leur profit ou se ranger sous l'égide du président Chirac. L'UDF se désintégra : Alain Madelin entraîna le ralliement d'une grande partie des élus de Démocratie libérale à Jacques Chirac ; pour éviter de se voir opposer une candidature officielle, la plupart des élus, même du CDS, rejoignirent l'UMP en 2002. Au lieu de devenir le noyau d'une grande formation dont l'axe serait au centre droit, la postérité lointaine du PDP de l'entre-deux-guerres et du MRP de la Libération se trouva réduite à ses maigres forces. Elle n'avait plus, dès lors, d'autre choix que le repli sur ses positions propres et le combat contre la fusion de toutes les composantes de droite et du centre. L'UMP n'a pas rencontré, depuis 2002, d'adversaire plus déclaré que François Bayrou dans la défense de la pluralité des formations.

Est-ce à dire que l'influence de la tradition qui se réclame de l'héritage de la démocratie chrétienne s'arrête aux limites du groupe parlementaire qui continue d'emprunter son appellation au livre de Valéry Giscard d'Estaing publié en 1976 ? Le croire serait confondre deux registres de la vie politique entre lesquels la concordance n'est pas totale : celui des convictions personnelles et celui des appartenances. La trentaine de députés qui font partie du groupe UDF ne se réfèrent pas tous à cette tradition. Que, au moment de choisir entre rester au groupe UDF ou rallier l'UMP en formation, une majorité d'anciens démocrates chrétiens aient opté pour la seconde formule ne signifie pas qu'ils aient oublié leurs origines ni, moins encore, renié leurs convictions : un Jacques Barrot ou un Pierre Méhaignerie demeurent ce qu'ils ont toujours été, des militants d'inspiration démocrate chrétienne. Si l'on consent à tenir les cloisons entre les formations pour moins importantes et moins significatives que les clivages entre les courants de pensée, à observer de part et d'autre de la ligne qui les sépare le petit groupe qui a choisi de rester à l'UDF et le regroupement qui s'effectue à l'UMP autour d'un pôle dont l'identité n'est autre, même si elle n'est pas explicite, que la référence à l'héritage démocrate chrétien, on peut se demander si l'influence de cette tradition n'est pas en passe de l'emporter sur celle du mouvement gaulliste. À tout le moins, le dernier mot n'est pas dit. Quoi qu'il advienne, il est aujourd'hui patent que cette composante, même si elle n'a peut-être pas renoncé au rêve d'un regroupement centriste, a choisi de se situer à droite et doit, en conséquence, trouver place dans un inventaire des droites dans la France d'aujourd'hui.

Le radicalisme

L'histoire des relations du radicalisme avec la droite est une tout autre histoire. La démocratie chrétienne est née de la dissociation d'avec les droites conservatrice et libérale et a fondé son identité sur cette distanciation. Le radicalisme est né à gauche du refus de toute compromission avec la droite. Son origine est même à l'extrême gauche. Comme la première droite, contre-révolutionnaire, a été la droite absolue – et l'est restée –, le radicalisme fut, un temps, la gauche absolue. Telle était au XIXe siècle la signification de l'épithète radical. Si l'extrême droite était l'expression d'un intégrisme réactionnaire, au sens propre, le radicalisme fut à ses débuts l'expression d'un intégrisme révolutionnaire et progressiste: radical était un superlatif de démocrate. Les radicaux entendaient tirer de la référence aux principes de la gauche toutes les conséquences, y compris les plus extrêmes, et écartaient toute idée d'accommodement ou de compromis avec l'ordre politique existant. Mais, à la différence de l'extrême droite, qu'aucune force nouvelle n'est venue déloger de sa position, l'émergence sur leur propre gauche de tendances proposant d'aller plus loin encore dans l'application du programme démocratique a peu à peu, au XXe siècle, repoussé les radicaux vers le centre. L'entrée dans des majorités parlementaires et l'accession aux responsabilités ministérielles ont progressivement transformé cette minorité intransigeante en un parti de gouvernement dont l'histoire a fini par se confondre avec celle de la IIIe République.

Dans l'entre-deux-guerres, du fait de l'importance de ses groupes parlementaires dans les deux Chambres et, plus encore, à cause de sa position dans l'hémicycle, au centre gauche, le Parti radical est devenu un partenaire inévitable. Il n'y avait pas de majorité possible sans lui. La formation comme la dislocation des majorités et des cabinets étaient suspendues aux décisions de ses instances délibérantes. Or, les radicaux avaient le choix entre deux configurations : ou l'entente avec la SFIO dans une majorité de gauche dont ils garderaient le flanc droit, ou une association avec le centre droit et la droite parlementaire – Fédération républicaine, Alliance démocratique et républicains dits de gauche –, dans une coalition baptisée Union nationale, dont ils seraient le volet de gauche. De 1924 à 1938, le Parti radical a pratiqué l'alternance de ces deux combinaisons, jouant un jeu de bascule entre droite et gauche. Ce ne fut pas la moindre cause de l'instabilité gouvernementale, qui affecta alors le fonctionnement des institutions, et de l'impuissance relative du pouvoir.

De la Seconde Guerre mondiale et de ses épreuves, le Parti radical sortit mal en point. Pour s'être identifié à la IIIe République finissante, il subit de plein fouet les retombées du discrédit qui frappait alors ce régime que les résistants n'absolvaient pas des responsabilités qu'ils lui imputaient dans l'impréparation à la guerre. De par ses structures lâches, qui avaient toujours ménagé l'indépendance des élus et façonné un comportement, le Parti radical était moins préparé que les socialistes et, surtout, que le Parti communiste à un engagement militant dans une action clandestine, et moins encore à recueillir le bénéfice moral de la participation des siens à la Résistance. Pour comble de malheur, le Parti radical, dont l'influence et le pouvoir avaient pour une bonne part dépendu de la place qu'il avait tenue dans la presse régionale, est, à la Libération, privé de la plupart de ces journaux dont la publication est interdite pour avoir continué à paraître en zone nord sous l'occupation ou en zone sud après l'entrée de la Wehrmacht, le 11 novembre 1942.

À l'exception d'une petite minorité d'élus qui ont choisi dans le sillage des Jeunes-Turcs des années 1930 d'être les « compagnons de route » du Parti communiste et dont la personnalité controversée de Pierre Cot est la figure de proue, à la Libération, les radicaux se retrouvent à droite. Sans avoir rien fait pour, si ce n'est peut-être précisément de n'avoir rien tenté pour se mettre à l'unisson des aspirations des Français à une rénovation profonde de la vie politique. Leur attachement persistant à la pratique parlementaire de la IIIe République leur inspire les plus grandes réserves à l'égard des nouvelles institutions : lors du référendum d'octobre 1945, ils ont appelé à répondre non à la première question – Voulez-vous que l'Assemblée élue ce jour soit constituante ? Ils estiment que la IIIe République n'a pas démérité et espèrent lui obtenir une prolongation de bail. Ils n'ont pas davantage de sympathie pour le programme du Conseil national de la Résistance : contre les nationalisations, ils défendent la propriété privée, et, contre le dirigisme d'État, la liberté d'entreprendre et l'initiative des producteurs. Quant à l'instauration d'un régime de protection sociale, cela ne leur dit rien qui vaille. Les radicaux se défendent néanmoins d'être étiquetés à droite : ils s'affirment de gauche. La structure confédérale où, du fait de leur incapacité à recouvrer seuls leur puissance perdue, ils cohabitent avec les débris de plusieurs petites formations qui connaissent les mêmes difficultés et à qui les temps ne sont pas plus favorables, souligne par une appellation intentionnellement redoublée la volonté de s'inscrire à gauche : Rassemblement des gauches républicaines. La laxité des structures permet au parti radical d'accueillir quelques jeunes gaullistes qui rejoindront plus tard le RPF, tel Michel Debré.

Le glissement vers la droite de l'ensemble du dispositif politique, à partir du passage, en 1947, du Parti communiste à une opposition systématique, arrange bien le Parti radical, qui rentre dans la majorité sans avoir à se renier : il ne lui est pas demandé de se démarquer de ses positions, qui sont celles de toujours. Il reprend sa place dans les gouvernements : plusieurs des siens se succèdent même à la présidence du Conseil ; certains avaient appartenu aux gouvernements de la IIIe République, tel Henri Queuille, et leur retour a un parfum de Restauration. D'autres sont d'une génération plus jeune, René Mayer ou Edgar Faure. Ils ont en commun d'avoir appartenu à la fraction du radicalisme qui s'est rangée du côté de la Résistance.

Dans les années 1950, le Parti radical est-il à droite ou à gauche ? Mais qui peut dire où passe alors la frontière qui les sépare ? Plusieurs frontières s'entrecroisent. La plus étanche est celle qui, à l'instar du rideau de fer, isole les communistes du reste de la nation : dans la vision éminemment réductrice que lui dicte un système de pensée qui raisonne par couples antagonistes, le Parti communiste est seul à gauche, tous les autres sont à droite – mieux, ils sont la droite. À commencer par le parti apparemment le plus proche, la SFIO. Identification récusée par son secrétaire général, Guy Mollet, qui, prenant acte de l'alignement inconditionnel du Parti communiste sur les intérêts stratégiques de l'Union soviétique, décrète qu'il n'est pas à gauche mais à l'Est.

Une autre frontière, moins fermée mais cependant bien verrouillée, court plus à droite : celle qui sépare les partis associés dans le cadre institutionnel aux responsabilités du pouvoir, dont le Parti radical, des mouvements qui critiquent le régime et combattent sa politique : essentiellement le gaullisme à partir de 1947 et jusqu'à la mise en sommeil du RPF, par décision de son fondateur, en 1953. Au moment où commence à poindre à l'horizon proche un nouveau sujet de discorde : celui qui naît des problèmes de la décolonisation avec la dégradation de la situation en Indochine et les prodromes d'une agitation au Maghreb, qui réclame l'indépendance des protectorats en Tunisie et au Maroc, puis pour l'Algérie. Sur ces questions, le Parti radical a connu des débats passionnés et quelques-uns des siens ont joué un rôle-clé dans la redistribution des camps. Le Parti radical s'est trouvé au cœur de la tempête à cause de l'un des siens, authentique radical qui a fait toute sa carrière dans ce parti dont il avait été un des espoirs, avant guerre : Pierre Mendès France. Élu pour la première fois en 1932, il avait fait partie de l'éphémère deuxième gouvernement Blum en 1938. Il avait rejoint Londres après s'être échappé des prisons de Vichy. Le député de Louviers a été appelé par le président Coty à former le gouvernement après la démission de celui présidé par Joseph Laniel, un homme de droite, à la suite de la chute du camp retranché de Dien Bien Phu (7 mai 1954), qui a réveillé les vieilles blessures de la défaite de 1940. Pierre Mendès France est désigné par la position qu'il avait prise depuis 1950 et qui excluait que la question d'Indochine puisse être réglée par une solution purement militaire. Mais, si les politiques et l'opinion attendent essentiellement de lui qu'il trouve une issue honorable à une guerre perdue, lui-même donne à son arrivée au pouvoir une signification moins limitée : il entend mener une action réformatrice pour libérer la France, et singulièrement son économie, de ses structures archaïques et des contraintes qui entravent son développement.

Son gouvernement n'a pas de couleur politique prononcée. De la majorité sur laquelle il prend appui, on a dit qu'elle était « en saut-de-mouton » : de fait, elle enjambe les frontières habituelles, laissant en dehors des formations habituées à gouverner ensemble, en rapprochant d'autres plus accoutumées à se combattre qu'à agir de concert. Le gouvernement associe ainsi une partie des radicaux avec des indépendants et des gaullistes. Il peut compter sur le soutien bienveillant du Parti socialiste, mais il est en butte à l'hostilité déclarée du MRP. Chez les radicaux, le partage entre ceux qui le soutiennent et ceux qui le combattent correspond en partie à une différence de générations. Il manifeste aussi le clivage entre ceux qui veulent moderniser la France par une action volontaire et ceux qui ne croient guère aux réformes ou ne les souhaitent pas. Pierre Mendès France a engagé résolument une action réformatrice, que sa chute interrompt quelque sept mois plus tard. Les conditions dans lesquelles il est renversé comme la composition de la majorité qui met fin à l'expérience confèrent rétrospectivement à son gouvernement une coloration de gauche qui rejaillit sur le radicalisme, alors que, dans le chassé-croisé des positions contraires, l'hostilité que le MRP a témoignée à la personne et à la politique de Pierre Mendès France l'a repoussé à droite.

Le mendésisme a ramené à gauche le radicalisme ou, plutôt, une fraction du Parti radical. En effet, écarté du pouvoir mais porté par un fort mouvement d'opinion, Pierre Mendès France entreprend de réformer le parti pour en faire l'instrument d'une politique que ses références comme les alliances contractées orientent indiscutablement à gauche. L'entreprise rencontre des sympathies dans la jeune génération, suscite des engagements militants et attire au Parti radical talents et énergies. Mais elle rencontre aussi, au sein de l'appareil, de très vives résistances et nourrit de tenaces inimitiés : de nombreux notables font sécession derrière Edgar Faure. Peut-être était-il déjà trop tard pour rajeunir le vieux parti de la IIIe République. Pour avoir tenté de le rénover, peut-être aussi pour avoir agi avec une certaine brutalité, Pierre Mendès France a brisé l'outil et divisé la famille radicale, déchirée entre mendésistes et fauristes.

Les radicaux abordent les élections du 2 janvier 1956 partagés entre le Front républicain, orienté à gauche, où les mendésistes se retrouvent associés à la SFIO, à l'UDSR et aux survivants du gaullisme, regroupés autour de Jacques Chaban-Delmas, et la majorité sortante où les radicaux qui ont suivi Edgar Faure font cause commune avec le MRP et les indépendants. Ce n'est pas la première fois que les radicaux se divisent entre droite et gauche. Ce n'est pas non plus la dernière : la scission de 1956 annonce celle de 1973. Telle est la contrepartie de leur position au centre.

La chute de la IVe République, où ils avaient repris leurs habitudes et retrouvé une influence sans rapport avec leur force réelle grâce au talent et à l'expérience de leurs chefs de file, ne les a pas réconciliés. Bien au contraire : ils se divisent aussi sur le nouveau régime et sur sa politique. Pierre Mendès France a pris position dès le premier jour contre l'investiture du général de Gaulle : l'ancien commissaire du gouvernement d'Alger ne pardonne pas à son ancien chef de ne pas avoir désavoué les militaires qui sont sortis de la légalité le 13 mai 1958. Il restera toujours un opposant irréductible, attendant, jour après jour, que ce régime né d'un coup de force finisse comme il avait commencé, balayé par un soulèvement de la rue : il croira le moment venu en mai 1968. Edgar Faure, au contraire, acceptera du général de Gaulle des missions de confiance, préparant notamment la reconnaissance de la Chine, dont il s'acquittera avec brio, avant de revenir au gouvernement comme ministre : de l'Agriculture en 1966, puis de l'Éducation nationale après les troubles universitaires de mai 1968.

Année après année, la bipolarisation a imposé de plus en plus sa loi de fer au Parti radical, comme à toute formation qui se situe au centre. La famille démocrate chrétienne, on l'a vu, a connu le même problème et a fini, malgré sa répugnance, à se soumettre à la discipline d'un bloc, par basculer toute à droite. Les radicaux, eux, n'ont pas réussi à préserver leur unité. Peut-être parce que leur désir de s'ancrer à gauche était plus fort que le souci des démocrates chrétiens de se démarquer de la droite. Sans doute aussi à cause de la pression des électorats et de leurs alliés éventuels. Le processus de regroupement à gauche enclenché par la rénovation du Parti socialiste au congrès d'Épinay en 1971, poursuivi par le rapprochement avec le Parti communiste et scellé par la signature en 1972 d'un programme commun de gouvernement, a mis les radicaux au pied du mur : ne pas se joindre aux deux grands partis de gauche, leurs alliés traditionnels, c'était perdre nombre de circonscriptions où la réélection du radical dépendait du report sur son nom des voix des électeurs de gauche. Mais comment, pour un radical attaché à l'héritage individualiste de 1789, à la défense de la propriété, souscrire à un programme de collectivisation de l'économie ? Impuissants à surmonter pareil dilemme, les radicaux se sont partagés. Une fraction, ayant pour chef de file Robert Fabre, pour qui la référence à la gauche restait un impératif, a donné naissance en 1973 au Mouvement des radicaux de gauche (MRG). Après la rupture de l'union de la gauche en 1977, les radicaux de gauche resteront les alliés les plus proches du PS, dont la protection est la condition de leur survie. L'autre tendance a gardé le parti et trouvé dans la confédération UDF un havre pour les rescapés du suffrage universel et de la bipolarisation. Depuis plus de trente ans, la situation du radicalisme n'a pas changé : les deux fractions du radicalisme sont annexées aux deux blocs opposés. Apparemment, la frontière entre droite et gauche passe entre elles. Ce serait cependant une erreur de croire que telle est l'explication de leur désunion. À considérer leurs programmes respectifs, on s'avise qu'il n'y a pas entre eux de divergences fondamentales. Seule, sans doute, la contrainte électorale, dérivant du mode de scrutin, confortée par l'habitude et entretenue par le souvenir des batailles livrées en commun contre le même adversaire, a dicté ces choix. Mais chaque année qui passe creuse un peu plus le fossé entre les deux versions du radicalisme et rend plus improbable une réunification de ses deux fractions.

La droite extrême

Ainsi avons-nous repéré tour à tour plusieurs droites. Une droite contre-révolutionnaire, attachée à la cohérence de son système de pensée, qui a trouvé dans une interprétation intransigeante du dogme catholique le principe de sa vision politique, crispée sur ses positions. La tradition libérale, sortie victorieuse de l'affrontement avec les idéologies totalitaires, restée maîtresse du terrain et des esprits après leur effondrement, plus vivace que jamais, au point que ses adversaires lui reprochent de s'imposer comme la pensée unique. Sous les espèces du gaullisme la droite autoritaire et populaire, après avoir joué un rôle historique, voit sa synthèse se défaire. À la galerie de ces composantes anciennes, l'observation de l'actualité ajoute une famille démocrate chrétienne en voie de s'implanter à droite, ainsi qu'une fraction du courant radical. Soit, au total, quatre ou cinq courants, qui ont chacun une identité propre avec une doctrine, des références, une sensibilité, des souvenirs, qui composent une personnalité originale, et qui ont en commun de ne pas être à gauche.

Mais est-ce bien tout ? Sommes-nous certains d'avoir fait le tour des droites ? À la droite de ces diverses tendances, donc à l'extrémité du spectre, se découvre un espace, qui n'est pas mineur s'il est minoritaire, portant des noms d'autant plus divers que ce secteur se caractérise par une grande instabilité. Si cette extrême droite partage avec d'autres droites une partie de son électorat – soit qu'elle attire ceux qu'elles ont déçus ou qu'elle constitue une sorte de réserve où celles-là puisent un appoint de suffrages –, elle présente des traits qui ne permettent pas de la confondre avec d'autres droites ni de la réduire à telle ou telle.

Le reproche m'a été fait, à propos des versions antérieures de *La* (ou des) *Droite*(s) de sous-estimer l'importance de cette droite, et même de l'avoir méconnue. Ce relatif silence a une explication, il en a même plusieurs. Je n'en dénombre pas moins de quatre.

Dans les premières années de la décennie 1950, il n'y avait plus en France d'extrême droite : elle avait disparu, emportée par le grand mouvement de réprobation qui accompagna la découverte des forfaits des régimes totalitaires et la prise de conscience de leur caractère criminel. Déjà, la droite se relevait malaisément du discrédit qui frappait alors ses idées et enveloppait ses organisations. À plus forte raison une extrême droite.

Quant au passé, m'intéressant par priorité aux phénomènes durables, mon attention était naturellement allée aux mouvements qui s'inscrivaient dans la durée et avaient engendré des traditions. Or, l'extrême droite, à l'exception peut-être de l'Action française, ne s'était manifestée dans notre histoire politique que par intermittences : du boulangisme au poujadisme, une succession discontinue d'accès de fièvre qui durèrent le temps d'un psychodrame ; la crise passée, le mouvement se dissipait aussi promptement qu'il avait surgi, telle une ondée orageuse. D'autre part, mon projet était inspiré par l'intérêt pour l'histoire des idées politiques. J'avais pris pour étoile la sentence d'Albert Thibaudet : « La politique, ce sont des idées. » En conséquence, mon attention se distribuait entre les familles politiques à proportion de la richesse et de la densité de leur apport sur le plan des idées. Or, la comparaison n'était pas à l'avantage de l'extrême droite : en face du système de pensée contre-révolutionnaire qui proposait une vision de l'histoire, au regard de la pensée libérale qui, à partir de la liberté prise comme principe, irradiait dans toutes les directions et constituait une idéologie véritable, les mouvements d'extrême droite faisaient piètre figure, ils ne brillaient ni par l'intelligence des situations ni par la générosité des propositions. Le schématisme de leurs analyses, l'indigence de leur discours, la démagogie des programmes n'invitaient guère à se pencher longuement sur leur inspiration.

Ces raisons n'existent plus aujourd'hui, ou elles ont perdu leur force. La situation est tout autre : il n'est plus possible d'ignorer l'existence d'une droite extrême. Les mêmes raisons qui pouvaient justifier, il y a un demi-siècle, qu'on ne s'intéressât point aux vestiges de cet extrémisme font, depuis vingt ans, une obligation d'en tenir compte. Il est possible de dater très précisément le moment où cette composante s'est imposée à l'observation : cette soirée du 11 juin 1984 où la liste du Front national conduite par Jean-Marie Le Pen aux élections pour le renouvellement du Parlement de Strasbourg – les deuxièmes au suffrage universel direct – a obtenu 11 % des voix. Cette droite extrême a conquis ce soir-là, pour reprendre l'expression devenue banale empruntée au vocabulaire scolaire, le droit de jouer dans la cour des grands. D'autant qu'à la différence des épisodes antérieurs dont on était tenté de le rapprocher, ce courant a duré, se maintenant à un étiage toujours supérieur à 10 %, comme s'il avait conjuré le maléfice qui avait contraint tous ces mouvements à n'être que des feux de paille.

La fidélité de son électorat a constitué cette force en une réalité bien distincte des droites. Même si la majorité de ses électeurs lui vient de la droite, ceux-là n'envisagent pas de revenir aux formations qu'ils ont quittées, en partie parce qu'ils leur reprochent de n'avoir pas été assez à droite et d'avoir trahi les valeurs qui étaient les leurs. Le Front national peut se permettre de maintenir ses candidats dans des élections triangulaires sans subir de désaveu massif de ses électeurs. On est donc en présence d'un phénomène qui a sa spécificité et son autonomie. Il mérite d'autant plus de retenir l'attention qu'il exerce sur l'ensemble du système politique une action perturbatrice comparable, par sa nature et l'importance de ses effets, à l'influence exercée par le Parti communiste durant un tiers de siècle, sous la IVe République et une partie de la Ve. Le Front national a même réussi un exploit que le Parti communiste n'avait pas même imaginé : placer son candidat pour le second tour de l'élection présidentielle. Comment refuser une place au Front national dans un panorama des forces politiques après le 21 avril 2002, où Jean-Marie Le Pen, arrivant en seconde position, a éliminé la gauche de la compétition ? Que ce soit une force distincte des droites, la suite en a apporté une preuve éclatante puisque les droites ont toutes fait bloc avec la gauche pour barrer la route au candidat qui portait les couleurs de cette extrême droite. Il y a bien là une réalité nouvelle.

Qu'est-ce donc que cette nouvelle force ? Et comment la désigner ? On sait l'importance du choix des appellations : c'est une façon de les définir. Nommer les droites, c'est déjà leur donner une identité. L'abondance des formulations proposées, leur imprécision, l'incertitude de ceux qui les baptisent trahissent un embarras. Après vingt ans de présence continue dans la vie politique française, la question ne se pose plus de définir le Front national par référence au concept de fascisme, comme ce fut le cas aux premiers temps, et même si pareille identification demeure encore un réflexe militant. À son surgissement, en 1984, il n'était pas déraisonnable de suggérer un rapprochement avec le fascisme. C'est une démarche naturelle de l'esprit, en présence d'une nouveauté, de ramener l'inconnu au connu et d'expliquer le neuf par l'ancien. Le fait est qu'il y a rarement des phénomènes historiques d'une absolue nouveauté, c'est le plus souvent une recomposition d'éléments préexistants, le réemploi de matériaux qui ont déjà servi et qui sont repris dans un nouveau dessein. Cette réutilisation est peut-être plus vraie encore pour les idées politiques : n'est-ce pas l'intuition qui nous a guidé quand nous nous sommes attaché à reconstituer des traditions politiques ? Associer le Front national aux souvenirs que laissaient les régimes auxquels on accolait l'appellation de fascistes était aussi un moyen élémentaire et assez efficace de diaboliser un adversaire. Le débat sur la nature du Front national a interféré, pour le petit cercle des spécialistes, avec la controverse dont il a été fait mention aux premières pages de ce livre sur l'existence d'un fascisme français.

Sans revenir sur le fond du débat, qu'on me permette d'énoncer les raisons qui fondent mes réserves à l'endroit d'une utilisation trop laxiste du concept de fascisme. La difficulté tient à l'alternative entre deux acceptions du terme. L'acception restreinte est sans équivoque : elle désigne précisément l'expérience vécue par l'Italie entre 1922 et 1945 – le fascisme est son nom, celui que lui ont donné ses fondateurs et ses inspirateurs. Un problème surgit à partir du moment où l'on veut étendre l'appellation à d'autres expériences historiques, contemporaines ou d'autres temps, en raison d'analogies constatées ou présumées. L'intention est parfaitement légitime : c'est le propre de toute démarche scientifique que de vouloir dépasser le stade des descriptions monographiques pour établir des comparaisons et définir des types généraux. Le fascisme se prête à cet exercice. Il a ouvert dans l'histoire des idées et des régimes politiques un chapitre suffisamment neuf et développé une pratique assez originale pour faire l'objet d'une définition appropriée. De surcroît, il y eut une indéniable parenté entre plusieurs régimes de cette période : des alliances stratégiques, une solidarité, mais aussi des références communes, des influences réciproques, des imitations délibérées, toute sorte de choses qui créent un substrat objectif pour la reconnaissance d'une catégorie particulière. Aussi, je trouve tout à fait normal qu'on s'interroge sérieusement sur les éventuelles correspondances françaises du fascisme et je concède à Zeev Sternhell que des intellectuels français, tel un Georges Sorel ou un Vacher de Lapouge, ont joué un rôle dans l'introduction de philosophies politiques, de notions et de thèmes dont le fascisme s'est nourri. Mes réserves portent sur l'évaluation de l'audience que ces idées auraient trouvée dans l'opinion, et notamment du succès qu'elles auraient rencontré du côté des organisations et des mouvements politiques : c'est une chose que l'émission d'idées dans un cercle limité, c'en est une autre que leur réception par de larges secteurs de l'opinion et leur impact sur la décision politique. La particularité de la France est que ces idées qu'on appelle fascistes n'ont pas été au pouvoir avant 1943.

S'il n'y a donc pas d'objection dirimante à ce qu'on érige le fascisme en un concept relativement universel et à ce qu'ensuite, muni de cet outil, on en recherche les applications historiques, il importe d'en avoir une définition relativement stricte. À trop embrasser, une définition extensive risque de ne plus rien signifier : pour les idées politiques aussi, la compréhension varie en raison inverse de l'extension. C'est pour ces raisons que je me sépare de certains qui proposent du fascisme des définitions, selon moi, par trop libérales : les critères retenus ne me paraissent pas assez discriminants. De critères, on attend qu'ils aident à distinguer l'idéologie concernée des autres systèmes. Ainsi, s'il est vrai que le fascisme se flatte de transcender la division droite-gauche et prétend faire la synthèse des deux, il ne suffit pas qu'une doctrine ou un mouvement tienne cette distinction pour subsidiaire ou archaïque et se propose de satisfaire les aspirations essentielles de l'une et de l'autre pour se voir taxé d'inclination vers le fascisme. Sinon, toute idéologie de rassemblement serait suspecte de connivence avec ce type de régime. Les centristes sont dans ce cas ; or, qu'y a-t-il de plus éloigné des excès du fascisme ?

Le même raisonnement peut être tenu pour un autre élément d'une éventuelle définition globale du fascisme, auquel certains de ses spécialistes attachent avec raison une grande importance : la conjonction du social et du national. Les mouvements de ce type se targuaient généralement de réconcilier les valeurs que l'histoire du XIXe siècle avait dissociées, la droite exaltant la patrie et la tradition, la gauche socialiste promouvant la solidarité de classe et l'internationalisme prolétarien. Le fascisme a réduit la fracture et associé progrès social et grandeur de la nation.

La dénomination du mouvement qui s'est emparé du pouvoir en Allemagne en 1933 est, à cet égard, emblématique: national-socialisme. Ce critère introduit certes plus avant dans la nature du fascisme que le précédent, mais il n'est pas non plus suffisant pour identifier comme tels un mouvement, une doctrine, un programme.

La critique du libéralisme, la dénonciation des malfaçons de la démocratie représentative, la récusation de l'individualisme et de la philosophie des Lumières, la défiance de la raison font assurément partie du patrimoine du fascisme. Suffisent-ils à le définir? Le fascisme partage ces critiques avec la droite de la contre-Révolution sans se confondre avec elle. Ils divergent sur tout le reste, qui n'est pas mineur. Ils n'ont ni même vision de l'histoire, ni même explication de son cours, ni mêmes propositions. Le fascisme se veut et se croit révolutionnaire. Il ne partage pas l'horreur intellectuelle qu'inspire à la pensée contre-révolutionnaire la seule idée d'opérer dans la continuité historique une coupure volontaire où la main de l'homme se substitue à la volonté de la Providence: la source de la légitimité n'est plus dans le respect de la tradition, mais dans l'expression de la volonté populaire. Le fascisme ambitionne de créer un homme nouveau et une société nouvelle. Pour ce faire, il compte sur l'intervention de l'État. Le fascisme professe le culte de l'État, Mussolini a été le premier à faire la théorie de sa toute-puissance. Il a parlé de totalitarisme, même s'il emploie le mot dans un sens un peu différent de celui qu'il a pris aujourd'hui après les expériences du XXe siècle et les analyses qu'elles ont inspirées. Un État supérieur à tout, mais un État lui-même accaparé par un parti, instrumentalisé au service d'une idéologie. On ne saurait donc attribuer inconsidérément la qualification de fascisme à n'importe quelle doctrine pour peu qu'elle présente quelque ressemblance avec le modèle. S'il n'est pas question de réserver l'appellation au seul régime de l'Italie mussolinienne, il ne serait pas moins contestable d'étirer la définition jusqu'à inclure pêle-mêle des expériences aussi disparates que le Portugal de Salazar ou l'Autriche sociale-chrétienne du chancelier Dolfüss. Pour m'en tenir au cas de la France, si je considère que les Français ont bien vécu une expérience de ce type dans les derniers mois de l'occupation en 1944, quand des ministres miliciens ont fait partie du gouvernement, les débuts du régime de Vichy ne me paraissent pas relever de la définition du fascisme. L'inspiration de la Révolution dite nationale procède d'une autre idéologie, celle héritée de l'extrême droite contre-révolutionnaire, revigorée par la doctrine maurrassienne, qui a tenté une synthèse de la pensée réactionnaire et du nationalisme intégral.

Refermant cette parenthèse, reprenons le fil de notre investigation sur l'extrême droite aujourd'hui, principalement représentée électoralement par le Front national.

S'il faut désormais la reconnaître en raison de sa présence durable dans le paysage politique et de son pouvoir de nuisance comme une composante à part entière, de quel nom la désigner ? La référence au fascisme, qui avait beaucoup servi dans les premiers temps, ne nous instruit guère. Au reste, elle est de moins en moins usitée. Si, par ses provocations verbales, Jean-Marie Le Pen prête au soupçon de nourrir une nostalgie pour les fascismes, ni sa stratégie ni le comportement de son électorat ne donnent consistance à la thèse qui croit reconnaître dans le Front national le dernier avatar du fascisme en France. Il a fait le choix d'agir dans le cadre institutionnel de la démocratie représentative et parlementaire : présentation de candidatures, individuelles ou de listes, à toutes les élections, locales ou générales, participation active des militants aux campagnes, meetings, affichage, participation des élus aux travaux et délibérations des assemblées tirant parti des ressources des règlements et des divisions de leurs adversaires. Rien qui rappelle les violences dans la rue des groupements réputés factieux de l'entre-deux-guerres.

Dans l'embarras pour qualifier cette force, le terme qui vient en premier à l'esprit et qui a l'avantage d'une apparence d'objectivité est celui d'extrémisme. Simple constat qui, apparemment, n'implique pas de jugement de valeur. Que signifie ce concept ? Cette désignation a-t-elle une validité scientifique ou n'est-elle qu'une facilité pour disqualifier un adversaire ? Nous éclaire-t-elle sur la nature et l'identité du Front national ?

Qu'est-ce donc qu'un extrémisme ? C'est d'abord une position sur l'échiquier politique. C'est de cette donnée que l'expression tire son origine et son sens premier. Elle procède directement de la représentation de l'éventail des forces disposées ou sur un axe linéaire ou sur le demi-cercle de nos assemblées parlementaires, s'étirant d'une extrémité à l'autre. La notion est donc inséparable des pôles de droite et de gauche : elle implique qu'il y ait deux extrémismes, l'un à droite, l'autre à gauche, symétriques, et l'histoire a plus d'une fois montré des convergences et révélé des affinités entre ces deux extrêmes. Une formation se situe à l'extrême aussi longtemps qu'elle n'a pas été débordée à son tour sur sa droite ou sur sa gauche. Le radicalisme, on l'a rappelé, a été un temps l'extrémisme de gauche, jusqu'à ce que les formations socialistes le délogent de cet emplacement et le repoussent vers le centre. Ce fut longtemps pour le Parti communiste un impératif stratégique de veiller à ne se laisser jamais contourner sur sa gauche : d'où son acharnement à discréditer les trotskistes, qui pouvaient valablement prétendre représenter une interprétation gauchiste du léninisme par opposition à la dérive thermidorienne du communisme stalinien, jusqu'à parler des « hitléro-trotskistes ». Pour l'heure, quelques groupuscules fascisants exceptés, aucune organisation ne dispute au Front national sa position à l'extrême droite. Si lui-même ne revendique pas explicitement d'être l'extrême droite, le fait qu'il se présente comme la seule vraie droite, qu'il reproche aux autres droites d'avoir trahi leurs valeurs et trompé leurs électeurs et qu'il affecte de les mettre sur le même plan que la gauche en dénonçant leurs connivences et leur complicité dans la « bande des Quatre » vaut confirmation de la localisation du parti de Jean-Marie Le Pen à l'extrême droite.

La position ainsi fixée dans l'espace n'est pas sans incidences sur les orientations : celles-ci concourent à déterminer la position, mais réciproquement cette dernière influe sur les stratégies, les comportements et même les programmes. Le concept d'extrémisme se charge ainsi d'un second sens : extrémisme s'oppose alors à modéré et à modération. Nous rencontrons là une distinction qui a peut-être autant d'importance ou de prix pour rendre compte des comportements et éclairer les choix que le couple droite-gauche, une distinction qui s'attache plus aux tempéraments qu'aux idées : entre les extrêmes et les modérés. Rien n'est plus étranger aux extrêmes que la modération. Pour reprendre un terme qui a beaucoup servi au XIXe siècle, jusqu'à faire le titre d'un grand quotidien dirigé par Henri de Rochefort, *L'Intransigeant,* et qui n'est plus guère utilisé aujourd'hui que dans le vocabulaire religieux pour caractériser une nuance du catholicisme, les extrémistes sont des intransigeants. Intransigeants dans l'adhésion à leur système de pensée et l'expression de leurs idées ; assurés de leurs certitudes, convaincus de la justesse de leur vision ou de la scientificité de leur métaphysique, ils n'envisagent pas de faire la moindre concession aux vues de leurs adversaires. Toute concession est tenue pour une trahison. Politiquement, ils entendent tirer toutes les conséquences de leurs principes : c'est le sens premier du terme radical. Toutes les conséquences et dans les délais les plus courts ; tout échelonnement dans le temps en fonction des circonstances pour tenir compte des résistances de la réalité ou de l'opinion est déjà perçu comme un abandon de ses convictions et une concession à l'adversaire. Le maintien prolongé dans l'opposition entretient cet état d'esprit en dispensant les extrémistes d'avoir à faire des choix responsables.

Le rapport aux idées des mouvements extrêmes est des plus variables. Certains courants sont, à vrai dire, plus encore des écoles de pensée que des partis politiques, moins préoccupés d'action que d'orthodoxie doctrinale : ainsi, à l'extrême droite, naguère les fidèles de Maurras, ou aujourd'hui, à l'autre extrême, les mouvements trotskistes. Ces mouvements attachent plus d'attention à la formation d'une élite de militants indéfectibles qu'à l'enrôlement d'effectifs nombreux. Parmi ceux qui siègent aux confins du champ politique, il en est d'autres qui n'ont que mépris ou indifférence pour les idées : ils tiennent en piètre estime les intellectuels, qu'ils accusent d'être des songe-creux. Ils jouent plus sur les sentiments que sur les idées. Ils attisent le mécontentement des citoyens, exploitent tout sujet d'insatisfaction, entretiennent l'inquiétude de diverses catégories d'électeurs. Leur analyse des situations et des difficultés ne brille pas par la subtilité. Leurs discours se signalent par le caractère éminemment sommaire des analyses, la simplicité, pour ne pas dire le simplisme, des solutions proposées et des remèdes préconisés. Elles s'énoncent sur le mode du « Il n'y a qu'à... », qui s'accompagne inexorablement de la question formulée comme un reproche à l'adresse des responsables en charge : « Qu'attend-on donc pour... ? » À ces formulations rudimentaires, on aura reconnu une caractéristique de cette forme seconde d'extrémisme, qui est la démagogie au sens propre, l'action menée pour racoler suffrages et adhésions sans regarder de trop près aux arguments utilisés, à l'inverse d'une démarche éducative, qui s'appliquerait, au contraire, à faire prendre conscience aux citoyens de la complexité des situations, de la pluralité des solutions possibles et de la relativité des choix. Le succès de l'extrémisme mesure l'étendue de l'illettrisme politique.

L'extrémisme du premier type est celui de l'esprit systématique, celui du second est celui du simplisme réducteur. L'un et l'autre sont équitablement partagés entre droite et gauche. Le Front national relève manifestement plus du second que du premier, au vu de la pauvreté de ses analyses et de la virulence de ses diatribes. La complaisance de tout extrémisme pour la radicalité des programmes et des stratégies comme le manichéisme infus qui sous-tend leurs appréciations leur inspirent généralement une préférence pour la politique du pire. Ils partagent la conviction que d'un plus grand mal sortira par quelque miracle une amélioration décisive. Ils ne sont pas éloignés de penser que dans une vision apocalyptique, qui est la part de l'irrationnel dans le système, d'un monde écartelé entre le bien et le mal, le retour à l'état d'innocence ou l'accomplissement de la réalisation de l'utopie doit passer inéluctablement par une aggravation de l'état présent : au besoin, on s'y emploiera. C'est le point sur lequel les extrémismes de tout poil rompent le plus radicalement avec la façon de raisonner et les pratiques des modérés.

Au regard de ces éléments de définition, confrontées à ces critères, les formations qui se sont succédé avec une discontinuité qui ne permet pas d'établir entre elles une généalogie aussi serrée que pour les autres droites, du mouvement révisionniste qui s'est appelé boulangisme au Front national, en passant par l'agitation nationaliste au temps de l'affaire Dreyfus, l'antiparlementarisme de la fin de la IIIe République, sans oublier le poujadisme, sont bien des extrémismes : ces formations ne se situaient pas seulement à l'extrême de la droite, mais leur comportement, leur discours, leur stratégie étaient aussi ceux de tout extrémisme.

Cela établi, sommes-nous assez instruits de la nature propre de cette autre droite possible ? La référence à l'extrémisme désigne certains traits de son individualité : elle ne nous révèle pas le secret de son identité. Pour la droite contre-révolutionnaire, qui était, elle aussi, un extrémisme, comme pour la droite libérale, l'appellation proposée mettait en évidence la référence à une vision du monde et à un projet de société. Pour combler le vide, plusieurs formulations ont été avancées. Confronté à ce problème, Zeev Sternhell, qui a été un des premiers à ériger cette succession de poussées de fièvre en une composante organique du système des forces, l'avait baptisée révolutionnaire : ne s'inscrit-elle pas habituellement en dehors du cadre légal ? Elle compte plus sur l'agitation de la rue et la manifestation que sur les moyens mis à la disposition de tout citoyen par la pratique de la démocratie électorale. Cette droite a souvent recouru à des méthodes peu conformes au respect de la loi. De surcroît – et peut-être est-ce la considération qui a le plus pesé sur le choix de Zeev Sternhell, qui discerne dans le programme de ce courant la récusation de la philosophie des Lumières et le contraire de la révolution de 1789 –, cette tradition porte en elle le germe d'un bouleversement qui aurait pour objectif l'instauration d'une contre-Révolution.

Pourtant, plus j'y réfléchis et moins cette appellation me satisfait. Et même, tout bien considéré, elle ne me convainc point. D'abord, le concept de révolution est, de par l'histoire, affecté d'une connotation qui n'en limite pas le sens au seul processus, mais qui vise aussi l'inspiration : qu'on le veuille ou non, la notion de révolution est plus liée à un mouvement de subversion de l'ordre ou des valeurs établies qu'à leur restauration. Le gouvernement du maréchal Pétain n'est pas parvenu à rendre crédible la Révolution dite nationale. Quant à la formation qui est censée représenter aujourd'hui cette lignée, elle ne répond à aucun des critères d'un mouvement effectivement révolutionnaire : le Front national n'est animé d'aucune volonté de subversion de l'ordre établi, ne suscite aucune agitation, n'entretient pas d'activité factieuse. Même son discours n'a aucune harmonique révolutionnaire. Contestataire serait plus approprié pour qualifier son état d'esprit, son attitude de rejet. Mais il ne lui est pas propre, il s'applique aussi bien à gauche : ainsi, l'esprit de 1968 était plus contestataire que révolutionnaire.

Pour relier ces expressions discontinues de l'extrémisme de droite, on leur a souvent appliqué l'épithète de nationaliste. C'est un fait que, depuis l'émergence du boulangisme, qui était lui-même né d'un mouvement de ferveur patriotique, un attachement passionnel à la patrie, l'inquiétude pour sa sécurité et sa grandeur, la hantise de son déclin ont été des éléments constants : on les retrouve à l'Action française, dans certains mouvements d'anciens combattants de la Grande Guerre, dans les ligues, factieuses ou non, chez les nostalgiques de Vichy, les tenants de l'Algérie française, au Front national, dont la préférence nationale est précisément un thème majeur. Pourtant, si ces sentiments ont bien été une composante de tous ces mouvements, je doute que la référence à ce dénominateur commun suffise à définir leur identité particulière. Le nationalisme n'est pas, on le sait, l'apanage de la droite ; lui-même est né à gauche, et il y conserve encore de solides positions. Le Parti communiste a souvent fait appel à cette même sensibilité et à ces thèmes contre l'alliance avec les États-Unis dans le cadre du pacte Atlantique, contre le réarmement allemand et le rapprochement avec l'ennemi d'hier, contre le Marché commun, contre tout élargissement de l'Union européenne, aujourd'hui contre l'adoption d'une Constitution pour le continent dont les dispositions s'imposeraient aux nations. Par ailleurs, si la rhétorique de Jean-Marie Le Pen emprunte au répertoire traditionnel du nationalisme français d'extrême droite, il présente aussi, par rapport à ce fonds, quelques nouveautés. Il n'est pas exclusivement hexagonal, il a une dimension européenne : les élus du Front national ne dédaignent pas de siéger à Strasbourg, ils font partie de groupes parlementaires transnationaux. Le fondateur du mouvement n'a pas eu de scrupule, naguère, à afficher – au sens propre – sa parenté et sa solidarité avec des partis étrangers, Mouvement social italien et congénère espagnol. Le nationalisme du Front national s'est élargi aux dimensions du continent : il a plus encore pour ennemie la mondialisation que l'intégration européenne. Le danger majeur lui paraît constitué par l'invasion des Arabes, des Africains, des Asiatiques. Sa xénophobie est dirigée contre les apports d'autres continents, d'autres civilisations. Aussi retiendra-t-on l'adjectif nationaliste plus comme un élément de son programme que de son identité.

Conscients de cette difficulté de trouver un qualificatif qui désigne et définisse la spécificité de cette tendance, des observateurs sagaces de son expression actuelle, tel Pascal Perrineau *(Le Symptôme Le Pen)*, qui a consacré au Front national de pénétrantes études, ou Michel Winock, qui a retracé l'histoire des avatars de ce courant en relation avec les crises récurrentes de la société française *(La Fièvre hexagonale. Les grandes crises politiques de 1871 à 1968)*, ont proposé pour la déclaration de cette extrême droite à l'état civil des idéologies politiques l'appellation de populiste. Je ne pense pas qu'elle rende entièrement compte de l'intégralité du phénomène. Le terme désigne plus les destinataires du message que son contenu. Il suggère que le programme ainsi que les objectifs assignés à l'action politique sont déterminés par la clientèle recherchée. Mais il a été plutôt bien reçu et assez largement adopté. On entrevoit les raisons de ce succès : il explicite un des caractères distinctifs de l'extrémisme. Le terme de populisme comporte une nuance péjorative : le peuple auquel il est fait référence n'est pas le peuple tel que le conçoit idéalement notre tradition politique, composé de citoyens dont le caractère essentiellement libre et raisonnable est un postulat de la démocratie. Sans être la vile multitude que dénonça en d'autres temps un Thiers, c'est plutôt la foule, les masses populaires. *Plebs* plutôt que *populus*. Pour faire écho à une distinction récente, les gens d'en bas, plutôt que ceux d'en haut, sont sa clientèle. Le terme servait déjà à Rome pour désigner l'échange de services entre le vote et la protection apportée (décidément, la référence à Rome demeure toujours valable). N'y a-t-il pas quelque analogie entre le rôle que les institutions de la République romaine confiaient au personnage qu'on appelait tribun de la plèbe et la fonction que s'arrogent certaines formations politiques qui se font le porte-parole des insatisfactions et des revendications populaires ? Georges Lavau avait mis en évidence ce rôle à propos du Parti communiste et avancé le concept de fonction tribunicienne. Le Front national aussi s'est attribué cette mission d'être la voix d'une clientèle qui se plaignait de ne pas être entendue par les pouvoirs publics et ne s'estime pas représentée par ceux qui ont été élus pour la représenter. Cette analogie explique peut-être la relative facilité avec laquelle des électeurs sont passés sans transition d'un extrême à un autre, du vote communiste au vote Le Pen : dans l'un et l'autre cas, il s'agit moins pour l'électeur d'adhérer à un système philosophique ou de formuler un choix politique que de faire entendre ses doléances et ses sujets de mécontentement. La droite extrême n'est pas seule à être populiste. Dans la campagne pour le référendum sur le projet de Constitution, le populisme a inspiré une bonne partie du discours de gauche pour le non.

Cependant, le populisme de la droite extrême ne cultive ni n'exploite les mêmes sujets que l'extrémisme de gauche. Ce sont ces différences qui les distinguent et différencient et les clientèles et les thèmes porteurs.

L'accent ainsi mis sur la clientèle de ce courant aux dépens de l'inspiration explique l'embarras de toute tentative pour saisir son identité propre. Il explique peut-être aussi ma répugnance à ériger ce courant en une entité philosophique à l'égal des traditions qui peuvent se prévaloir de la référence à de grands esprits qui ont marqué leur temps. On chercherait en vain pour ce courant les émules de Maistre, Bonald ou Tocqueville. Drumont n'est ni Maurras ni Benjamin Constant. Mais la politique, ce ne sont pas seulement des idées : ce sont aussi des passions, des espoirs, des craintes, des aspirations, des intérêts, des phantasmes. La récurrence de ces mouvements signifie qu'on a bien affaire à une configuration stable de thèmes et de sentiments.

Cette configuration est pour partie faite d'emprunts à d'autres familles d'esprit, ce qui rend l'inventaire si déconcertant pour l'observateur. Mais c'est aussi ce qui fait la force passagère de ces mouvements : pouvoir et savoir faire vivre ensemble des composantes disparates. La chose est aisée un temps bref. Elle l'est moins, s'il faut durer. C'est pourquoi cette sorte de mouvements a habituellement une existence éphémère : ils ne survivent généralement pas aux circonstances exceptionnelles qui les ont suscités. C'est la supériorité du Front national sur les précédents et son originalité que d'avoir résisté à l'épreuve du temps et de s'être inscrit dans la durée. Cette seule singularité fait une obligation de le prendre en considération.

Le Front national rassemble des clientèles et des familles différentes. La droite contre-révolutionnaire est présente. *Présent,* c'est même le titre du quotidien qui exprime le point de vue et les obsessions des catholiques intégristes et soutient les positions de Jean-Marie Le Pen.

Quand les organisateurs des manifestations du Front national prévoient une célébration liturgique, c'est à un prêtre de la Fraternité Saint Pie X qu'ils font appel. Le vote Le Pen atteint ses records de pourcentage chez les paroissiens de Saint-Nicolas-du-Chardonnet. Mais, pour concordants que soient ces indices, leur signification est limitée ; cette fraction de catholiques n'a guère le choix ; pour qui d'autre pourraient-ils bien voter, sinon pour les candidats du Front national, qui exprimerait leur refus de la modernité, leur révolte contre la dégradation des mœurs, l'immoralité régnante ? Ils sont une clientèle captive. C'est sans doute la composante la plus structurée philosophiquement, celle dont le système de pensée est le plus élaboré et le plus cohérent, mais il ne fait pas l'unanimité. Cette minorité n'est pas en mesure de faire partager, moins encore d'imposer ses convictions à l'ensemble des partisans du Front national.

Pas seulement parce qu'elle rencontre des adversaires au sein du mouvement. Les spécialistes, les initiés se plaisent à opposer à cette droite intégriste, expression du fondamentalisme chrétien, une droite qu'ils appellent païenne parce qu'elle professe le culte de l'Antiquité gréco-latine et instruit le procès du monothéisme, tenu pour responsable des totalitarismes, et singulièrement du christianisme, auquel elle impute la naissance de l'utopie égalitariste. Cette nuance provient de l'école de la nouvelle droite : ses adeptes ont été marqués par la pensée d'Alain de Benoist et leur passage par le Groupement de recherche et d'études pour la civilisation européenne (GRECE). L'antagonisme entre ces deux inspirations est une clé pour le déchiffrement de certains conflits dans les mouvances du Front national.

Surtout, l'inspiration dominante du Front national puise à d'autres sources, plus récentes que celle de l'intégrisme contre-révolutionnaire. Cet extrémisme est à sa façon, lui aussi, fils de la Révolution française. Il n'envisage pas de revenir sur ses acquis ; il accepte la souveraineté du peuple, les trois couleurs et *La Marseillaise*. De cet héritage, il n'a retenu que la version purement défensive et non pas celle, généreuse, ouverte sur l'universel. C'est l'effet sur le message de la pression des destinataires : le Front national répond à ceux qui s'inquiètent pour la sauvegarde de l'identité nationale comme à ceux qui n'acceptent pas que d'autres aient des façons de vivre différentes des leurs et qui appellent de leurs vœux une politique discriminatoire.

La diversité des clientèles explique la disparité des attentes. C'est ainsi qu'on attend de l'État qu'il intervienne davantage pour venir en aide aux minorités souffrantes. On lui reproche de tolérer des comportements contraires aux bonnes mœurs : l'électorat du Front national réclame plus de rigueur dans l'application des peines, attend des juges qu'ils punissent, de la police qu'elle réprime. Mais les mêmes critiquent l'intervention de la puissance publique dans l'économie et la position du Front national en ce domaine n'est pas éloignée de celle des tenants du libéralisme le plus absolu.

Le caractère hybride du programme n'a à ce jour pas nui à ce courant, qui trouve plus de connivences dans des réactions affectives que dans une adhésion de la raison. Le phénomène n'est pas purement français : en d'autres pays, en Italie, en Belgique, flamande plus que wallonne, en Suisse, en Autriche, ailleurs encore des mouvements professent des opinions semblables et ont fidélisé leurs électeurs. C'est une réaction à l'ouverture des frontières, une protestation contre l'avènement d'une dimension qui bouscule, une réaction des particularismes et de l'attachement – Pascal Perrineau parle de « croisés de la société fermée ». C'est le refus de l'universel.

Conclusion

LA DIVISION DROITE-GAUCHE A-T-ELLE UN AVENIR?

Le rappel de cette histoire de plus de deux cents ans et l'actualisation de sa présentation pour le dernier demi-siècle autorisent-ils une conclusion? Il n'y a en histoire de conclusion définitive que pour les phénomènes dont on est sûr qu'ils sont irrévocablement révolus et ont épuisé leur signification. Or, s'il est une certitude qui s'impose au terme de ce parcours rétrospectif, c'est bien que cette histoire n'est pas achevée: elle est sans doute loin d'avoir dit son dernier mot. Le champ idéologique comme le système des forces politiques continuent d'être dominés par la division en deux camps que les Français ont pris l'habitude d'appeler droite et gauche. Cette distinction a résisté à l'épreuve du temps et survécu à tous les changements – et Dieu sait s'ils ont été nombreux et profonds. Les générations se sont succédé, les régimes aussi. La société s'est profondément transformée, la position de la France en Europe et dans le monde également. Surtout, les problèmes à partir desquels droite et gauche se sont constituées ont laissé place à d'autres, qui n'avaient apparemment rien à voir avec les premiers. Les deux notions se sont adaptées et ont réussi à intégrer les données nouvelles. Les citoyens qui proclament périodiquement la caducité de cette distinction et l'obsolescence des deux concepts n'ont, chaque fois que surgit un sujet qui les divise, rien de plus pressé que de se référer à ce couple.

Les thèmes eux-mêmes sont comme aspirés par cette dialectique. L'évolution du débat dont l'Europe est le sujet est à cet égard particulièrement révélatrice. S'il était un sujet dont il semblait qu'il échappât à la simplification réductrice de l'affrontement droite-gauche, c'était bien le projet de construire une Europe unie : dès l'origine, au lendemain de la Seconde Guerre mondiale, et jusqu'à aujourd'hui, le projet a bénéficié sans discontinuité de la sympathie et du soutien indivis de la droite parlementaire et du socialisme de gouvernement contre les oppositions conjuguées des deux extrêmes, celui de droite par attachement exclusif à la souveraineté de la nation, celui de gauche par adhésion à l'utopie de la Révolution. Or, à l'approche du référendum sur la Constitution, un glissement s'est opéré ; une partie des droites se sont ralliées à l'idée d'une souveraineté exercée de concert avec nos partenaires, tandis qu'à gauche la confusion introduite entre l'Europe et le libéralisme, et la diabolisation de celui-ci ont détaché de l'Europe de larges secteurs.

À preuve, le soin que les adversaires du projet de traité constitutionnel ont apporté à distinguer le non de gauche du non de la droite souverainiste et de l'extrême droite. Décidément, la distinction n'est pas seulement une invention de l'esprit classificateur : elle exprime une réalité. Force est de supposer que ce partage en deux, cette division binaire, est une nécessité qui procède de la nature même du politique.

Pourtant, ce schéma dualiste ne décrit qu'une dimension de la réalité, qui ne s'y réduit pas. Elle est aussi plurielle : de part et d'autre de la ligne qui les sépare, on discerne plusieurs droites et plusieurs gauches, dont l'existence n'est pas moins avérée et qui ont, elles aussi, traversé les siècles. C'était, en 1954, l'objet de l'essai, dont ce livre est un prolongement, d'en faire la démonstration pour les droites ; la chose est aujourd'hui généralement admise. D'autres, depuis, en ont étendu l'application aux gauches. C'est tout le sens de la vie politique que d'articuler cette pluralité avec la dualité fondamentale. Nous avons essayé d'en retracer le déroulement, d'en énoncer les mécanismes et d'en déchiffrer les implications.

À voir les résonances de ces notions en dehors de la France, les emprunts et les applications qui en sont faits en d'autres pays, on est tenté de se demander si leur validité ne dépasse pas le cas d'un seul pays, fût-ce celui qui les a inventées et le premier à les avoir appliquées. À cet égard encore, l'évolution de l'Europe est riche d'enseignements comme d'interrogations : au Parlement européen, la diversité des familles politiques et des traditions idéologiques se double de celle de vingt-cinq pays qui ont chacun leur histoire. Quoi de plus réfractaire à la réduction à un dualisme ? Or, exception faite de quelques petites formations qui refusent d'entrer dans ce schéma, toutes les grandes forces politiques se sont ordonnées autour de deux pôles majeurs dont l'un accepte de se dire de droite et dont l'autre affiche sa position à gauche. Droite et gauche ne seraient-elles pas des catégories universelles ?

TABLE DES MATIÈRES

RÉALISATION : NORD COMPO À VILLENEUVE-D'ASCQ
IMPRESSION : NORMANDIE ROTO IMPRESSION S.A.S À LONRAI
DÉPÔT LÉGAL : MARS 2007. N° 93208
N° D'IMPRIMEUR : 07-0372
IMPRIMÉ EN FRANCE

Du même auteur

AUX MÊMES ÉDITIONS

Introduction à l'histoire de notre temps
1. L'Ancien Régime et la Révolution, 1750-1815
2. Le XIXe siècle, 1815-1914
3. Le XXe siècle, de 1914 à nos jours
« Points Histoire » n°12, 13, 14, 1974-2002

Pour une histoire politique
(direction)
« L'Univers historique », 1988
et « Points Histoire », n°199, 1996

Histoire de la France religieuse
(codirection avec Jacques Le Goff)
« L'Univers historique », 4 vol., 1988-1992
3. Du très chrétien roi à la laïcité républicaine, XVIIIe-XIXe siècle
« Points Histoire », n°293, 2001

Les Crises du catholicisme en France
dans les années trente
« Points Histoire », n°227, 1996

Religion et société en Europe
« Faire l'Europe », 1998
et « Points Histoire », n°289, 2001

CHEZ D'AUTRES ÉDITEURS

Histoire des États-Unis
PUF, « Que sais-je ? »
(1959), 2003

Les États-Unis devant l'opinion française (1815-1852)
Armand Colin, 2 vol., 1962

Les Deux Congrès ecclésiastiques de Reims et Bourges
Sirey, 1964

Forces religieuses et attitudes politiques
dans la France contemporaine depuis 1945
(direction)
Armand Colin, 1965

La Vie politique en France
1. 1789-1848
2. 1848-1879
3. 1879-1939
Armand Colin, 1965, 1969 et Pocket, 2005

Atlas historique de la France contemporaine, 1800-1965
(direction)
Armand Colin, 1966

Léon Blum, chef de gouvernement, 1936-1937
(en collab. avec Pierre Renouvin)
Presses de Sciences-Po, (1967), 1981

Le Gouvernement de Vichy
1940-1942 : Institutions et politiques
(édition)
Presses de Sciences-Po, 1975

L'Anticléricalisme en France de 1815 à nos jours
Fayard, 1976
et Complexe, « Historiques », 1985

Vivre notre histoire
(entretiens)
Le Centurion, 1976

Édouard Daladier, chef de gouvernement
Presses de Sciences-Po, 1977

La France et les Français
Presses de Sciences-Po, 1978

Les Catholiques dans la France des années trente
Cana, 1979

La Règle et le Consentement
Fayard, 1979

Les Droites en France
Aubier, 1982

Quarante Ans de cabinets ministériels
(direction)
Presse de Sciences-Po, 1982

Emmanuel d'Alzon dans la société
et l'église du XIXe siècle
(codirection avec Émile Poulat)
Bayard Éditions-Centurion, 1982

Prémices et essor de la résistance :
Edmond Michelet
SOS, 1983

1958, le retour de De Gaulle
Complexe, 1983 et nouvelle édition, 1998

Notre Siècle
Fayard, (1988), 1996

Cent Ans d'histoire de *La Croix*
(codirection avec Émile Poulat)
Bayard Éditions-Centurion, 1988

Âge et politique
(direction)
Économica, 1991

Valeurs et politique
(entretiens)
Beauchesne, 1992

Paul Touvier et l'Église
(direction)
Fayard, 1992

La politique n'est plus ce qu'elle était
Calmann-Lévy, 1993
et Flammarion, « Champs », 1994

Le Catholicisme français et la Société politique
L'Atelier, 1995

Une laïcité pour tous
(entretien avec Jean Lebrun)
Textuel, 1998

L'Histoire politique du XXe siècle
autorise-t-elle un certain optimisme
ou bien justifie-t-elle quelque catastrophisme ?
Pleins Feux, 1998

L'Anticléricalisme en France de 1815 à nos jours
Fayard, 1999

Les Grandes Inventions du christianisme
(direction)
Bayard Éditions-Centurion, 1999

La Politique est-elle intelligible ?
Complexe, 1999

Regard sur le siècle
Presses de Sciences Po, 2000

Le Christianisme en accusation
(entretiens avec Marc Leboucher)
Desclée de Brouwer, 2000
et Albin Michel, « Espaces libres », 2005

La République souveraine
Fayard, 2002
et Pocket, 2005

Du mur de Berlin aux tours de New York
Bayard Éditions-Centurion, 2002

Une mémoire française
(entretiens avec Marc Leboucher)
Desclée de Brouwer, 2002

Le Dernier Siècle, 1918-2002
Fayard, 2003

Le Nouvel Antichristianisme
(entretiens avec Marc Leboucher)
Desclée de Brouwer, 2005

Les Droites aujourd'hui
L. Audibert, 2005

L'Invention de la laïcité française
De 1789 à nos jours
Bayard, 2005

Catholiques en démocratie
(avec Alain-René Michel)
Cerf, 2006

Quand l'État se mêle de l'histoire
Stock, 2006

Collection Points

SÉRIE HISTOIRE

H269. Les Palestiniens, *par Xavier Baron*
H270. Histoire du viol, *par Georges Vigarello*
H272. Histoire de la France
L'Espace français, *sous la direction de André Burguière et Jacques Revel*
H273. Histoire de la France
Héritages, *sous la direction de André Burguière et Jacques Revel*
H274. Histoire de la France
Choix culturels et Mémoire, *sous la direction de André Burguière et Jacques Revel*
H275. Histoire de la France
La Longue Durée de l'État, *sous la direction de André Burguière et Jacques Revel*
H276. Histoire de la France
Les Conflits, *sous la direction de André Burguière et Jacques Revel*
H277. Le Roman du quotidien
par Anne-Marie Thiesse
H278. La France du XIXe siècle, *par Francis Démier*
H279. Le Pays cathare, *sous la direction de Jacques Berlioz*
H280. Fascisme, Nazisme, Autoritarisme, *par Philippe Burrin*
H281. La France des années noires, tome 1
sous la direction de Jean-Pierre Azéma et François Bédarida
H282. La France des années noires, tome 2
sous la direction de Jean-Pierre Azéma et François Bédarida
H283. Croyances et Cultures dans la France d'Ancien Régime
par François Lebrun
H284. La République des instituteurs
par Jacques Ozouf et Mona Ozouf
H285. Banque et Affaires dans le monde romain
par Jean Andreau
H286. L'Opinion française sous Vichy, *par Pierre Laborie*
H287. La Vie de saint Augustin, *par Peter Brown*
H288. Le XIXe siècle et l'Histoire, *par François Hartog*
H289. Religion et Société en Europe, *par René Rémond*
H290. Christianisme et Société en France au XIXe siècle
par Gérard Cholvy
H291. Les Intellectuels en Europe au XIXe, *par Christophe Charle*

H292. Naissance et Affirmation d'une culture nationale
par Françoise Mélonio
H293. Histoire de la France religieuse
Collectif sous la direction de Philippe Joutard
H294. La Ville aujourd'hui, *sous la direction de Marcel Roncayolo*
H295. Les Non-conformistes des années trente
par Jean-Louis Loubet del Bayle
H296. La Création des identités nationales
par Anne-Marie Thiesse
H297. Histoire de la lecture dans le monde occidental
Collectif sous la direction de Guglielmo Cavallo et Roger Chartier
H298. La Société romaine, *Paul Veyne*
H299. Histoire du continent européen
par Jean-Michel Gaillard, Anthony Rowley
H300. Histoire de la Méditerranée
par Jean Carpentier (dir.), François Lebrun
H301. Religion, Modernité et Culture au Royaume-Uni et en France
par Jean Baubérot, Séverine Mathieu
H302. Europe et Islam, *par Franco Cardini*
H303. Histoire du suffrage universel en France. Le Vote et la Vertu. 1848-2000, *par Alain Garrigou*
H304. Histoire juive de la révolution à l'État d'Israël Faits et documents, *par Renée Neher-Bernheim*
H305. L'Homme romain
Collectif sous la direction d'Andrea Giardina
H306. Une histoire du Diable, *par Robert Muchembled*
H307. Histoire des agricultures du monde
par Marcel Mazoyer et Laurence Roudart
H308. Le Nettoyage ethnique. Documents historiques sur une idéologie serbe
par Mirko D. Grmek, Marc Gjidara et Neven Simac
H309. Guerre sainte, jihad, croisade, *par Jean Flori*
H310. La Renaissance européenne, *par Peter Burke*
H311. L'Homme de la Renaissance
Collectif sous la direction d'Eugenio Garin
H312. Philosophie des sciences historiques, textes réunis et présentés, *par Marcel Gauchet*
H313. L'Absolutisme en France, *par Fanny Cosandey et Robert Descimon*
H314. Le Monde d'Ulysse, *par Moses I. Finley*
H315. Histoire des juifs sépharades, *par Esther Benbassa et Aron Rodrigue*
H316. La Société et le Sacré dans l'Antiquité tardive
par Peter Brown

H317. Les Cultures politiques en France
sous la direction de Serge Berstein
H318. Géopolitique du XVIe siècle
par Jean-Michel Sallmann
H319. Les Relations internationales
2. De la guerre de Trente Ans ans à la guerre de succession d'Espagne, *par Claire Gantet*
H320. Des traités : de Rastadt à la chute de Napoléon
par Jean-Pierre Bois
H323. De Nuremberg à la fin du XXe siècle
(tome 6, Nouvelle histoire des relations internationales/inédit), *par Frank Attar*
H324. Histoire du visuel au XXe siècle, *par Laurent Gervereau*
H325. La Dérive fasciste. Doriot, Déat, Bergery. 1933-1945
par Philippe Burrin
H326. L'Origine des Aztèques, *par Christian Duverger*
H327. Histoire politique du monde hellénistique
par Edouard Will
H328. Le Saint Empire romain germanique, *par Francis Rapp*
H329. Sparte, histoire politique et sociale
jusqu'à la conquête romaine, *par Edmond Lévy*
H330. La Guerre censurée, *par Frédéric Rousseau*
H331. À la guerre, *par Paul Fussel*
H332. Les Français des années troubles, *par Pierre Laborie*
H333. Histoire de la papauté, *par Yves-Marie Hilaire*
H334. Pouvoir et Persuasion dans l'Antiquité tardive
par Peter Brown
H336. Penser la Grande Guerre, *par Antoine Prost et Jay Winter*
H337. Paris libre 1871, *par Jacques Rougerie*
H338. Napoléon. De la mythologie à l'histoire
par Nathalie Petiteau
H339. Histoire de l'enfance, tome 1
par Dominique Julia et Egle Becchi
H340. Histoire de l'enfance, tome 2
par Dominique Julia, Egle Becchi
H341. Une histoire de l'édition à l'époque contemporaine
XIXe-XXe siècle, *par Elisabeth Parinet*
H342. Les enjeux de l'histoire culturelle, *par Philippe Poirrier*
H343. Le Monde des révolutions en Amérique
et en Europe à la fin du XVIIIe siècle, *par Jacques Solé*
H345. Histoire culturelle de la France, tome 3,
par Antoine de Baecque et Françoise Mélonio
H346. Histoire culturelle de la France, tome 4,
par Jean-Pierre Rioux et Jean-François Sirinelli
H347. L'État chez lui, l'Église chez elle
par Jean-Paul Scot

H348. La Résistance française : une histoire périlleuse
par Laurent Douzou
H349. Histoire culturelle de la France, tome 2,
par Jean-Pierre Rioux & Jean-François Sirinelli
H350. La France et les Juifs de 1789 à nos jours, *par Michel Winock*
H351. Historiographie de la guerre d'Algérie,
par Raphaëlle Branche
H352. L'Armée de Vichy, *par Robert O. Paxton*
H353. La Guerre froide 1917-1991, *par André Fontaine*
H354. Le Modèle politique français, *par Pierre Rosanvallon*
H355. Les Origines religieuses de la Révolution française
par Dale Van Kley
H356. Une histoire du Chat, *par Laurence Bobis*
H357. À la recherche du Moyen Âge, *par Jacques Le Goff*
H358. Les Quatre Parties du monde, *par Serge Gruzinski*
H359. Histoire des peurs alimentaires, *par Madeleine Ferrières*
H360. Le Grand Voyage de l'Obélisque, *par Robert Solé*
H361. La Vie à en mourir. Lettres de fusillés 1941-1944
par Guy Krivopissko
H362. Bleu. Histoire d'une couleur, *par Michel Pastoureau*
H363. Mitterrand, une histoire de Français, *par Jean Lacouture*
H364. Le Siècle des intellectuels, *par Michel Winock*
H365. Histoire des paysans français
par Emmanuel Le Roy Ladurie
H366. La Plus Vieille Cuisine du monde, *par Jean Bottéro*
H367. Histoire de la France politique 1. Le Moyen Âge
par Philippe Contamine
H368. Histoire de la France politique 2.
La Monarchie, entre Renaissance et Révolution
par Joël Cornette
H371. Le Fascisme en action, *par Robert O. Paxton*
H372. Louis XIV. Les Stratégies de la gloire, *par Peter Burke*
H373. Ressentiment et Apocalypse, *par Philippe Burrin*
H 374. Jésuites. Une multibiographie, t. 1, Les Conquérants
Jean Lacouture
H375. Jésuites. Une multibiographie, t. 2, Les Revenants
Jean Lacouture
H376. Génération, t. 1, Les Années de rêve
Hervé Hamon, Patrick Rotman
H377. Génération, t. 2, Les Années de poudre
Hervé Hamon, Patrick Rotman
H378. Les Droites aujourd'hui, *René Rémond*
H379. Les Chamanes de la Préhistoire
Jean Clottes & David Lewis-Williams
H 380. Chronologie XXe siècle, *Bernard Phan*